RALF STRACKBEIN

Tristan Irle – Der Missionsbefehl

In dieser Reihe bereits erschienen:

Tristan Irle und der Rubensmord; Tristan Irle - Eine Leiche auf der HTS; Tristan Irle - Mord Pur; Tristan Irle - Die Abseitsfalle; Tristan Irle - Das sexte Gebot; Tristan Irle und das Rathauskomplott; Tristan Irle - Der Braumeister; Tristan Irle - Gegen den Strich; Tristan Irle - Tödliche Doktorspiele; Tristan Irle - Siegener Maskerade; Tristan Irle - Eisenhart; Tristan Irle - Die Fürstenjagd; Tristan Irle - Lokalzeit; Tristan Irle - Baum fällt!; Tristan Irle - Die zitternden Tenöre; Tristan Irle - Der Killersteig; Tristan Irle - Locht ein!; Tristan Irle hat Lampenfieber; Tristan Irle und der Grabräuber; Tristan Irle - Wo ist Marlowe?; Tristan Irle - Der Bienenstich; Tristan Irle serviert kalte Platte; Tristan Irle - Die letzte Filmklappe; Tristan Irle trifft den Wisent; Tristan Irle - Sturmwind

Außerdem erschienen:
Der Billy-Code, Mord im schwedischen Möbelhaus
Wolkenmord, 12.000 Meter über Afrika
Das Aschebuch

Hörbücher:
Tristan Irle serviert kalte Platte
Tristan Irle - Die letzte Filmklappe

Der Autor:

Ralf Strackbein studierte Literaturwissenschaft, Politikwissenschaft und Angewandte Sprachenwissenschaft. Er beendete sein Studium erfolgreich als Master of Arts (Magister Artium). Der ausgebildete Technische Zeichner holte auf dem zweiten Bildungsweg sein Abitur nach und schrieb während des Studiums als Freier Mitarbeiter Reportagen und Filmkritiken für eine große Tageszeitung. Gegen Ende des Studiums veröffentlichte er seinen ersten Kriminalroman „Tristan Irle und der Rubensmord“. Die Romanreihe umfasst mittlerweile 26 Tristan-Irle-Krimis. Der Autor lebt in Siegen.

Ralf Strackbein

Tristan Irle

Der Missionsbefehl

Ein Siegerländer Kriminalroman

Magolves-Verlag
Siegen

www.magolves.com

Deutsche Erstveröffentlichung
1. Auflage
Oktober 2016
Magolves-Verlag, Siegen

Umschlag: Michaela Herbst und Ralf Strackbein
Satz und Buchherstellung:
Vorländer GmbH & Co. KG, Siegen

ISBN: 978-3-935378-40-6

Das Buch wurde auf chlorfrei gebleichtem Papier gedruckt.

Alle beschriebenen Charaktere sind erfunden. Jede Ähnlichkeit mit realen Tatbeständen, lebenden oder juristischen Personen, Örtlichkeiten, Körperschaften, Unternehmen, Gesellschaften oder Organisationen, natürlichen und übernatürlichen Hierarchien, ist rein zufällig.

Kreis Siegen-Wittgenstein

Übersichtskarte

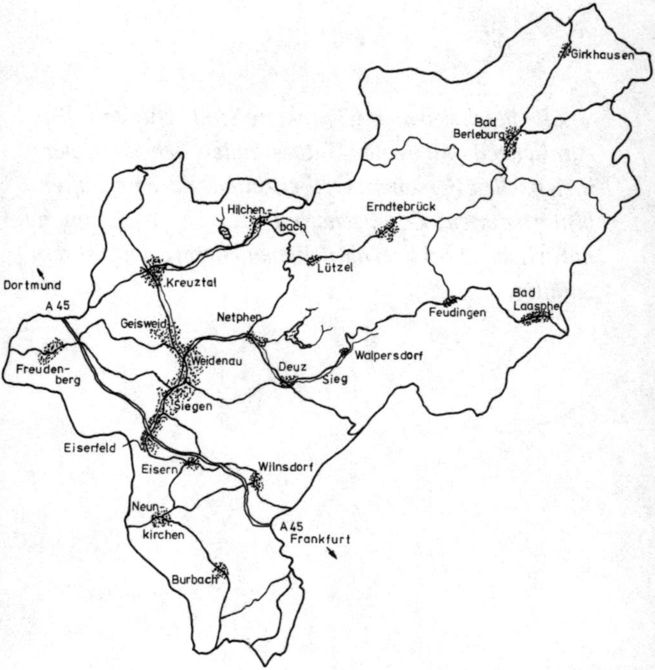

1 Nikolaikirche

2 Rathaus I und Marktplatz

3 Dicker Turm mit Glockenspiel

4 Hauptbahnhof

5 Landgericht

6 Marienkirche und Tristans Zuhause

7 Schlosspark

Personenverzeichnis:

Dieses Verzeichnis von Personen soll dem Leser (der Leserin) eine praktische Hilfe sein. Es ist als Vereinfachung und nicht als Täuschung gedacht. Die Reihenfolge der Figuren, die sich mehr oder weniger in das Geschehen einmischen, ist nach Gruppen sortiert. Es soll helfen, den einen oder anderen Charakter nicht aus dem Auge zu verlieren.

Die mehr oder weniger aktiven Personen:

Matthias Fröhlich, das bedauerliche Opfer,
Kurt Fröhlich, Vater des Opfers und Fertighaushersteller,
Ruth Fröhlich, Schwester des Opfers und sozial engagiert,

Dennis Maier, Theologiestudent,
Peter Kleber, Student der Elektrotechnik,
Janik Lerch, Maschinenbaustudent,
Lasse Kirchhof, Chemiestudent,

Friedrich-Jürgen Kirchhof, Fertighaushersteller und Vater von Lasse,
Ulf Langenbach, Banker,
Hassan, Freund von Ruth,
Robert Fischer, Landrat mit einem Problem,
Henning Simon, persönlicher Assistent des Landrats,

Wilhelm Flender, Polizeidirektor mit einem Faible für die Jagd,
Norbert Pfeiffer, Hauptkommissar,
Werner Holzbaum, Kommissar,
Arne Affolderbach, Jungkommissar,

Tristan Irle, Privatdetektiv,
Erich Roth, Diakon,
Helga Bottenberg, Tristans Freundin,
Wisse Ohm, Freund von Tristan,
und
Marlowe, ein treuer Wegbegleiter.

1. Die Kugel schoss ...

Dienstag

Die Kugel schoss am Kopf vorbei. Matthias hörte sie zischen und duckte sich instinktiv. Gerade rechtzeitig, um einem zweiten Geschoss auszuweichen, das aus der gleichen Richtung angeflogen kam. In kauernder Stellung sah er sich wütend nach seinem Partner um. Matthias Fröhlich war ein gutmütiger Typ mit einem schüchternen Lächeln und sanft blickenden Augen. Im Moment zeigte er von alldem nichts. Selbst seinem Nachnamen machte er keine Ehre, denn Fröhlich war alles andere als gut gelaunt.

›Wo zum Teufel steckt Peter? Er soll mir Deckung geben!‹ dachte Matthias, während eine weitere Kugel hinter ihm einschlug.

»Mist!« fluchte Matthias laut. »Der Saukerl verändert seine Position!«

Blöd nur, dass Matthias nicht ausmachen konnte, wo genau der „Saukerl" sich versteckte. Dazu hätte er Peter dringend gebraucht. Doch der Freund war ebenfalls nirgends zu sehen.

Matthias überprüfte die Munition. Er hatte genügend, um eine Horde Krieger abzuwehren, aber dennoch zu wenig, um sicher ans Ziel zu gelangen. Vorsichtig hob er den Kopf und spähte in die Richtung, aus der die Kugeln geflogen kamen. Die Muskeln waren angespannt, die Sinne geschärft, um beim ersten Geräusch sofort in Deckung zu gehen.

Das schummrige Licht der Nachmittagssonne warf graue Schatten. Das Zwitschern der Vögel klang dumpf und schien kilometerweit entfernt zu sein. Matthias konzentrierte sich und begann langsam ein- und auszuatmen.

Etwas bewegte sich rechts von ihm. Er ging in Deckung und dachte nach: ›Die letzte Position, an der sich Peter befand, war einige Meter weiter hinten.‹

Vorsichtig hob er erneut den Kopf und wagte einen Blick in Richtung des Schützen. Nichts geschah! Er streckte sich langsam, während seine Augen den Boden absuchten.

Ja, da war etwas auf dem Boden.

Plötzlich knarrte es vor ihm und Sekundenbruchteile später hörte er das charakteristische Klicken eines Abzugs. Sofort ließ er sich fallen, da platzte das Geschoss gegen die Wand, hinter der er sich versteckte.

›Glück gehabt‹, dachte Matthias und grinste teuflisch, denn das, was da auf dem Boden kroch, das hatte er als seinen Partner identifiziert. Jetzt war es nur eine Frage der Zeit, bis er aus der misslichen Lage befreit werden würde. Also tat er das Einzige, was ihn vor dem Ausscheiden bewahren konnte: Er hielt den Kopf unten und wartete.

Nach einer gefühlten Ewigkeit vernahm er ein tiefes Räuspern. Zuerst wusste Matthias nicht, wie er dieses Geräusch einordnen sollte, doch dann dämmerte es ihm. Peter musste den Feind ausfindig gemacht haben. Um keine wertvolle Zeit zu verlieren, antwortete er mit einem Pfiff. Einen Augenblick später hob er den Kopf, was einen weiteren Schuss auf denselben auslöste. Darauf hatte sein Partner gewartet: In dem Moment, in dem der Feind hinter seiner Deckung auftauchte und den Schuss auf Matthias abfeuerte, nahm Peter ihn ins Visier und erledigte ihn.

»Treffer!« rief Peter erfreut und stand auf.

»Gut gemacht!« lobte ihn Matthias, der erleichtert die geduckte Haltung aufgab.

»So ein Mist!« fluchte unterdessen Janik, der getroffene Feind. Ein fetter gelber Fleck markierte den Treffer auf seinem Overall.

Die drei jungen Männer standen in der Paintball-Arena in Kreuztal-Eichen. Sie trugen martialisch wirkende Schutzmasken. Ihre schlanken Körper schützten ein Overall sowie Knie- und Ellbogenschoner. In ihren Händen hielten sie bunte Waffen, sogenannte Markierer, die mit Farbkugeln bestückt waren. Diese Luftgewehre wurden von der amerikanischen Forstbehörde in den 70ern entwickelt, um Bäume zu markieren, die an unwegsamen Stellen wuchsen und gefällt werden sollten. Es hatte nicht lange gedauert, bis junge Forstmitarbeiter den Markierer für ihre Freizeitgestaltung missbrauchten, aus deren Aktivitäten der heutige Paintball-Sport entstanden ist.

»Mensch, Janik, da hast du mich aber echt festgenagelt«, sagte Matthias und nickte anerkennend.

»Ja, aber ich habe Peter nicht kommen hören«, murrte Janik. »Das hätte mir nicht passieren dürfen. Wo ist eigentlich Dennis?«

»Er wollte einen Kaffee trinken, nachdem Matthias ihn gleich zu Anfang abgeschossen hat«, erklärte Peter.

»Na, dann lasst uns ebenfalls eine kleine Pause machen, bevor es weitergeht«, sagte Matthias und sicherte seinen Markierer.

»Wollen wir wirklich weiter trainieren?!« maulte Janik. »Was hat das noch für einen Zweck? Uns fehlt Lasse!«

Matthias stieß einen Ton aus, der eine Mischung aus genervtem Stöhnen und einem Schrei war.

»Wie oft willst du denn noch darauf herumhacken!« schnauzte Matthias Janik an. »Als Team-Captain habe ich entschieden, basta!«

2

Hauptkommissar Norbert Pfeiffer betrachtete das Profil eines Autoreifens. Es wäre blasphemisch gewesen, die Gesichtszüge des Polizisten mit denen eines Heiligen bei der Andacht zu vergleichen, obwohl der entrückte Blick, den Pfeiffer dem Gummiprodukt zuwarf, stark an Heilige erinnerte, so wie die großen Renaissance-Maler sie dargestellt haben. Dabei gab es nicht einmal etwas Erhabenes zu sehen. Der Gummireifen hing schief in der Luft und machte einen jämmerlichen Eindruck. Das lag daran, dass die Aufhängung in einem grauenhaften Winkel zur Achse verbogen war. Die Achse wiederum befand sich einen halben Meter hinter ihrer „normalen" Position. Man musste kein Techniker sein, um zu ahnen, dass der Rest des dazugehörigen Automobils ebenfalls Schaden genommen hatte.

Ein nagelneuer Dienstwagen küsste eine meterhohe Betonwand, die das Grundstück der Kreispolizeibehörde von einem Autohändler trennte. Die Frontpartie des Wagens glich einem Stanniolpapier, das ein Schokoladensüchtiger gierig von der Schokolade getrennt und weggeworfen hatte. Das Heck des nagelneuen Geländewagens hatte keinen Schaden genommen, was dem Ganzen ein surreales Erscheinungsbild verlieh.

»Na, wenigstens ist die Werkstatt nicht weit«, brummte Pfeiffer und sah über die Mauer zum Autohändler. Dann steckte er sich eine Zigarette an.

Besagter Händler hatte den neuen BMW-Hybrid-Geländewagen der Behörde zur Verfügung gestellt, nachdem der neue Landrat sich über den Volkswagen-Skandal echauffiert hatte. Mit dem vermeintlich umweltfreundlichen Boliden sollte ein Zeichen gesetzt werden.

Oh ja, ein Zeichen wurde gesetzt, bloß nicht so, wie sich der Landrat das vorgestellt hatte.

»Wie konnte das nur passieren«, stöhnte eine matte Stimme neben dem Hauptkommissar.

Pfeiffer zog kräftig an der angezündeten Zigarette und meinte: »Gaspedal rechts, Bremse links! Automatik!«

»Ich hab's verwechselt!« Man hatte das Gefühl, der Besitzer dieser Stimme sehnte sich nach einem tiefen Loch, in dem er sich hätte verstecken können. Das Loch hätte jedoch lang und breit ausgehoben werden müssen, denn Werner Holzbaum, der Besitzer dieser Stimme, war ein schwergewichtiger Mann. »So ein Mist!«

»Schrott«, antwortete Pfeiffer genüsslich.

»Was?« Werner Holzbaum, Kommissar und Pfeiffers Partner, blickte verstört auf.

»Holzbaum, das ist kein Mist, das ist Schrott«, wiederholte der Hauptkommissar mit einem Hauch von Häme.

»Chef, ich habe ein böses Déjà-vu-Erlebnis«, seufzte Holzbaum, »irgendwie kommt mir das Ganze bekannt vor?!«

»Nur mit vertauschten Rollen«, grinste Pfeiffer, während sich ein Gefühl der Erleichterung, gemischt mit dem Wissen, an dem Unfall völlig unschuldig zu sein, in ihm ausbreitete. Eine völlig neue Gefühlswallung durchströmte den Hauptkommissar.

»Das wird bestimmt teuer«, murmelte Holzbaum unterdessen niedergeschlagen.

»Kopf hoch, war doch erst dein erster«, antwortete Pfeiffer und stellte verblüfft fest, dass er das auch so meinte. »Außerdem, diese Automatik ist ja lebensgefährlich!«

Holzbaum nickte zustimmend.

»Aber mal ehrlich, das Ding schoss ab, als wäre es 'ne Rakete«, würdigte Pfeiffer anerkennend und klopfte auf den Reifen. »Auch wenn man mit dem Elektroantrieb nur schlappe 15 Kilometer fahren kann. Die jedoch legt man mit Lichtgeschwindigkeit zurück.«

Holzbaum antwortete nicht. Er fasste sich an den Bauch, dort hatte der Gurt ins Fleisch gedrückt, als der Wagen die Mauer traf und den automatischen Gurtstraffer auslöste.

Passend zur miesen Stimmung des Kommissars begann es zu nieseln.

»Wir sollten zurück ins Büro gehen«, meinte Pfeiffer. »Sei froh, dass du die Mauer in einem spitzen Winkel getroffen hast.«

Holzbaum blickte auf die Betonmauer, die auf einer Länge von acht Metern aufgerissen war.

»Das wird man mir auch noch in Rechnung stellen«, antwortete der Kommissar niedergeschlagen.

»Na, jetzt, wo du befördert worden bist, kannst du dir das doch sicherlich leisten«, meinte sein Chef mit einem Ton in der Stimme, der Holzbaums Gemüt wie Stechginster pikte.

»Fang nicht damit an«, stöhnte Werner Holzbaum. »Die Beförderung war doch der Auslöser dieses Desasters!«

In der Tat lag die Ursache des bedauerlichen Unfalls in Holzbaums anstehender Beförderung zum Hauptkommissar. Als zukünftiger Hauptkommissar benötigte er eine Bescheinigung über ein jüngst absolviertes Sicherheitsfahrtraining. Da Holzbaum vom Autofahren aber so viel hielt wie Aviophobiker vom Fliegen, war es an der Zeit, diesem Zustand entgegenzutreten. Ein hübsches, kleines Elektroautomobil schien das passende Mittel gegen Holzbaums Aversion zu sein. Es würde keinen Krach machen und nichts von den PS-Boliden seines Chefs haben. Holzbaum hätte beim Anblick des Geländewagens seinem ersten Impuls nachgeben und den Schlüssel weit wegwerfen sollen. Doch stattdessen ließ er sich breitschlagen und das Malheur nahm seinen Anfang. Allerdings hatte wirklich niemand damit gerechnet, dass das nette Elektroauto zu einem Kampfstier mutierte.

Die beiden Polizisten beeilten sich, aus dem Nieselregen zu kommen, und betraten durch den Hintereingang das Kreispolizeigebäude.

3

Was über der Universitätsstadt an der Sieg als Regenschauer begann, wuchs im Norden des Kreisgebietes zu einem Sturm heran. Starke Windböen prallten gegen die Flanken des Rothaargebirges. Sie trieben graubleiche Regenwolken vor sich her, die in den Baumspitzen der hohen Tannen zerrissen wurden. Nichts spiegelte sich auf der nassen Teerfläche, die die schmale Zufahrtsstraße zur Ginsberger Heide bedeckte. Die Sonne verbarg ihr Antlitz hinter einem trostlosen Himmel, der sich über das Land wie ein Leichentuch ausbreitete. Das bleierne Licht tarnte ein längliches Gebäude, das am Rand des Waldes unweit der Ginsberger Heide stand.

Das *Jugendwaldheim Gillerberg* trotzte dort dem Sturm, obwohl die hohen Bäume ihre schwingenden Äste auf das Dach des Jugendwaldheims schlugen. Weiter die Straße hinauf traf man auf die Pension *Zur Ginsburg*, die direkt am Rand der Heide gebaut worden war.

Die Pension *Zur Ginsburg* wurde gern von Wanderern besucht, die den Rothaarsteig abwanderten. Die Gästezimmer waren im Sommer durchgehend belegt und das Restaurant bot auch Tagesausflüglern einen Grund einzukehren. Das Restaurant war mit breiten Fenstern ausgestattet, die den Blick auf die Heide freigaben. Die angrenzende Terrasse bot im Sommer Platz für zahlreiche Gäste, die den Duft einer blühenden Wiese riechen, das Summen der Bienen hören und eine sanfte Brise auf den Wangen spüren wollten.

Doch der Sommer war vorbei und der erste Herbststurm jagte über das Rothaargebirge. Ein einzelner Mann trotzte dem Wind auf der Terrasse. Eine dicke Strickmütze schützte den Kopf. Lindgrüne Augen verfolgten das Naturschauspiel, während aus einer Pfeife kleine, blaue Kringel aufstiegen und sogleich vom Wind zerfetzt wurden.

Tristan Irle, Privatdetektiv, trug eine dicke Strickjacke, passend zur Mütze, eine Stoffhose sowie feste Schuhe. Um seinen Hals hing eine goldene Halbbrille, deren Gläser mit unzähligen feinen Regentropfen besprenkelt waren. Der Privatdetektiv blickte gedankenversunken auf das stürmische Treiben, das sich um ihn herum abspielte. Die angrenzenden Tannen knarrten unter dem stetigen Angriff der Windböen. Besorgt blickte der Detektiv zu den Bäumen.

»Mach dir keine Sorgen«, sagte eine freundliche Frauenstimme hinter ihm. »Das halten die Tannen schon aus.«

Helga Bottenberg, Tristans Freundin und Inhaberin der Pension *Zur Ginsburg*, trat aus dem Restaurant zu ihm auf die Terrasse.

»Du solltest wieder reinkommen«, mahnte sie, »die Herrschaften gehen sich gleich an den Hals.«

Der Detektiv drehte sich zu seiner Lebensgefährtin um und grinste, während er langsam die Pfeife aus dem Mund nahm.

»Das ging aber schnell«, antwortete er.

Eine heftige Böe fegte über die Terrasse, riss an Tristans Strickjacke und wirbelte Helgas Frisur durcheinander.

»Der Landrat versucht, die Gemüter zu beruhigen.« Helga schob einige Haarsträhnen zurück hinter ihr Ohr. Die Haare wurden bei feuchter Luft noch störrischer, als sie es schon waren. »Er könnte Unterstützung gebrauchen.«

»Hm, mal sehen, was ich machen kann«, brummte der Detektiv. Es klang nicht überzeugend.

Sie betraten die Gaststätte, in der laute Stimmen die Hintergrundmusik übertönten.

Fünf Männer und eine Frau saßen an einem Tisch und diskutierten. Trotz des erhöhten Lärmpegels konnte man das Gespräch noch als Diskussion bezeichnen, aber es war nur ein paar Dezibel davon entfernt, zu einem lautstarken Streit zu mutieren. Ansonsten war das Restaurant menschenleer. Eigentlich legte Helga dienstags einen Ruhetag ein. Doch den Landrat und seine Entourage ließ man nicht im Regen stehen, wenn sie bei stürmischem Wetter an die Tür klopften.

Landrat Robert Fischer und einige Kreistagsmitglieder hatten nebenan das Jugendwaldheim besucht, in dem momentan 50 Flüchtlinge lebten. Die *Usswaerdijen* waren jedoch nicht der Grund für ihre engagierte Diskussion. Die Menschen aus dem Morgenland hatten nur indirekt etwas mit der Aufregung zu tun.

Die Herrschaften waren bei ihrem Besuch im Jugendwaldheim darüber informiert worden, dass der Deal für den Umzug der *Usswaerdijen* in eine private Flüchtlingsunterkunft geplatzt war. Diese Nachricht wäre den erfahrenen Politikern eigentlich keine Reaktion wert gewesen, wurden doch ständig irgendwelche Vorhaben geändert oder abgesagt. In diesem speziellen Fall allerdings hing mit dem Umzug ein wichtiges Ereignis zusammen.

Das zweihundertjährige Jubiläum des Kreises Siegen-Wittgenstein stand an, und es sollte auf dem Giller gefeiert werden. Das Jugendwaldheim brauchte man dringend als Herberge für die Akteure der Jubiläumsfeier. Den Politikern war klar, dass man wegen der Flüchtlingsdebatte dem Bürger etwas Positives liefern musste, etwas, mit dem sich die Menschen im Kreis identifizieren konnten. So kam es zu einem historischen Zusammenschluss aller demokratischen Parteien, der einzig und allein das Ziel verfolgte, Bürgernähe zu signalisieren.

Die anstehende Jubiläumsfeier bot den Kreistagsmitgliedern und ihren Parteien die gewünschte Bühne, um diese Bürgernähe darzustellen. Obwohl den Politikern noch nicht ganz klar war, was genau man unter NÄHE zu verstehen hatte. Was ganz bestimmt nicht dazugehörte, waren *Usswaerdije*, die verlegen, hilflos und vielleicht traumatisiert im Weg standen. Deshalb mussten sie aus der Unterkunft heraus. Doch dieser Umzug war plötzlich gefährdet.

»Also, was machen wir?« fragte der Landrat auffordernd.

»Was können wir schon machen«, knurrte der Fraktionsvorsitzende der Sozialdemokraten im Kreistag.

»Wir können Geld ausgeben«, warf die Kollegin der Grünen ein.

»Ja, das können Sie, Geld anderer Leute ausgeben«, knurrte der Fraktionsvorsitzende der Christdemokraten.

»Konstruktive Vorschläge bitte«, mahnte Robert Fischer. »Ich möchte die Zweihundert-Jahr-Feier in einem freundlichen Umfeld ohne Makel abhalten.«

»Das wollen wir alle«, beeilte sich die Grünen-Politikerin zu sagen, während sie sich demonstrativ in Richtung Jugendwaldheim drehte. »Aber die armen Menschen da drüben dürfen nicht darunter leiden.«

»Arm?! Die haben viel Geld pro Person für die Schlepper bezahlt. Also bitte! Davon kann ein Harz IV-Empfänger lange wirtschaften.« Der Liberale schüttelte den Kopf. »Und ja, bevor Sie wieder rumgeifern, ich möchte auch nicht, dass die *armen Menschen* darunter leiden.«

»Also werden wir eine Lösung finden«, nickte der Landrat.

»Ich hätte da einen Vorschlag«, sagte Henning Simon, der persönliche Referent des Landrats. »Lassen wir doch einen Fertighausanbieter ein neues Heim bauen.«

Augenblicklich verstummten die Anwesenden und man hörte den Regen gegen die Fenster schlagen.

4

An ein Fertighaus dachte Matthias Fröhlich mit Mitte zwanzig noch nicht, obwohl sein Vater einer der größten Fertighausanbieter im Kreisgebiet war. Ihn interessierte im Moment nur eins: der Aufstieg mit seinem Team in die Erste Bundesliga.

Die Deutsche Paintball-Liga war strukturiert wie die Liga der Fußballer. Es gab eine Erste, eine Zweite und eine Dritte Bundesliga der Paintballer. Alle Spiele der Ersten und Zweiten Liga wurden live im Internet übertragen. Matthias' Team, „die *Riewekooche Gäng*", spielte erfolgreich in der Zweiten Liga. Doch das reichte dem Team nicht mehr. Es wollte den Aufstieg in die Erste Liga schaffen. Dafür trainierten sie zweimal in der Woche und Matthias hatte sich einen speziellen Trainingsplan ausgedacht, um das Ziel zu erreichen. Jetzt, da die Pause zu Ende war, folgte die zweite Trainingseinheit, in der Mann gegen Mann gekämpft wurde. Der Team-Captain teilte nun streng nach einem festgelegten Plan Zweiergruppen ein. Dennis Maier trat gegen Peter Kleber an, während Matthias gegen Janik Lerch kämpfte.

»Denkt daran, das Match dauert fünf Minuten«, erinnerte Matthias. »Es ist nicht vorbei, wenn einer einen Treffer landet. Es geht um Schussgeschwindigkeit und Treffsicherheit - also greift an! Ich will eure Overalls mit Farbe beschmiert sehen. Wer die meisten Treffer abbekommen hat, gibt einen aus.«

»Okay, aber komm uns nicht auf der linken Seite der Halle ins Gehege«, warnte Peter, der seinen Körper mit Dehnübungen geschmeidig hielt.

»In Ordnung, Janik und ich bleiben auf der rechten Seite der Halle«, nickte Matthias.

»Muss das Geballere wirklich sein? Ich meine, das wird eine riesige Schweinerei geben«, murrte Dennis, der einen angeekelten Blick auf die Farbkleckse seines Overalls warf.

»Was soll's! Deine Mutter wäscht dir doch die Klamotten«, grinste Janik.

»Schon, aber die Schutzmaske muss ich selbst sauber machen«, erwiderte Dennis maulig, wobei seine buschigen Augenbrauen ein flaches V bildeten.

»Jetzt keinen Mädchenkram«, knurrte Matthias, »geht auf Position. Wir haben die Halle nicht den ganzen Nachmittag gemietet. Hat jeder die grünen Paints geladen?«

Die Jungs nickten. Jeder hatte den Hopper, so nannte man den Kugelbehälter, mit grünen Farbkugeln bestückt. Dennis öffnete sicherheitshalber den Kugelbehälter und blickte nochmals hinein. Dann verteilten sie sich in der Halle. Als alle auf Position waren, gab Matthias das Startzeichen, gleich danach ging er in die Hocke. Sein Gegner Janik konnte sich unheimlich schnell bewegen. Da er gesehen hatte, wo sich Matthias versteckte, musste er schnell seinen Standort verlassen, um nicht gleich zu Beginn der Übung abgeschossen zu werden. Mit einem Hechtsprung versuchte er deshalb, das Hindernis zu erreichen, das ihm am nächsten war.

Farbkugeln pfiffen an ihm vorbei. Janik hatte, wie erwartet, schnell reagiert. Matthias erreichte das Hindernis, das aus einem dicken Schaumstoffballen bestand, und ging in Deckung. Sein Gegner versteckte sich hinter einem mit Schaumstoff ummantelten ehemaligen Benzinfass links von Matthias.

Paintball war ein Cowboy-&-Indianer-Spiel für Erwachsene. Strategie und Geschicklichkeit bestimmten den Sieger. Bloßes Rumballern versaute nur den Overall, den Hallenboden und die Schaumstoffhindernisse. Das war nicht der Sinn dieses Strategiespiels.

Matthias veränderte seine Position und schoss auf Janik. Der verließ seine Deckung hinter dem Fass. Matthias folgte ihm und ging in die Falle.

Zu spät bemerkte der Captain, dass Janik ihn aufs offene Feld gelockt hatte. Mit einem beherzten Hechtsprung versuchte Matthias, hinter einer Schaumstoffwand in Sicherheit zu kommen.

Im Flug traf ihn die erste Farbkugel auf die Brust, eine weitere Kugel zerplatzte auf seinem Oberschenkel und die dritte nahm ihm die Sicht. Sie hatte die Schutzmaske getroffen. Grüne Farbe bedeckte den Sichtschutz.

»Dieser Ork!« schimpfte Matthias hinter der Maske, während er endlich die Wand erreichte.

Matthias trug Motorradhandschuhe, denen er die Fingerlinge zu zwei Drittel abgeschnitten hatte. So konnte er die Finger besser bewegen, was beim Schießen und Nachladen des Markierers wichtig war. Außerdem schützten die Handschuhe bei einem Treffer die Hände vor dem schmerzhaften Aufprall. Mit den behandschuhten Handflächen war es zudem angenehmer, die schmierige Lebensmittelfarbe abzuwischen. Er hasste es, diese eklige Masse mit der bloßen Hand anfassen zu müssen. Nach dem Gesichtstreffer blieb ihm jetzt, da seine Sicht maßgeblich beeinträchtigt war, leider nichts anderes übrig. Schnell zog er sich den rechten Handschuh aus, griff in die Hosentasche seines Overalls, wo er ein Tuch aufbewahrte, zog es heraus und wischte über das Visier der Schutzmaske. Die grüne Farbe saugte sich in das Tuch ein und verschmierte seine Finger. Das Manöver dauerte jedoch zu lang, plötzlich stand Janik hinter ihm und sagte: »Hab ich dich!«

Matthias drehte sich um, da feuerte Janik.

Instinktiv hielt der Team-Captain die rechte Hand hoch.

»Aua«, schrie er, als eine der Farbkugeln auf der Handfläche zerplatzte.

»Gewonnen!« triumphierte Janik.

Matthias nickte verärgert und stand auf.

Die beiden anderen hatten das Duell ebenfalls beendet. Die Spieler verließen das Feld und begannen die Treffer zu zählen. In der ersten Runde hatten sie mit gelben Kugeln geschossen, in der zweiten Runde waren ausschließlich grüne Farbkugeln verwendet worden. So konnte man schnell die Treffer abzählen. Verlierer und derjenige, der die meisten grünen Farbkugeln abbekommen hatte, war Matthias.

»Dann sag ich mal Prost«, grinste Janik selbstgefällig.

»Was ist mit der dritten Runde?« hakte Dennis nach. »Die stand doch auf dem Trainingsplan, oder?«

»Ja, schon«, nickte Matthias. Er atmete schwer und musste sich setzen. »Ich denke, wir lassen es für heute gut sein.«

»So?!« wunderten sich seine Kollegen.

»Alles klar bei dir?« Peter musterte seinen Freund. »Du siehst bleich aus. Janik, hast du Matthias vor die Nüsse ...«

»Nein, hab ich nicht«, erwiderte Janik verärgert. »Ich mache so was nicht. Das tut weh!«

»Ist schon gut«, schlichtete Matthias. »Kommt, lasst uns die Klamotten ausziehen und was trinken gehen.«

Das Ausziehen nach einer Paintballschlacht war nichts für Sauberkeitsfanatiker. Getrocknete Farbe blätterte auf den Boden und feuchte Farbkleckse beschmutzten die Hände, was noch das Harmloseste war. Nicht selten schmierte man sich die Farbe auf Hemd oder Hose. Deshalb trugen alle alte Jeans und nicht mehr ganz so moderne Shirts.

Die Markierer wurden mit Druckluft betrieben. Eine Druckluftkapsel, wie man sie bei Sahnespendern benutzte, nur etwas größer, sorgte für den nötigen Schub, um die Farbkugeln abzuschießen. Es war das gleiche Prinzip wie bei einem Luftgewehr. Das Team sicherte die Waffen, indem jeder die jeweilige Druckpatrone aus der Halterung seines Markierers entfernte. Die Vorratsbehälter für die Farbpatronen wurden abgeschraubt und entleert. Die schmutzigen Overalls landeten in Sporttaschen, die teuren Markierer wurden grob gesäubert und dann in passende Koffer verstaut.

Matthias ging es derweil immer schlechter. Seine Gesichtsfarbe wechselte von leichenblass zu hummerrot. Seine Pupillen weiteten sich und er konnte nicht mehr richtig sehen. Das machte ihn wahnsinnig und löste Hitzegefühle aus. Der Puls begann zu rasen.

»Du solltest ins Krankenhaus fahren«, mahnte Dennis besorgt.

Matthias schüttelte den Kopf und griff nach seiner Sporttasche, dann brach er plötzlich zusammen.

5

Werner Holzbaum, Kommissar mit Aussicht auf Beförderung, spürte das Schlagen seines Herzens ganz deutlich. Der schwergewichtige Beamte mit dem liebenswürdigen Bulldoggengesicht kämpfte schon seit Langem mit erhöhtem Blutdruck, doch im Moment leistete das Herz die Arbeit eines Raketentriebwerks. Norbert Pfeiffer, Hauptkommissar und Chef-Ermittler der Hagener Mordkommission, beobachtete mit echter Sorge, wie das Kreislaufsystem seines Partners versuchte, das Blut mit Überschall durch die Arterien zu drücken.

»Jetzt beruhige dich«, befahl Pfeiffer. »Flender wird uns nicht umbringen! Das war nur ein Blechkasten.«

»Ein achtzigtausend Euro teurer Blechkasten«, japste Holzbaum. »Die Beförderung ist dahin.«

»Quatsch«, schüttelte Pfeiffer seinen Kopf. »Wenn das stimmte, müsste ich ja wieder Streifenpolizist sein, so wie ich die Autos schrotte.«

Holzbaum blickte seinen Chef missbilligend an. Kleine feine Schweißperlen zierten sein Gesicht. Diese Transpiration trat eigentlich nur auf, wenn er in einem Auto saß, das von Pfeiffer gesteuert wurde, der versuchte, den Geschwindigkeitsrekord auf innerstädtischen Straßen zu brechen. In einem Fahrstuhl war Holzbaum das noch nie passiert. Allerdings führte der Fahrstuhl hinauf in das oberste Stockwerk der Kreispolizeibehörde, dorthin, wo Polizeidirektor Wilhelm Flender sein Revier hatte.

Die Fahrstuhltüren öffneten sich leise und die beiden Beamten betraten den Flur. Es herrschte eine beeindruckende Stille.

»Sind die alle im Urlaub?« fragte Pfeiffer und sah den Gang hinunter.

»Das glaube ich nicht«, antwortete Holzbaum, der sich mit einem Taschentuch die Stirn wischte.

»Kopf hoch!« mahnte Pfeiffer. »Flender wird uns denselben sicherlich nicht abreißen.«

»Nein, der schießt ein Loch hinein!« Holzbaum sagte das in einem Tonfall, den man sich gut bei einem Stewart vorstellen kann, der gerade den Passagieren erklärt, ganz ruhig zu bleiben, obwohl das Triebwerk an der linken Tragfläche so fürchterlich qualmt.

Pfeiffer schüttelte entsetzt seinen Kopf. Der Hauptkommissar ließ sich von Hierarchien so wenig beeindrucken wie Luther vom Papst. »Dir kann man nicht mehr helfen«, meinte er. »Komm, wir wagen uns jetzt in die Höhle des Löwen.«

Die Höhle des Löwen war eine durchaus passende Beschreibung für das Büro des Polizeidirektors.

Holzbaum zuckte jedes Mal zusammen, wenn er das Dienstzimmer des Direktors betrat. Ein Dutzend ausgestopfter Trophäen blickte den Betrachter aus toten Glasaugen an. Flender war ein passionierter Jäger und das zeigte er gerne. Die Wände waren voll mit präparierten Tierköpfen und riesigen Geweihen.

»Da sind Sie ja!« schnaufte ein großer breitschultriger Mann, der hinter einem mächtigen

Schreibtisch aus Eiche saß, als die beiden Polizisten das Büro betraten.

»Hallo, Direktor«, antwortete Pfeiffer in seiner typischen Art, die er reflexartig Vorgesetzten entgegenbrachte und die ihm vor zweihundert Jahren ein glühendes Eisen in den Allerwertesten eingebracht hätte, wenn er vor der römisch-katholischen Inquisition genauso aufgetreten wäre.

Flender überhörte Pfeiffers Herausforderung, schon allein deshalb, da Holzbaum artig grüßte: »Guten Tag, Herr Polizeidirektor.«

»Na ja, so gut ist er ja nicht«, erwiderte Flender. Holzbaums mächtiger Körper schien zu schrumpfen, während der Direktor hinzufügte: »Dieser Regen macht einen depressiv!«

»Oh ja«, nickte Pfeiffer und ließ sich auf einem von zwei Sesseln nieder, die direkt vor dem Schreibtisch aufgestellt waren.

Holzbaum zögerte, dann folgte er seinem Chef und setzte sich. Erst jetzt fiel den beiden Beamten auf, dass ein neues „Exemplar“ das Dienstzimmer bezogen hatte. Auf Flenders Schreibtisch stand ein ausgestopftes Eichhörnchen, das der Tierpräparator mit einem neugierigen Blick versehen hatte. Das putzig anzusehende Tier passte so gar nicht zu den martialisch anmutenden Exemplaren, die das Zimmer ansonsten bewohnten. Flender fiel Pfeiffers irritierter Blick auf.

»Das ist *Putzi*«, erklärte Flender mit seiner Befehlstimme.

»So?!« nickte Pfeiffer, »man sieht überhaupt keinen Einschuss.«

Der Hauptkommissar behielt seinen Dienstherrn genau im Auge und Flender verzog keine Miene, als er weiter erklärte: »Ich schieße nicht auf Eichhörnchen! Das hat mein Enkel mir gebracht.«

»Ihr Enkel ist Jäger?« platzte es aus Holzbaum zu laut heraus.

»Ach was!« knurrte Flender. »Der Junge kann ja nicht mal Blut sehen!« Er schüttelte entrüstet den Kopf. »Hat es am Straßenrand gefunden. Meine Tochter meinte, wenn ich es ausstopfen ließe, würde es mich an die Vergänglichkeit des Lebens erinnern. So ein Quatsch!«

»Ja, so ein Quatsch«, wiederholte Pfeiffer, der sich langsam fragte, was sie eigentlich hier zu suchen hatten. Flender würde sich nie auf die Plauderei einlassen, wenn er wütend auf sie wäre. Also, begann sein Gehirn die Frage zu stellen: Was will der Polizeichef von uns?

»Schön, dass Sie das auch so sehen«, lächelte Flender dem Hauptkommissar zu. »Aber jetzt zum Dienstlichen ...«

Holzbaum atmete tief ein und wollte etwas sagen.

Pfeiffer bemerkte es und reagierte blitzschnell. Er fasste seinem Partner an die Schulter und schüttelte den Kopf.

Holzbaum musterte ihn, als hätte er einen Außerirdischen vor sich.

»Was soll das?« fragte Flender scharf. Der Blick des Polizeidirektors schien die Männer zu durchbohren. Es war ein Blick, der sowohl durchbohrte als auch schweigende Leute dazu brachte, ihr Schweigen zu beenden - selbst wenn sie glaubten, alles gesagt zu haben.

»Ein Missgeschick«, begann Holzbaum den Versuch einer Erklärung, doch Pfeiffer fiel ihm ins Wort.

»Ja, ein Missgeschick«, wiederholte der Hauptkommissar. Seine Stimme klang wie die eines Predigers, der seine Schäfchen ermahnt. »Holzbaum wollte es Ihnen jetzt noch nicht sagen, ich meinte aber, Sie sollten es jetzt schon wissen.«

»Was soll ich wissen?« knurrte Flender.

»Holzbaum soll befördert werden«, antwortete Pfeiffer und klopfte seinem Partner freundschaftlich auf die Schulter, während sein Grinsen immer breiter wurde.

Der Kommissar blickte seinen Kollegen und dann den Polizeidirektor an, als wäre er von einem anderen Stern.

»Na, das wurde ja auch Zeit«, brummte Flender, der rein verwaltungstechnisch nicht für den in Hagen stationierten Holzbaum zuständig war. »Glückwunsch! Aber jetzt zu dem Grund, weshalb ich Sie rufen ließ.«

»Ja!« Pfeiffer streckte sich, fixierte durch die Gläser seiner Nickelbrille den Direktor und hoffte, dass Holzbaum die Klappe hielt.

Der schwergewichtige Kollege tat ihm den Gefallen und so konnte Flender ungestört fortfahren.

»Nun, für Ihre Beförderung bin ich nicht zuständig, aber für Ihre Einsätze als Mordkommission schon. Deshalb fahren Sie jetzt sofort nach Kreuztal-Eichen, da hat es einen mysteriösen Todesfall auf einer Paintball-Anlage gegeben.«

»Paintball!?« Der Hauptkommissar nahm seine Brille ab und begann sie an seinem Hemd sauber zu wischen. Ein erneutes Grinsen wuchs in seinem Gesicht. »Das sind diese Farbkugeln, die mit Druckluft abgeschossen werden?!«

»Ja, dachte mir schon, dass Ihnen das gefallen könnte«, nickte Flender. »Fahren Sie hin und klären Sie die Sache. Wahrscheinlich ist es ohnehin nur ein Unfall.«

»Okay, machen wir.« Pfeiffer setzte die Brille auf, erhob sich und blickte zu seinem Partner. »Los, Holzbaum, wir haben etwas zu tun!«

Sprachlos folgte dieser seinem Chef aus dem Büro hinaus. Sie erreichten gerade die Bürotür, als Flenders Telefon klingelte.

»Flender«, hörten sie den Direktor in den Hörer sagen.

Als die beiden Polizisten den Flur erreichten, beeilten sie sich, zum Fahrstuhl zu gelangen. Dort schnappten sie noch auf, wie der Polizeidirektor in den Hörer brüllte: »Was? Der Wagen ist hin?«

6

Die diskutierende Gemeinschaft auf dem Giller zuckte zusammen, als eine kräftige Windböe gegen die großen Terrassenfenster des Restaurants knallte. Das Glas der Scheiben vibrierte und für eine Sekunde erinnerte der Sturm daran, dass es Gewalten gab, die von Politik völlig unbeeindruckt waren. Die Männer und die Frau hielten kurz inne, dann ging das Wortgefecht weiter. Zusammenfassend konnte man bis zu diesem Zeitpunkt festhalten, dass Tristan nicht eingreifen musste, dass im Prinzip die Idee von Henning Simon ausgezeichnet war, die Durchführung allerdings einige Fallstricke bereit hielt.

»Bei der Größenordnung müssen wir eine Ausschreibung veranlassen«, brummte der Fraktionsvorsitzende der Christdemokraten.

»Wo liegt das Problem?« fragte der Kollege der Liberalen.

»Das kann Monate dauern, bis wir einen Anbieter haben, der nach der gültigen europäischen Ausschreibungsverordnung ermittelt wurde«, antwortete der Christdemokrat.

»Und! Was soll's?« seufzte die Grünen-Politikerin.

»Wir wollen das Jugendwaldheim frei bekommen«, erinnerte der Landrat freundlich.

»Ach ja, richtig, Sie wollen ja dieses *chauvinistische* Fest feiern, in dem zweihundert Jahre

Unterdrückung durch die Obrigkeit gewürdigt werden sollen«, antwortete die Grüne.

»Jetzt aber mal halblang!« mischte sich Simon ein. »Unser Kreis wurde nicht aus chauvinistischem Gedankengut gegründet. Keiner unserer Vorfahren hat sich als überlegene Spezies gefühlt, Frau Vorsitzende.« Der Assistent holte tief Luft: »Wir sind vielmehr verkauft worden. Wilhelm Friedrich von Oranien hat uns gegen Luxemburg an die Preußen verhökert.«

»Was soll die Geschichtsstunde?« murrte der Christdemokrat.

»Ich bin der Meinung, dass man Tatsachen klarstellen sollte«, wehrte sich Simon. »Außerdem«, er machte eine Pause und blickte seinen Chef an, »habe ich meinen Vorschlag mit Bedacht gemacht.«

»So?!« Die Kreistagsmitglieder zogen synchron die Augenbrauen nach oben.

»Üben Sie das?« staunte der persönliche Assistent des Landrats und wartete die Antwort nicht ab. »Wir umgehen die Vorschrift eines Ausschreibungsverfahrens und begründen das mit besonderen Umständen. Wir haben in der Region zwei große Fertighausanbieter, aus denen suchen wir den richtigen Kandidaten heraus.«

»Sie meinen „Fröhlich" im Süden des Kreises und „Kirchhof" im Norden«, sagte die Grünen-Kreistagsabgeordnete.

»Sie haben es erfasst«, bestätigte Simon.

»Dann kommt nur Fröhlich in Frage. Der baut ökologisch korrekt.« Die Grünen-Vorsitzende verzog ihr Gesicht zu einer Kampfansage. Sie wollte keinen Zweifel daran aufkommen lassen, dass sie ihre Entscheidung bis zu Gottes Jüngstem Gericht verteidigen würde, auch wenn sie sich dafür dem Verdacht aussetzen musste, an einen Gott zu glauben.

»Ach wirklich!?« grinste der Christdemokrat. »Liegt wohl daran, dass Sie dort im Süden des Kreises Ihre Wählerschaft haben.«

»Jetzt aber mal langsam!« Der Landrat klopfte spielerisch auf den Tisch. »Wir sollten erst einmal klären, ob die beiden Firmen überhaupt Kapazitäten frei haben.«

»Äh, ja, das habe ich schon getan.« Simon wischte auf seinem Tablet hin und her. »Beide Firmen könnten innerhalb kürzester Zeit ein zweistöckiges Gebäude mit Platz für 50 Bewohner herstellen beziehungsweise aufstellen. Hier lesen Sie, bitte.« Er reichte Fischer das Tablet.

»Gut, dann sollten wir das so machen«, nickte der Landrat.

»Äh, da wäre noch etwas«, druckste Simon herum.

»Ja?!« Der Landrat musterte seinen Assistenten.

»Das Geld!« antwortete Simon.

»Was ist mit dem Geld?« fragte die Grünen-Politikerin spitz.

»Es wird nicht reichen«, seufzte Simon.

»Wieso?!« platzte es aus Fischer heraus. »Wählen Sie den Günstigsten aus!«

»Die werden uns erpressen«, antwortete der Assistent niedergeschlagen.

»Was?!« hallte es durch das Restaurant. Es war erstaunlich, wie schnell eine zerstrittene Gesprächsrunde synchronisiert werden konnte.

»Nun ja, die sind Geschäftsleute«, Henning Simon zuckte mit den Schultern, »die werden versuchen, unsere Situation auszunutzen.«

»Das hätten Sie aber bedenken müssen!« tadelte der Sozialdemokrat selbstgefällig.

In dem Moment klingelte Simons Telefon.

Die Gesprächsteilnehmer verzogen ihre Gesichter, doch der Assistent ließ sich nicht aufhalten und griff zum Handy.

»Oh, das ist Fröhlich«, staunte Simon und sah seinen Chef fragend an.

»Na, gehen Sie ran«, forderte er seinen Assistenten auf.

Simon nickte und sagte: »Hallo, Herr Fröhlich, was für eine Überraschung, wir haben gerade über Sie geredet.«

Helga und Tristan standen im Restaurant an der Theke. Sie beobachteten die kleine Gesprächsrunde, und dank der Lautstärke hatten sie die Diskussion bis jetzt verfolgen können, doch mit dem Anruf wurde es plötzlich still an dem Tisch.

»Was, glaubst du, ist jetzt passiert?« fragte Helga ihren Freund.

»Keine Ahnung«, antwortete Tristan und grinste diebisch, »aber es muss wichtig sein. Sie verhalten sich plötzlich sehr zivilisiert.«

»Ich gehe mal rüber und frage, ob jemand noch etwas trinken möchte.« Helgas Grinsen stand dem ihres Freundes an Doppeldeutigkeit in nichts nach.

Sie schnappte sich einen Kellnerblock und ging zielstrebig auf die Gruppe zu.

»Hallo, darf ich Ihnen noch was bringen?« fragte sie freundlich und lächelte die Kreistagsmitglieder an.

»Hätten Sie einen Cognac?« Der Landrat blickte leichenblass zu ihr auf.

»Oh, gute Idee«, warfen die Tischnachbarn ein.

»Ist Ihnen nicht gut?« fragte Helga und erkannte, dass alle am Tisch geschockt aussahen. »Jetzt sagen Sie nicht, dass eine Bombe in Siegen hochgegangen ist!«

Der Landrat starrte sie einen Moment an, dann schüttelte er den Kopf und antwortete: »Oh nein, nein, wir hatten nur gerade ein verstörendes Gespräch mit einem Geschäftsmann. Sein Sohn scheint plötzlich sterbenskrank geworden zu sein.«

»Gut!« Die Pensionsbesitzerin atmete erleichtert aus und merkte an den entsetzten Blicken der Gäste, dass dies nicht die angemessene Reaktion war, die man nach einer solchen Nachricht von sich geben sollte. »Natürlich nicht für den Sohn«, beeilte sie sich zu erklären. »Das ist wirklich schlimm.«

7

Etwas Schlimmes war dem Wisse Ohm in seinem Leben schon oft passiert. Der heftige Regenguss, der ihn im Moment bis auf die Knochen durchnässte, gehörte allerdings zu den weniger unangenehmen Dingen. Der Wisse Ohm trug einen alten Bundeswehr-Parka mit Kapuze, der aussah, als hätte das Kleidungsstück schon bei der 68er-Revolution Bekanntschaft mit einem Wasserwerfer gemacht. Eine Hose mit Camouflagemuster, die so verwaschen war, dass sich das Muster nur noch erahnen ließ, steckte in abgewetzten Soldatenstiefeln, die wohl das letzte Mal vor der Wiedervereinigung mit Schuhcreme in Berührung gekommen waren. Der kümmerliche Rest einer Zigarre, der in dem unrasierten Gesicht aufglühte, verstärkte den Eindruck, dass dieser Mann nicht gerade zu den Gewinnern zählte. Da halfen auch die zwei vollen Plastiktaschen nicht, die neben ihm auf dem Boden lagen. Ganz im Gegenteil, sie rundeten das Bild des Mannes von einem Penner ab.

Wäre ein neugieriger Beobachter jedoch mutig genug gewesen, sich dem Mann zu nähern, dann hätte sein Geruchssinn festgestellt, dass der

Wisse Ohm nach Lavendel roch. Eine Information, die dem Gehirn schwer zu schaffen gemacht hätte, da sich plötzlich der Geruchssinn und der Sehsinn auf Kollisionskurs befanden, wie zwei unter Volldampf fahrende Lokomotiven, die sich schnell einander näherten.

Der Wisse Ohm machte sich schon lange keine Gedanken mehr darüber, wie er auf Menschen wirkte. Er hatte in Abgründe gesehen, die der Mensch mit Eifer selbst geschaffen hatte. Ihm war die Ruhe in einem Park wertvoller als alles Geld der Welt. Er zog die Kapuze weit über das Gesicht. Seine klaren Augen beobachteten die Umgebung, dann grinste er und zwei perfekte weiße Zahnreihen blitzten im matten Licht der Parklaternen auf. Der Mann schien eindeutig etwas anderes zu sein, als er zu sein vorgab.

Und in der Tat spielte der Wisse Ohm nur eine Rolle. Allerdings war er kein Schauspieler, sondern ein Agent, genauer ein Agent im Ruhestand. Sein ganzes Leben lang war er bei seinen Missionen in unterschiedliche Rollen geschlüpft. Jetzt, als Pensionär, hatte er seine Schwierigkeiten damit, im Ruhestand zu sein. Doch das sollte sich bald ändern.

Im strömenden Regen saß er auf der Bank in einem der schönsten Parks der Universitätsstadt. Er genoss die Ruhe und das gleichmäßige Prasseln der Regentropfen. Der Wisse Ohm hatte sich eine Bank nahe dem kleinen Musikpavillon im Süden des Schlossparks ausgesucht. Die Sitzbank stand weit genug entfernt vom südlichen Eingang, sodass er jeden Besucher frühzeitig erkennen konnte. Überraschungen mochte der Wisse Ohm überhaupt nicht. Eine alte Angewohnheit, die ihm mehr als einmal das Leben gerettet hatte. Er zog genüsslich an der Zigarre und blies den Rauch gegen die herabfallenden Regentropfen.

Ein leises Kichern störte plötzlich das gleichmäßige Prasseln der zerplatzenden Wassertropfen. Es schlich an ihnen vorbei, als wäre es ein Dieb in der Nacht. Der Wisse Ohm sah sich um. Im fahlen Schein einer schwächlichen Laterne erkannte er zwei Gestalten, die sich vor dem Regen unter den Musikpavillon flüchteten.

»Psst!«

Das kam eindeutig von einer jungen Frau.

»Was?!« Eine fremdländisch klingende Stimme war zu hören.

»Es ist kalt«, sagte die Frau.

»Warte, ich gebe Mantel«, antwortete der Mann mit einem fremdländischen Dialekt.

»Gebe DIR DEN Mantel«, korrigierte die Frau.

Der Wisse Ohm sah, wie der Mann seine Regenjacke auszog und sie der Frau über die Schulter legte.

»Besser?« fragte er.

»Ja, viel besser«, nickte die Frau und lehnte sich an die Schulter des Mannes. »Hast du Bescheid bebekommen?«

»Bescheid?!« wiederholte der Mann.

»Ja, ein offizielles Behördenschreiben?« erklärte sie ihm.

»Verstehe nicht«, sagte der Mann.

»*Official authorities form* von der Behörde«, ergänzte sie liebevoll.

»Ah, verstehe«, nickte der Mann. »Nein, habe nicht erhalten.«

»Hm, dann hoffen wir, dass du bald Bescheid bekommst«, lächelte sie und gab dem Mann einen Kuss.

»Ja, hoffen!« murmelte der Mann. »Hoffen, ein schönes deutsches Wort.«

Ein Handy klingelte.

Der Wisse Ohm besaß kein Mobiltelefon, deshalb bewegte er sich nicht. Unterdessen löste sich die junge Frau von dem Mann und zog ein Handy aus ihrer Jeans.

»Ja! Was willst du, Janik?« Ihre Stimme klang bestimmt und verärgert. »Nein, nein! Ich komme, wo seid ihr ...? In der Paintball-Halle ...? Ja, wartet, ich bin unterwegs.«

»Was passiert Schlimmes?« fragte der Mann erschreckt.

»Ja, mein Bruder, ich muss sofort los.« Die junge Frau, die sich Ruth nannte, streifte die Regenjacke ab und eilte davon. Der *Usswaerdije* folgte ihr schweigend.

Der Wisse Ohm hörte, wie das Tor zum Südeingang quietschend aufgeschoben wurde und wenig später mit einem lauten Scheppern wieder ins Schloss fiel.

»Die sollten mal die Angeln schmieren«, brummte er.

Dann fiel ihm aus purer Gewohnheit auf, dass er das Quietschen der Angeln vorher nicht wahrgenommen hatte.

»Dann sind die beiden nicht über die Höhstraße in den Park gekommen«, überlegte er und stand auf.

8

Privatdetektiv Tristan Irle beobachtete seine Freundin. Immer wenn Helga verlegen wurde, griff sie mit der rechten Hand zu einer ihrer störrischen Locken und schob sie hinter das rechte Ohr. Die Herrschaften verhielten sich überraschend leise, was auf Tristan genauso laut wirkte wie eine heulende Sirene. Ungeduldig wartete er, bis Helga zur Theke zurückkam.

»Oh, das war so peinlich«, stieß sie leise aus.

»Was ist geschehen?« Tristan flüsterte, während er seine Halbbrille in die Hand nahm.

»Ich glaube, irgendwer ist sterbenskrank geworden«, antwortete sie und stöhnte laut. »Ich habe mich da gerade voll ins Fettnäpfchen gesetzt.«

Tristans Handy klingelte. Da der Detektiv von moderner Technik im Allgemeinen nicht viel hielt, dauerte es eine Weile, bis er begriff, dass es sein Telefon war, das die Gaststube beschallte.

»Es liegt auf dem Tisch, da drüben«, Helga deutete auf den Terrassenausgang.

Tristan eilte zu dem Tisch und nahm das Gespräch an.

Die Politiker beachteten den Detektiv nicht. Der Disput hatte wieder Fahrt aufgenommen und es wurde laut.

Helga füllte die Cognacgläser. Dann warf sie einen Blick durch eine Tür, die in den Flur führte, der gleich hinter der Theke lag. Dort saß auf einer Stange ein weißer Kakadu. Seine dunklen Knopfaugen starrten zurück. Dem Kakadu gefiel es anscheinend nicht, wie er da so allein im Flur zurückgelassen wurde. Sein Missfallen an der Situation erkannte Helga daran, dass der ansonsten gefräßige Vogel keinen der zwei Kekse angerührt hatte, die vor ihm in einem Fressnapf lagen.

Das Haustier durfte aus hygienischen Gründen nicht in die Gaststube, wenn dort Gäste essen wollten. Natürlich gab es in der Vergangenheit immer mal wieder eine Ausnahme, aber jetzt besuchte der Landrat das Restaurant und da verstand Helga keinen Spaß.

»Gut«, murmelte sie, froh darüber, dass der Kakadu artig auf der Stange saß, dann nahm sie das Tablett mit den gefüllten Cognacgläsern.

Tristan beendete unterdessen das Telefonat. Sie trafen sich, als Helga hinter der Theke vortrat.

»Und?!« fragte sie.

»Wir bekommen Besuch«, antwortete Tristan nachdenklich.

»Wir haben ein Restaurant!« antwortete Helga, die bereits die halbe Gaststube durchschritten hatte.

»Na, ich weiß nicht, heute ist Ruhetag«, brummte der Detektiv und sah auf seine Armbanduhr. Wenn sein Gesprächspartner die Wahrheit gesprochen hatte, dann müsste er jeden Moment eintreffen.

Er ging zur Terrasse und blickte in Richtung Jugendwaldheim. Viel konnte er bei der Dunkelheit nicht erkennen. Regentropfen liefen an den Scheiben hinunter und spiegelten das Licht der Deckenbeleuchtung. Die Windböen schlugen nur noch vereinzelt gegen die Glasfront, was ein Zeichen dafür war, dass der Sturm nachließ. Plötzlich blitzte Licht durch den dunklen Wald. Es dauerte einen Augenblick und aus dem flackernden Lichtschein wurde ein heller Lichtkegel, der sich der Pension näherte.

Helga verteilte die Cognacgläser und bemerkte nicht, wie Tristan langsam zur Theke zurückging. Wenig später flog die Gaststättentür auf und ein aufgebrachter Mann stürmte herein.

»Wo finde ich den Privatdetektiv!« rief er. Der Mann trug einen edlen Maßanzug unter einem Mantel aus Kaschmirwolle. Sein grau meliertes Haar unterstrich das kultivierte Aussehen des Besuchers.

Henning Simon blickte auf und starrte den Mann an.

»Ich bin hier!« antwortete Tristan unterdessen.

»Herr Fröhlich!« stieß Simon überrascht aus.

Kurt Fröhlich reagierte nicht auf Simon. Der Fertighausanbieter eilte auf Tristan zu und knurrte: »Sie müssen mir helfen!«

Tristan führte den Geschäftsmann in eine Ecke des Restaurants, die ein vertrauliches Gespräch ermöglichte. Schweigend begleitete Kurt Fröhlich den Detektiv, dabei wirkten seine Gesichtszüge wie versteinert. Neugierig folgten ihnen die Blicke der Kreistagsabgeordneten.

Sie setzten sich. Tristan sah dem Mann in die Augen. Es wunderte den Detektiv nicht, dass sein Gegenüber das Gleiche tat. Für einen Augenblick taxierten sich die Männer, als wären sie in einer weiten Steppenlandschaft zur Zeit der Mammuts. Instinktiv versuchte das Kleinhirn, den Fremden in Freund oder Feind einzuordnen. Doch die Mammuts waren ausgestorben und die Zeiten, in denen halb nackte Rohlinge, bewaffnet mit Feuersteinäxten, durch bloße Muskelanspannung Feindseligkeit ausdrückten, waren vorbei.

Heute konnte man Muskelanspannung unter dem teuren Maßanzug des Firmenchefs genauso wenig erkennen wie Feindseligkeit in der Mimik des Detektivs, wenn der es nicht wollte. Nach einem Moment des Abwägens nickte Tristan dem

Unternehmer zu, was der mit einer leichten Kopfbewegung erwiderte. Der Detektiv lächelte und griff zu seiner Pfeife, die er aus einer Tasche der Strickjacke hervorholte: »Wie kommen Sie so schnell auf den Giller? Und antworten Sie bitte nicht: mit dem Auto!«

Kritisch blickte Fröhlich auf das Rauchinstrument.

»Keine Angst, ich rauche sie nicht«, erklärte Tristan. »Es ist eine Angewohnheit von mir, sie nur in die Hand zu nehmen.«

Kurt Fröhlich akzeptierte die Erklärung und antwortete: »Ich habe von Herrn Simon erfahren, der Herr sitzt dort drüben, dass Sie hier auf dem Giller sind, nachdem ich ihn über den plötzlichen Tod meines Sohnes unterrichtet habe.

Als ich Sie anrief, befand ich mich bereits auf dem Weg von Eichen, wo mein Sohn ums Leben kam, nach hier. Ich erreichte Sie, als ich Hilchenbach hinter mich ließ.

Ich glaube, mein Sohn wurde ermordet!«

»Was lässt Sie zu dieser Vermutung kommen?« Tristan drehte die Pfeife in seiner Hand. »Am Telefon erwähnten Sie, dass der Notarzt meinte, Ihr Sohn sei einem Herzleiden erlegen.«

»Das ist Schwachsinn«, knurrte Fröhlich aufgebracht. »Matthias ist erst 22.« Er machte eine Pause und korrigierte sich. »War erst 22. Körperlich topfit und hatte auch nichts am Herz. Nein, ich glaube, er wurde ermordet, wahrscheinlich vergiftet.«

»Weshalb hätte man Ihren Sohn töten wollen?« Tristan sah dem Geschäftsmann ruhig in die Augen.

»Weil man mich aus dem Geschäft drängen will«, antwortete Fröhlich, ohne einen Augenblick, über die Frage nachzudenken.

»Was hat Ihr Sohn mit Ihrem Geschäft zu tun?« wunderte sich der Detektiv.

»Wir müssen meinen Betrieb modernisieren«, erklärte Fröhlich müde. »Die Kosten sollen finanziert werden, doch die Bank will den Kredit nur gewähren, wenn mein Sohn das Geschäft weiterführt. Deshalb habe ich Herrn Simon sofort informiert. Nach einem ersten Gespräch mit ihm vor ein paar Tagen scheint der Kreis darüber nachzudenken, mir einen Auftrag für den Bau eines neuen Heimes zu geben. Die Ausführung dieses möglichen Auftrages ist nun jedoch gefährdet.«

»Wieso?« hakte Tristan nach.

»Wieso? Was?« knurrte Fröhlich.

»Die Bank, wieso vergibt sie nur mit der Zusage Ihres Sohnes einen Kredit?«

»Weil die Laufzeit lange angesetzt ist und die Bank eine Sicherheit haben will, dass das Geschäft auch nach meinem Ausscheiden weiter betrieben wird«, erklärte Fröhlich verärgert.

»Okay, das verstehe ich«, erwiderte Tristan und fragte: »Dann haben Sie einen Verdächtigen?«

Der Detektiv nahm seine Halbbrille ab, legte sie auf den Tisch und blickte dann zu Fröhlich.

»Ja, den habe ich!« Der Unternehmer sprach langsam und seine Stimme hatte alle Emotion verloren. Die Worte klangen kalt und mechanisch, als er sagte: »Ich denke, Friedrich-Jürgen Kirchhof, ein Konkurrent, steckt hinter diesem Anschlag.«

Tristan war kein Freund von Spekulationen. Fakten führten zu Beweisen. Beweise überführten Mörder, so denn ein Verbrechen stattgefunden hatte. Sein Gegenüber glaubte an ein Verbrechen. Tristan war bewusst, dass dem Mann gerade das Wertvollste in seinem Leben genommen worden war, trotzdem oder gerade deswegen lenkte der Detektiv das Thema auf Kurt Fröhlichs Besuchsgrund.

»Was wollen Sie von mir?«

Der Unternehmer blickte Tristan verblüfft an.

»Ich dachte, das wäre klar! Ich möchte, dass Sie den Mörder finden.«

Tristan nickte, klärte die finanziellen Bedingungen und meinte schließlich: »Wir sollten schnellstens den Tatort aufsuchen.«

9

Der Hauptkommissar fuhr, Holzbaum saß auf dem Beifahrersitz und las eine Notiz, die ihm ein Kollege von der Wache mitgegeben hatte.

»Der Notarzt hat uns angefordert«, erklärte Holzbaum. »Ihm ist etwas Ungewöhnliches aufgefallen.«

»Dem Notarzt ist etwas Ungewöhnliches aufgefallen: Zum Beispiel, dass sein Patient tot ist?!« antwortete Pfeiffer und beschleunigte den Wagen, den er gerade auf die Hüttentalentlastungsstraße (HTS) gesteuert hatte.

»Keine Ahnung.« Holzbaum überprüfte den Gurt.

Die Fahrt von der Kreispolizeibehörde nach Eichen führte die Beamten mit Blaulicht über die HTS bis nach Kreuztal. Dort bogen sie auf die B 54 in Richtung Olpe ab. Nach einigen Kilometern erreichten sie die Paintball-Halle und parkten den Dienstwagen gleich neben einem Krankenwagen. Vor dem Rettungswagen stand der Notarzt und rauchte eine Zigarette. Die Beamten stiegen aus.

»Das ist aber nicht gesund«, kommentierte Pfeiffer grinsend und zeigte seinen Dienstausweis. »Haben Sie trotzdem noch eine übrig?«

Der Notarzt nickte und reichte dem Hauptkommissar die Zigarettenschachtel.

»Ihnen ist schon klar, dass wir eine aussterbende Art sind«, sagte der Arzt.

Pfeiffer lächelte und steckte den Glimmstängel an.

Holzbaum ging unterdessen zum Krankenwagen und blickte hinein.

»Wir haben den Bestatter noch nicht informiert«, erklärte der Arzt, als er Holzbaum ansah. »Ich dachte, Sie wollen sich den Mann erst einmal anschauen.«

Holzbaum stieg in den Krankenwagen. Ein Rettungssanitäter, der im hinteren Teil des Wagens Verbandmaterial sortierte, nickte ihm zu. Auf der Bahre lag die Leiche, deren Gesicht man mit einem Tuch bedeckt hatte. Der Kommissar hatte in seinem Berufsleben schon viele Tote gesehen, leichter wurde es dadurch nicht. Er blickte zum Rettungssanitäter, der das Tuch wegnahm.

»Seine Lippen sind ganz blau«, bemerkte Holzbaum überrascht.

»Ja, eines der Zeichen, die auf eine Vergiftung hindeuten«, antwortete der Arzt von draußen. »Verstehen Sie jetzt, warum ich Sie hier haben wollte?«

»Eines der Zeichen?« griff Pfeiffer auf. »Haben Sie noch mehr gefunden?«

»Als wir eintrafen«, berichtete der Notarzt, »war der Mann bereits bewusstlos. Seine Freunde sagten, dass ihm schwindelig und übel geworden sei, bevor er ohnmächtig zusammenbrach. Ich habe eine Reanimation eingeleitet, aber leider vergebens. Meine Vermutung ist, dass der Mann an einer Atemlähmung starb, die durch eine Vergiftung hervorgerufen wurde. Deshalb auch die blauen Lippen.«

»Werden die Lippen nicht blau, wenn man mit Arsen vergiftet wird?« hakte Holzbaum nach.

»Das ist korrekt, allerdings treten bei einer Arsenvergiftung sofort die entsprechenden Symptome auf. Die Freunde des Toten erklärten mir jedoch, dass dem Opfer erst langsam schlecht wurde, bis es dann in Ohnmacht fiel.«

»Wo sind diese Freunde?« wollte Pfeiffer wissen.

»Ich nehme an, sie sind in der Halle, bei Ihrem Kollegen«, antwortete der Notarzt.

»So?! Meinem Kollegen?!« wunderte sich der Hauptkommissar.

»Ich lasse die Leiche zum Gerichtsmediziner bringen«, erklärte der Arzt und drückte die Zigarette auf dem Boden aus.

»Ja, in Ordnung«, nickte Pfeiffer. »Holzbaum, kommst du, wir müssen einen Kollegen begrüßen.«

»Was für einen Kollegen?« antwortete der Kommissar, der langsam aus dem Rettungsfahrzeug stieg.

»Das will ich herausbekommen«, zischte Pfeiffer und begab sich zum Halleneingang.

Drinnen, im kleinen Café der Anlage, saßen Dennis, Peter und Janik. Dennis, der Theologiestudent, unterhielt sich mit einem jungen Mann im Anzug. Pfeiffer erkannte Jungkommissar Arne Affolderbach.

»Sie!?« rief er laut.

Affolderbach drehte sich zu seinem Chef um.

»Guten Abend, Hauptkommissar Pfeiffer«, grüßte der Jungkommissar freundlich. »Ich war so frei und habe mit der Vernehmung begonnen.«

»So, Sie waren so frei«, brummte Pfeiffer.

»Ja«, gestand Affolderbach. »Sie waren mit dem demolierten Gefährt beschäftigt, als der Notruf die Wache erreichte. Dort riet man mir, Sie nicht zu stören. Anschließend informierte die Wache den Polizeidirektor.«

»So, und deshalb sind Sie allein losgefahren«, zischte der Hauptkommissar.

»Man sagte mir weiter, dass Sie folgen würden«, antwortete Affolderbach unschuldig.

»Was wir taten«, erwiderte Pfeiffer und atmete tief durch. Dann musterte er die jungen Männer. »Sie haben Cowboy und Indianer gespielt?« Es klang herablassend und wütend.

Janik gefiel Pfeiffers Auftreten überhaupt nicht. »Was wollen Sie?«

»Eine Antwort darauf, wer den jungen Mann da draußen vergiftet hat«, antwortete Pfeiffer langsam. Er betonte jede einzelne Silbe, als handle es sich um glühendes Eisen, das mit harter Stimme geschmiedet werden müsse.

Janik wurde durch die Wut des Polizisten kräftig eingeschüchtert. Er schluckte, blickte hilfesuchend zu seinen Teamkollegen, doch auch die hatte der Auftritt mundtot gemacht, sodass Janik schließlich sagte: »Wir verstehen nicht, wie Sie glauben können, dass Matthias vergiftet wurde. Unser Team hat trainiert, dann ist Matthias schlecht geworden und er ist zusammengebrochen. Niemand hat ihn vergiftet.«

»Diesem Tathergang kann ich vollständig zustimmen«, mischte sich Affolderbach ein. »Nach den bisherigen Erkenntnissen unter Berücksichtigung zweier Variablen ist es momentan noch ein Mysterium, wie man, falls es eine Vergiftung ist, diese hätte durchführen können.«

»Was?!« Pfeiffer glotzte seinen Kollegen mit großen Augen an. »Mysterium?!«

»Ein unergründliches Geheimnis«, antwortete Affolderbach als Erklärung.

Pfeiffer schüttelte den Kopf, doch bevor sein Verstand den inneren roten Knopf drücken konnte und damit eine Sprengladung ausgelöst hätte, die dem hilfsbereiten jungen Kollegen metaphorisch den Kopf wegpusten würde, trat Holzbaum dazwischen und sagte: »Affolderbach, Sie haben also keinen Hinweis gefunden, wie und wo man das Opfer hätte vergiften können?«

»Das ist korrekt«, nickte der Jungkommissar und fügte weiter hinzu: »Das Team *„Riewekooche Gäng"* hat eine halbe Stunde die Spielvariante „Center Flag" trainiert.«

»Center Flag?!« knurrte Pfeiffer, mehr darüber pikiert, nicht zu wissen, was dieser Begriff bedeutet, als darüber, dass Affolderbach gute Arbeit geleistet hatte.

»Eine Fahne steht in der Mitte des Spielfeldes und muss erobert werden«, erklärte Janik missmutig.

»Die Spieler waren alle auf dem Feld, danach gab es eine Pause und die zweite Trainingseinheit begann. Auch hier waren alle zusammen. Getrunken wurden Kaffee und Wasser. Der Kaffee stammt aus dem Automaten, den Sie da drüben stehen sehen, und das Wasser aus dem Automaten da hinten. Das Opfer hat sonst nichts zu sich genommen und keiner der Mitspieler zeigt Vergiftungserscheinungen. Wobei wir wieder bei einem Mysterium wären.« Affolderbach deutete auf die Geräte und beendete damit seine Ausführungen.

10

Mit kreischenden Bremsen kam das alte Borgward Cabriolet zum Stehen. Das metallische Reiben der Bremsbacken war bis in die Halle zu hören. Privatdetektiv Tristan Irle öffnete die Fahrertür und fluchte: »Was ist das denn gewesen?!«

Neben dem Oldtimer stellte Fröhlich seinen Firmenwagen ab.

»Haben Sie das gehört?« fragte Tristan besorgt, während er sich zum linken Vorderrad niederbeugte und die Hand an die Stahlfelge legte.

»Was soll ich gehört haben?« erwiderte der Unternehmer und sah befremdet zu, wie der Detektiv nun zum rechten Vorderrad eilte und dort ebenfalls die Hand auf die Felge legte.

»Versprechen Sie sich eine Wirkung von diesem Handauflegen?« wollte der Vater des verstorbenen Matthias wissen.

»Nein, ich fühle nur, ob die Bremsen fest sind. Dann erhitzt die Reibung nicht nur den Bremssattel, sondern auch die Felge«, erklärte Tristan und fügte erleichtert hinzu: »Keine der beiden Felgen ist erhitzt. Dann scheinen die Bremsklötze das nasse Wetter nicht zu mögen.«

Fröhlich musterte den Detektiv ungläubig. Tristan bemerkte diese Verunsicherung und lächelte: »Der Oldtimer ist eine Passion für mich.«

Die Worte irritierten den Unternehmer.

»In meinem Beruf ist es wichtig, Zusammenhänge zu erkennen«, beeilte sich Tristan zu erklären.

»Wie hilft Ihnen dabei ein Oldtimer?!« fragte Fröhlich ungeduldig.

»Die Mechanik des Wagens funktioniert ohne Elektronik. Geht etwas kaputt oder – wie gerade – etwas gibt kreischende Töne von sich, dann lässt sich der Fehler ohne Auslesen des elektronischen Fehlerspeichers finden, wenn man seine eigene Analyse macht und dann eine plausible These äußert.«

»Herr Irle, Sie verwirren mich«. Fröhlich wirkte jetzt eindeutig genervt. »Was soll das Geschwafel?«

»Ich möchte Ihnen damit sagen, dass Sie sich darauf verlassen können, dass ich keiner schnellen Antwort traue, möge sie noch so plausibel daherkommen.«

»Das verstehe ich«, nickte der Unternehmer und sagte: »Wir müssen da rein.«

Tristan sah zur Eingangstür und blickte dann über den Parkplatz. Eine Reihe mehr oder weniger gepflegter Sportcoupés und Kleinwagen stand auf dem Parkplatz. Ging man davon aus, dass die Kundschaft der Paintballhalle mit Testosteronmangel keine Probleme hatte, sie jung und sportlich war, so entsprachen die Automobile dem Klischee dieser Altersgruppe. Eines der Autos fiel jedoch sofort auf. Es stach aus der Masse heraus wie ein Rabe aus einer Schar Schneehühner. Tristan erkannte die aufgemotzte Limousine mit Hagener Kennzeichen.

»Die Polizei ist anwesend«, sagte er laut und wandte sich zum Eingang.

»Das ist ja schon mal ein Fortschritt«, knurrte Fröhlich. »Als ich vorhin hier war, gab sich der Notarzt geschlagen und mein Sohn lag tot auf der Bahre.«

Sie betraten das kleine Café.

Die Teammitglieder der *„Riewekooche Gäng"* saßen bedrückt in einer Ecke, während Holzbaum und Affolderbach auf einem Tisch die benutzten Markierer vor sich liegen hatten. Pfeiffer untersuchte einen der Geräteautomaten. Allerdings verhielt der Polizist sich nicht wie ein Ermittler. Sein Verhalten verwirrte, da man unmöglich erraten konnte, ob er verzweifelt den Getränkeautomaten zu bedienen versuchte oder ob er prüfte, wie man den Automaten am besten beraubte.

»Guten Abend«, grüßte Tristan laut.

Der Hauptkommissar blickte auf und stöhnte: »Ach nein! Irle?! Was machen Sie denn hier?«

»Einen Mord untersuchen!« erwiderte der Detektiv und begrüßte Holzbaum und den jungen Kommissar Affolderbach. »Darf ich Ihnen Kurt Fröhlich vorstellen? Er ist der Vater des Ermordeten«.

Matthias' Freunde erkannten den Vater ihres toten Captains und standen auf.

»Es tut uns so leid«, sagte Dennis, der angehende Theologe, mit einer Trost spendenden Stimme.

»Danke, Dennis«, antwortete Fröhlich leise, um laut hinzuzufügen: »Was ist hier heute passiert?«

Die Teammitglieder sahen sich an und schwiegen. Schließlich begann Janik von den Ereignissen zu berichten.

Pfeiffer, der sich entschieden hatte, dem Getränkeautomaten eine Flasche Wasser abzukaufen, schlenderte zurück zu der Gruppe. Holzbaum, der einen der Markierer so gründlich untersucht hatte, dass ihm grüne Farbe an den Händen klebte, versuchte zuzuhören. Doch ein leichter Schwindelanfall machte es ihm unmöglich, auf Janiks Worte zu achten. Der Schwindel wurde stärker und bevor er seinen Gleichgewichtssinn verlor, ließ der schwergewichtige Holzbaum sich auf einen Plastikstuhl nieder. Der Stuhl schabte knirschend über den Boden.

»Leute, mir ist nicht gut!« stöhnte Holzbaum.

Tristan eilte zu dem Polizisten. Ihm fielen die verschmutzten Hände auf. »Was haben Sie da?« fragte er laut.

»Farbe von den Paintkugeln«, antwortete der Polizist, während er nach Luft schnappte.

Der Detektiv griff nach einer Serviette, die auf einem Bistrotisch lag und wischte Holzbaums Hände ab. »Macht jemand mal die Tür auf! Er braucht frische Luft.«

Pfeiffer eilte zur Tür und stieß sie auf. Tristan bemerkte Holzbaums geweitete Pupillen und rief: »Niemand berührt die Gewehre!«

»Die Gewehre nennt man Markierer«, korrigierte Janik trocken.

Affolderbach kontrollierte sofort seine Hände und stöhnte erleichtert, als er feststellte, dass keine grüne Farbe an seinen Fingern klebte.

Kalte frische Luft strömte in das kleine Café und Holzbaum begann ruhiger zu atmen.

»Müssen wir einen Arzt rufen?« fragte Affolderbach.

»Nein, ich denke nicht«, antwortete Holzbaum schwerfällig.

»Sehen Sie sich mal Holzbaums Pupillen an, sie sind geweitet«, stellte Tristan entsetzt fest.

»Vergiftung?!« Pfeiffer ließ die Tür zufallen und trat ungläubig neben den Detektiv.

Holzbaums Atmung beruhigte sich und die Pupillenerweiterung nahm langsam ab.

»Sollen wir wirklich keinen Arzt rufen?« fragte Tristan besorgt.

»Nein, es wird besser«, erwiderte Holzbaum.

»Was geht hier eigentlich vor?!« brüllte Fröhlich.

»Wahrscheinlich wurden die Kugeln vergiftet, mit dem man auf den Besitzer dieses Markierers schoss.« Tristan deutete auf den verschmutzten Markierer. »Wem gehört dieser Markierer?«

»Der gehört Matthias«, antwortete Dennis.

»Ich habe auf Matthias geschossen«, erklärte Janik fassungslos. »Dann müssen meine Patronen vergiftet sein.«

»Was?« rief Pfeiffer.

»Aber ich habe die Patronen von Matthias erhalten«, beeilte sich Janik zu antworten.

»Ja, das stimmt«, bestätigten die Freunde. »Wir haben alle die Patronen von Matthias erhalten.«

Pfeiffer schüttelte den Kopf und meinte: »Sie alle verlassen vorläufig nicht die Stadt. Ist das klar?«

Die Studenten nickten.

»Was ist hier bloß geschehen?« murmelte Tristan.

»Wenn der Kommissar noch lebt«, fragte Fröhlich, »wieso starb dann mein Sohn?!«

Tristan wandte sich an die Teammitglieder. »Wie stark beschmiert man sich mit Paintball-Kugeln bei einem Spiel?«

»Sie meinen, im Vergleich zu den Verschmutzungen an seinen Fingern?« Janik deutete auf Holzbaum.

Tristan nickte.

»Das war Fliegendreck! Ein Spiel wäre eine Schlammgrube«, antwortete Janik.

Die Tür flog auf und eine junge Frau stürmte herein.

»Wo ist mein Bruder?« rief sie, dann erkannte Ruth Fröhlich ihren Vater.

2. Erich Roth schnaubte ...

Mittwochmorgen

Erich Roth schnaubte wie ein Schlachtross, das bei einer Tjost über den Turnierplatz galoppiert kam. Sein Gegner war eine Zeitung, die er hastig zusammenfaltete. Eigentlich war die Zeitung nicht der Auslöser seines Ärgers, vielmehr das, was das Nachrichtenmedium verbreitete.

»Haben die vergessen, woher ihre DNA stammt?« knurrte der Diakon der Marienkirche. »Oder verwechseln die Nächstenliebe mit Selbstaufgabe? Als Christ muss man sich bekennen, denn nur wenn man weiß, wo man steht, kann man festlegen, wohin man gehen will! Die haben ja den Schuss nicht gehört!«

Erich Roth, ein Zwei-Meter-Mann, war durch Schwarzafrika gepilgert und hatte mehr als einmal seine Position festgelegt, um anschließend zu wissen, wohin die Reise gehen sollte. Dabei sei hier vermerkt, dass dies sowohl metaphorisch wie auch real zu verstehen war. So war der Diakon in Situationen geschlittert, in denen er sich als Christ bekennen und schlagkräftig wehren musste. Christus war für die Menschen gestorben, dem nachzueifern, das fand Erich, wäre der Ehre zu viel gewesen. Zum Glück hatte Gottes Schöpfung dem Menschen das Hartholz geschenkt.

Er blickte grimmig zu seinem Wanderstab, der neben dem Schrank mit den Messgewändern stand.

»Wie können die noch das „C“ im Namen ihrer Partei ertragen? Sie verleugnen sich selbst und lassen die armen, verlorenen Seelen zurück. Wie heißt es in Markus 15, Vers 16: Wer da glaubet und getauft wird, der wird selig werden; wer aber nicht glaubet, der wird verdammt werden.«

Erich schüttelte seinen Kopf und stand auf. Er befand sich in der Sakristei der Marienkirche in der Altstadt von Siegen. Ein schlichter Raum, in dem Messgewänder, Kelch und eine Kasse aufbewahrt wurden, ein Schreibtisch, den man wegen Erichs Körpergröße an den Tischbeinen erhöht hatte, sowie eine Kaffeemaschine deuteten darauf hin, dass der Raum außerdem als Büro genutzt wurde.

Der Diakon legte die Zeitung auf einen Stapel, als aus dem Kirchenschiff ein dumpfes Geräusch zu hören war. Eines der schweren Holztore des Nebeneingangs der Kirche war ins Schloss gefallen. Es war fast unmöglich, die Torflügel leise zu schließen. Erich schaute auf eine Wanduhr. Für einen Augenblick dachte er daran, einen Termin vergessen zu haben, doch in dem Kalender an der Wand war nichts vermerkt. Dann klapperte es aus dem Kirchenschiff, als würde ein Pferd den Mittelgang entlangtrotten.

»Herr im Himmel, was ist denn das?« zischte der immer noch aufgebrachte Diakon und stürmte aus der Sakristei dem Eindringling entgegen.

Erich staunte nicht schlecht, als er die Kirche betrat. Der Wisse Ohm kroch auf allen vieren über den Marmorboden im Mittelgang des Kirchenschiffs. Ein roter und grüner Flicken am Po seiner Hose leuchteten Erich entgegen wie zwei Positionsleuchten eines Flussdampfers. In der Hand hielt der Wisse Ohm mehrere Pfanddosen, die ihm jederzeit wieder entgleiten konnten. Am Fuße des Altars lag ein Wust an Plastiktüten mit Blechdosen und Plastikflaschen. Einige dieser leeren Flaschen und zerbeulten Getränkedosen waren aus einer aufgerissenen Tüte auf den Boden gefallen. Das hatte den Krach verursacht und den Wisse Ohm genötigt, im Haus Gottes wie ein demütiger Sünder auf die Knie zu gehen, um das Pfandgut wieder einzusammeln.

»Kann ich helfen?« brummte der Diakon mit seiner perfekten Baritonstimme.

»Wenn du weniger glotzen und in Demut dein Haupt senken würdest, könnten wir diese peinliche Situation schnell beenden«, knurrte der Wisse Ohm, hörbar kurzatmig, ohne sich nach dem Kirchenmann umzudrehen. »Die verdam... Tüte ist gerissen.«

Erich grinste und trat mit zwei großen Schritten an dem Wisse Ohm vorbei. Jetzt sah er, dass entlang dem ganzen Mittelgang Dosen und Pfandflaschen verteilt lagen.

»Was hast du mit dem ganzen Zeug vor?« fragte Erich und begab sich ebenfalls auf alle Viere.

»Eine kleine Spende«, brummte der Wisse Ohm. »Ich denke, Geld ist euch Kirchenmännern immer recht.«

»Können wir gebrauchen!« nickte Erich und griff nach einer zerbeulten Cola-Dose.

»Ich störe doch nicht?« fragte der Ex-Agent, dem Erichs Gemütszustand auffiel.

»Nein, hatte nichts Besonderes vor«, antwortete der Diakon, aber es klang nicht aufrichtig.

»Hast dich geärgert«, stellte der Wisse Ohm fest und grapschte nach einer weiteren Dose.

»Hm«, brummte der Kirchenmann und blickte dann zum Ohm. »Bist du katholisch?«

»Komische Frage«, antwortete der Wisse Ohm.

»Niemand macht sich mehr Gedanken um sein Seelenheil«, knurrte der Diakon, während seine großen Hände weitere Dosen vom Boden einsammelten.

»Die Heiden aus dem Morgenland sind noch voller Eifer«, antwortete der Wisse Ohm leichtfertig.

Erichs Gesichtszüge versteinerten. Der Ex-Agent hatte das Gefühl, als starre ihn die Büste eines römischen Senators an.

»Ist dir was über die katholische Leber gelaufen?« Der Wisse Ohm richtete sich auf.

»Eine ganze Menge!« schnaufte Erich.

»Ich höre!« Der Wisse Ohm nickte dem Kirchenmann auffordernd zu.

»Wie nennst du eine Partei, die ein „C“ für christlich im Namen trägt, sich aber ganz und gar nicht christlich verhält?«

»Christlich nach der Seligpreisung? Oder christlich nach dem Alten Testament?«

»Was macht das für einen Unterschied?« schnaufte Erich.

»Den Scheiterhaufen!« antwortete der Wisse Ohm.

Mit aufgerissenen Augen musterte der Zwei-Meter-Mann den alten Ex-Agenten. Erich spürte, dass ihm gerade eine Lektion erteilt worden war.

»Die Seligpreisungen sind der Humus, aus der Barmherzigkeit wächst«, erklärte der Ohm ruhig, »was zu unserem Sozialsystem führte. Das Alte Testament ist da etwas härter. Es fordert im 2. Buch Mose auf, Hexen zu verbrennen! Verstanden? Scheiterhaufen und so! Wurde abgeschafft, weil wir im 18. Jahrhundert in Europa eine Bewegung hatten, die wir Aufklärung nennen, was letztlich zum Humanismus führte.«

Erich schnaufte.

»Okay, ich denke, das „C“ müsste heute in „H“ umbenannt werden«, erklärte der Wisse Ohm abschließend.

Erich nickte, während er sagte: »Humanistisch-Soziale Union!? Das wäre dann wenigstens nicht so verlogen.«

2

Verlogen verhielt sich Tristan Irle im Moment nicht. Er räumte die Geschirrspülmaschine ein. Helga war in der vergangenen Nacht nicht mit nach Siegen gekommen. Dennoch fühlte sich der Detektiv nicht allein. Sein Haustier beobachtete ihn. Der weiße Kakadu saß auf seiner Kletterstange, die im Wohnzimmer nahe dem Kücheneingang stand. Sein Kopf wackelte hin und her, als er versuchte, die Aufmerksamkeit seines Herrchens zu bekommen.

Tristan hatte den weißen Kakadu im Kükenalter als Geschenk von seinem ehemaligen Pfarrer erhalten. Was der Kirchenmann ihm damit sagen wollte, blieb bis heute ein Geheimnis, das der Pfarrer mit ins Grab nahm. Jedenfalls hatte Tristan den weißen Vogel mit viel Liebe aufgezogen. Der Detektiv stellte schnell fest, dass der australische Kakadu ein überaus intelligentes Tier war, das beschäftigt werden wollte. So lehrte Tristan Marlowe Verse deutscher Dichter aufzusagen. Diese Herausforderung hatte der Kakadu genauso beherzt angenommen, wie er Helgas hausgemachte Kekse verschlang.

Im Moment beachtete Tristan ihn jedoch nicht. Der Detektiv räumte das Geschirr ordentlich ein und erst, als er den Küchentisch abgewischt hatte, wandte er sich dem Vogel zu.

»Was ist, Marlowe?« fragte Tristan und ging ins Wohnzimmer.

Marlowe sträubte seinen Kamm und krächzte: »Wie der Wind in Trauerweiden / Tönt des frommen Sängers Lied, / Wenn er auf die Lasterfreuden / In den großen Städten sieht.«

Tristan zog die Augenbrauen zusammen.

»Du willst zurück auf die Ginsberger Heide?!« wunderte sich Tristan.

Marlowe schüttelte sich und flatterte mit den Flügeln, was auf Marlowes Art ein JA bedeuten konnte.

»Also, dafür habe ich jetzt keine Zeit«, antwortete Tristan.

Der Detektiv schlenderte nachdenklich an einem viktorianischen Sofa vorbei, blickte kurz auf zwei Ohrensessel, die er gerne mal als Buchablage missbrauchte, bevor er sich vor ein riesiges Bücherregal stellte. Das Regal verdeckte die gesamte Wand des Wohnzimmers. Ihr gegenüber ließen vier Sprossenfenster genügend Licht herein, um das Zimmer hell und freundlich auszuleuchten. Zu seiner Linken führte eine Tür in die Diele des alten Fachwerkhauses. Rechts von ihm befand sich ein Kamin mit einem stattlichen Sims. Holzscheite lagen ordentlich aufgestapelt neben dem Kamin. Der Boden war mit polierten Holzdielen ausgelegt, die von einzelnen Teppichen bedeckt waren.

Der Raum wirkte wie ein Studierzimmer aus dem 19. Jahrhundert. Der Nachbau eines Tischglobus‘ aus der Zeit Königin Viktorias thronte auf einem kleinen Beistelltisch neben dem Sofa.

Ein messingfarbenes Mikroskop glänzte im Sonnenlicht, das durch die Sprossenfenster fiel. Das Wohnzimmer hätte Charles Darwin oder Jules Verne das heimelige Gefühl von Geborgenheit vermittelt. Es strahlte die Gediegenheit eines gebildeten Mannes aus, der gerade in seiner Bibliothek ein Buch über Arznei- und Giftpflanzen suchte.

Er musste nicht lange suchen, bis er den richtigen Band gefunden hatte. Damit setzte sich der Detektiv an einen Esstisch, der an der Fensterwand gleich neben Marlowes Kletterstange stand. Auf dem Tisch lag ein Block, in den er am Abend zuvor seine Eindrücke vom Tatort notiert hatte.

Nachdenklich schlug er den Block auf. Fett unterstrichen standen die Worte „Gift - erweiterte Pupillen" auf dem ersten Blatt.

Tristan suchte nach einer Pflanze, die bei Einnahme erweiterte Pupillen verursachte. Zum Glück war das farbige Buch der Arznei- und Giftpflanzen, das er konsultierte, so aufgebaut, dass es zu jeder Pflanze einen Absatz mit Vergiftungssymptomen auflistete. Der Detektiv begann das Buch Blatt für Blatt durchzusuchen. Nach ein paar Seiten stieß er schließlich auf *Atropa Belladonna,* die Tollkirsche. Dem heimischen Haubergnutzer brauchte man nicht zu erklären, dass die Tollkirsche giftig war. Doch die wenigsten konnten den Giftstoff benennen, der die *Atropa Belladonna* so gefährlich machte.

Die Tollkirsche gehörte zu den Nachtschattengewächsen. Wegen der Ähnlichkeit der Beerenfrüchte mit Kirschen und der Folgen ihres Genusses, die Erregungszustände bis zur Raserei und Tobsucht herbeiführten, bezeichnete man sie als *„Toll Kirsche“*.

Tristan stutzte.

Die Freunde hatten nichts von Tobsucht oder Erregungszuständen berichtet. Er notierte sich die genannten Symptome. Dann las er weiter. Interessiert stellte er fest, dass die Tollkirsche schon im klassischen Altertum als Heil- und Giftpflanze bekannt war. Sie galt als Zauberpflanze, was Tristan nicht weiter überraschte, als er las, dass die toxischen Bestandteile der Pflanze hochwirksame Alkaloide waren, die auf das Nervensystem des Menschen einwirkten. Diese Alkaloide werden schnell über Schleimhäute, aber auch über intakte Haut resorbiert. 10 Beeren reichten aus, um einen Menschen zu töten.

Wenn man das Gift aus den Beeren extrahierte, fragte sich der Detektiv, würde dann eine schnellere Wirkung erzielt und damit eine beschleunigte Vergiftung den Menschen töten? Und war es möglich, das Gift in die Farbkugeln der Paintball-Munition zu injizieren?

»Dazu gehört ein gewisses Maß an chemischem Wissen«, murmelte er vor sich hin. »Was studieren die Teammitglieder?«

Er blätterte seine Notizen durch, fand aber keinen passenden Eintrag.

»Da müssen wir wohl Kurt Fröhlich besuchen«, sagte er laut und blickte zu Marlowe. »Vielleicht kennt er jemanden in Matthias' Freundeskreis, der die Fähigkeit besitzt, aus der Tollkirsche Gift zu gewinnen.«

»Das Leben kommt auf alle Fälle / aus einer Zelle. / Doch manchmal endet's auch - bei Strolchen - / in einer solchen«, brabbelte der Kakadu, während sein Schnabel nach dem Fressnapf hackte.

Ungeachtet dieser Warnung nahm Tristan den Kakadu auf seinen Arm. Dann verließ er das Wohnzimmer und ging nach draußen.

Das alte Fachwerkhaus stand hinter der Marienkirche. Ein kleiner gepflasterter Hof lag zwischen dem Haus und der Kirche. Weitere Fachwerkhäuser standen auf dem ansteigenden Berg. Am Ende des Hofes vor dem Eingang zur Sakristei befand sich ein Brunnen. Die bronzene Skulptur, aus der das Wasser leise in ein Brunnenbecken plätscherte, erinnerte an eine Blüte. Doch das interessierte den Detektiv im Augenblick nicht. Er schritt über die alten Pflastersteine auf den Nebeneingang der Kirche zu. Marlowe kletterte Tristans Arm hinauf auf seine Schulter. So konnte der Detektiv mit beiden Händen das schwere Tor des Nebeneingangs aufziehen.

Wenig später fiel es laut polternd ins Schloss.

Der Detektiv blickte ins Kirchenschiff und bemerkte, dass sein Freund Erich Roth und der Wisse Ohm auf dem Boden herumkrochen.

»Störe ich?« fragte Tristan laut.

»Nein, kannst uns helfen«, brummte der Wisse Ohm, ohne seinen Kopf zu heben.

Tristan gab Marlowe einen Schubs und der Kakadu flog los.

»Er soll keinen Dreck machen«, warnte Erich, der sich langsam aufrichtete.

»Was macht ihr auf dem Boden?« fragte der Detektiv.

Der Wisse Ohm klopfte zwei Aludosen zusammen. »Sind mir runtergefallen. Jetzt sammeln wir sie wieder auf.«

Viele Dosen und Pfandflaschen lagen nicht mehr auf dem Marmorboden der Kirche. Die meisten hatten die beiden Männer schon eingesammelt. Trotzdem beteiligte sich Tristan an der Aktion und hielt eine Plastiktüte, in die die letzten Dosen und Pfandflaschen hineingeworfen wurden. Als der Kirchenboden vom Pfandgut befreit war, setzten sich die Männer auf eine Kirchenbank und betrachteten die vollen Plastiktüten, die der Wisse Ohm der Kirche gespendet hatte.

»Das ist eine Menge Arbeit«, bemerkte Erich.

»Was?! Das Einsammeln oder das ganze Zeug in einen Pfandautomaten zu stecken?« Tristan grinste seinen Freund schelmisch an.

»Dürften gute 100 Euro werden«, meinte der Wisse Ohm, der sich jetzt gerne eine Zigarre angezündet hätte.

Erich sagte nichts.

»Ich müsste nach Irmgarteichen«, erklärte Tristan und wechselte damit das Thema. »Könnte Marlowe bei dir bleiben?«

Der Diakon gab ein lautes Stöhnen von sich und antwortete: »Wird nicht möglich sein, wenn ich die ganzen Flaschen und Dosen *a..l..l..e..i..n* in den Pfandautomaten stecken muss!«

3

»Das hat er clever eingefädelt«, grinste der Wisse Ohm.

»Ja, das hat er«, nickte Tristan.

Die beiden Männer saßen in Tristans Oldtimer. Sie waren auf dem Weg nach Irmgarteichen, um dort Kurt Fröhlich zu treffen. Der Wisse Ohm hatte Interesse an dem Fall geäußert, und da Tristan um die Qualitäten des Mannes wusste, hatte er zugestimmt, ihn mitzunehmen.

»Der Diakon muss auf seiner Wanderung durch Afrika Einiges erlebt haben«, meinte der Ohm.

Erich hatte zur Bedingung gemacht, dass er Marlowe nur nehmen würde, wenn er Hilfe beim Abgeben der Pfanddosen und -flaschen erhielte. Da der Diakon dies als unverhandelbare Bedingung ausgesprochen hatte, blieb Tristan nichts anderes übrig, als dem Freund zu helfen. Der Wisse Ohm wollte nicht tatenlos zusehen. So waren die drei Männer mit vollen Plastiktüten zum nächsten Supermarkt gestolpert, hatten dort den Pfandautomat für eine halbe Stunde blockiert und waren schließlich mit einem Gutschein von über 100 Euro wieder herausgekommen. Danach hatten sich die zwei Männer auf den Weg gemacht.

Grinsend klaubte der Wisse Ohm einen Zigarrenstummel aus dem alten Parka.

»Du, Ohm, ich habe das nicht so gerne, wenn im Auto geraucht wird«, mahnte der Detektiv. »Die alten Polster sollten nicht mit Brandflecken verhunzt werden.«

Der Ex-Agent musterte seinen Fahrer, dann steckte er den Stummel zurück in eine der vielen Parkataschen.

Sie fuhren gerade den Giersberg hinauf, in Richtung Dreis-Tiefenbach. Das regnerische Wetter bereitete dem alten Scheibenwischermotor Ärger. Immer mal wieder hakten die Scheibenwischer.

»Das solltest du mal reparieren lassen«, mahnte der Ex-Agent.

»Der Elektromotor ist hin, die Kontakte sind abgeschliffen«, brummte Tristan missmutig. »Suche schon seit ein paar Wochen nach einem passenden Ersatzmotor.«

»Im Internet?« fragte der Ohm.

Tristan schüttelte den Kopf. »Nein, ich habe da meine Quellen.«

»Taugen wohl nichts«, erwiderte der Ohm trocken.

»Wo warst du die letzten Monate?« fragte Tristan, um das Thema zu wechseln. »Das letzte Mal hast du am NRW-Tag gute Hilfe geleistet.«

»Ja, man entführt auch keinen weißen Kakadu«, brummte der Ohm, ohne die Frage zu beantworten. Stattdessen murmelte er: »Welches Motiv könnte der Mörder gehabt haben, diesen Jungen zu töten?«

Tristan dachte einen Augenblick daran, die Frage nach Ohms Verbleib zu wiederholen, entschied sich jedoch dagegen und antwortete: »Der Vater ist überzeugt, dass sein Konkurrent den Sohn ermordet hat.«

»Was hat der Konkurrent vom Tod des Sohnes?« staunte der Ohm.

»Aus irgendeinem Grund scheint die Hausbank des Fertighausherstellers nur einen Modernisierungskredit vergeben zu wollen, wenn der Sohn schriftlich erklärt, das Geschäft weiterzuführen.«

»Ungewöhnlich!?« wunderte sich der Wisse Ohm. »Wie alt ist denn dieser Kurt?«

»Ich schätze ihn auf Anfang sechzig«, antwortete der Detektiv.

»Da wird er noch eine Weile am Ruder bleiben wollen«, überlegte der Ohm.

Sie erreichten die B 62 und folgten der Bundesstraße nach Netphen. Dort ging es weiter nach Deuz und über die Ortschaften Salchendorf und Werthenbacher Bahnhof nach Irmgarteichen.

Das Haus des Firmenbesitzers stand auf einer Anhöhe, mit einem schönen Blick ins Tal. Tristan parkte den Borgward auf einem extra für Besucher freigehaltenen Platz vor dem Haus. Der Wisse Ohm grinste.

»Was ist so lustig, dass du deine weißen Beißer zeigst?«

»Wenn jemand einen Besucherparkplatz vor seinem Haus hat, dann wird er wohl seine Geschäfte oft von zu Hause aus machen.«

»Oder aber er zeigt potenziellen Kunden sein Haus, weil er Fertighäuser anbietet.« Tristan deutete auf ein weiteres Schild. Dort stand: Haustyp Toskana.

Die beiden gingen zu einer feudalen Haustür und schellten.

Wenige Augenblicke später öffnete man ihnen die Tür. Ruth Fröhlich erkannte den Detektiv und begrüßte ihn freundlich.

Tristan stellte den Wisse Ohm vor und sagte: »Wir würden gerne Ihren Vater sprechen.«

»Geht es um den Mord an meinem Bruder?« fragte sie traurig.

Tristan nickte.

»Mein Vater sitzt im Wohnzimmer, kommen Sie rein.«

Ruth blickte die beiden Männer mit klaren blauen Augen an. Ihre zierliche Figur unterschied sich von der ihres Bruders. Sie trug Jeans, die ein absichtlich verschlissenes Design aufwiesen, eine schwarz-weiß gemusterte Hemdbluse und flache Lederschuhe. Ihre brünetten Haare trug sie schulterlang und offen.

Das Haus vom Typ Toskana besaß weite, offene Räume. Von der Diele ging es direkt in einen großen Wohnbereich, der im mediterranen Stil eingerichtet war. Kurt Fröhlich saß an einem Schreibtisch und telefonierte.

»Es kann noch einen Augenblick dauern, mein Vater spricht mit der Bank, das ist wichtig!«

»Wohnen Sie hier?« fragte Tristan.

»Nein, ich bin ausgezogen, als ich mit dem Studium anfing«, antwortete sie. »Matthias allerdings wohnte hier noch.«

»Ob wir wohl mal sein Zimmer sehen könnten?« fragte der Detektiv.

Ruth blickte zu ihrem Vater, der in sein Gespräch vertieft war und entschied, dem Detektiv das Zimmer zu zeigen. Der Wisse Ohm folgte schweigend.

Es stellte sich heraus, dass in Matthias' Zimmer nichts Außergewöhnliches zu finden war. An den Wänden hingen ein paar Filmplakate und Bilder aus vergangenen Urlauben. Das einzige Interessante waren Listen, in denen das Trainingsprogramm, Spielergebnisse und Teams notiert waren.

Auf dem Weg zurück ins Wohnzimmer fragte Ruth: »Ich kann nicht verstehen, warum jemand so etwas tut! Matthias hat niemandem ein Leid zugefügt. Und dann ermordet so ein Feigling ihn heimtückisch mit Gift!«

Kurt Fröhlich beendete das Gespräch und trat zu seiner Tochter.

»Haben Sie etwas zu berichten?« fragte er kalt. »Wer ist der Mann?«

»Das ist ein Mitarbeiter«, erklärte Tristan knapp und kam dann zum Grund ihres Besuches. »Kennen Sie jemanden aus dem Umfeld Ihres Sohnes, der in der Lage wäre, aus Schwarzen Tollkirschen ein Extrakt herzustellen?«

»Ist diese Schwarze Tollkirsche das Gift, mit dem man meinen Bruder umgebracht hat?« fragte Ruth.

»Das nehmen wir an. Das Obduktionsergebnis muss es aber noch bestätigen«, erklärte Tristan.

»Da gibt es jede Menge«, antwortete Fröhlich. »Matthias war Student an der Uni Siegen. Dort wird auch Chemie gelehrt.«

Ruth zuckte zusammen, als der Vater die Universität erwähnte.

»Es gibt da einen«, sagte sie leise, »jemanden, der Chemie studiert und einen Grund hätte, Matthias umzubringen.«

»Was sagst du da?« Kurt Fröhlich sah seine Tochter entsetzt an. »Wen meinst du?«

»Lasse Kirchhof!« antwortete Ruth, als spräche sie ein Todesurteil.

»Der Sohn von Friedrich-Jürgen Kirchhof!« stieß Fröhlich zischend aus.

»Ja!« nickte Ruth.

»Könnten Sie uns bitte erklären, was dieser Lasse Kirchhof für ein Motiv gehabt haben soll?«

bat Tristan, der die brodelnde, emotionale Stimmung der Gastgeber fast physisch spüren konnte.

»Lasse war ein Teammitglied der *Riewekooche Gäng*«, begann Ruth zu erklären. »Er studiert Chemie an der Uni, ist kurz vor seinem Abschluss. Und er wollte genauso wie Matthias unbedingt in die Erste Liga aufsteigen. Matthias hat ihn jedoch letzte Woche rausgeschmissen, weil er sich mit Gewalt an mich herangemacht hat.«

»Was?!« rief Fröhlich laut. »Davon hast du gar nichts erzählt!«

»Es ist nichts Schlimmes passiert, Papa. Du weißt doch, dass Matthias immer auf mich aufgepasst hat«, beruhigte Ruth ihren Vater. »Lasse war betrunken und Hassan hat ihn weggescheucht.«

»Hassan?!« Tristan sah Ruth fragend an.

»Mein Freund«, antwortete Ruth. »Er ist ein Flüchtling. Ich habe ihn an der Uni in der Flüchtlingsunterkunft kennengelernt.«

»Sie studiert *Soziale Arbeit*«, knurrte Fröhlich. »Den Flüchtlingen zu helfen, passt in ihr Studienprogramm. Sie ist da genau wie ihre verstorbene Mutter, die half den Bedürftigen, wo sie konnte.«

»Lobenswert«, brummte der Wisse Ohm.

»Wo können wir diesen Lasse finden?« fragte Tristan.

»Er wird an der Uni im Seminar sein«, meinte Ruth und teilte ihnen mit, wo genau sie Lasse

Kirchhof im Chemietrakt der Universität Siegen finden würden.

Tristan versuchte sich die Wegbeschreibung einzuprägen. Ruth schien jedoch kein großes Vertrauen in Tristans Merkfähigkeit zu setzen. Als sie ihre Beschreibung beendet hatte, sagte sie: »Wissen Sie was, ich muss sowieso noch ins Flüchtlingslager. Ich lotse Sie bis zur Uni und erkläre Ihnen dann nochmals den Weg.«

4

Hauptkommissar Norbert Pfeiffer blickte deprimiert aus dem Fenster seines Dienstwagens. Über ihm jagten dunkle Wolkenfetzen vor einem bleiernen grauen Himmel dahin. Auf der Windschutzscheibe perlten die ersten Regentropfen eines erneuten Schauers ab, und wenn Pfeiffer dem Thermometer im Armaturenbrett vertrauen konnte, dann war es außerhalb des Wagens nur noch 10° C warm. Die Wintermäntel, die die Menschen auf den Straßen trugen, bestätigten die Anzeige. Alles schien deprimierend und dann durfte er sich nicht einmal einen seiner geliebten Glimmstängel anzünden. Nun, er durfte das schon, bloß nicht im Auto. Er verfügte zwar momentan über den PS-starken PKW, aber der Eigentümer, das Land NRW, verbot seit Neuestem das Rauchen in Dienstfahrzeugen. Deshalb dachte er ernsthaft darüber nach, sich eine E-Zigarette anzuschaffen.

Der Polizist stand auf dem Parkplatz hinter dem altehrwürdigen Kaufhaus Wagener in Weidenau, vor einem achteckigen Glaspavillon, in dem belegte Brötchen, Baguettes und Sandwiches verkauft wurden. Das Weidenauer Einkaufszentrum lag gleich nebenan. Dort würde er sicherlich eine E-Zigarette erwerben können.

Pfeiffer blickte missmutig aus dem Fenster und entschied sich gegen einen sofortigen Kauf. Das Wetter raubte ihm die letzte Willensstärke. Mit einem lauten Seufzen griff er in die Innentasche seines Jacketts und tätschelte dort eine Zigarettenschachtel.

Aus dem Pavillon eilte Holzbaum, der zukünftige Hauptkommissar, herbei. In einer Hand hielt er eine Papiertüte und in der anderen ein Tablett mit zwei Kaffee to go, wie man das Neudeutsch ausdrückte. Pfeiffer verfolgte seinen Partner mit Blicken bis zur Beifahrertür. In seine deprimierenden Gedankenwelt versunken kam er nicht auf die Idee, seinem Kollegen die Tür zu öffnen. Interessanterweise schaffte der Kommissar das problemlos.

»Hier, nimm den Kaffee!« forderte er Pfeiffer auf.

Der griff zu dem Tablett mit den Kaffeebechern und Holzbaum ließ sich langsam in den Beifahrersitz fallen.

»Gab es Hühnchen-Baguette?« fragte Pfeiffer, als läge die ganze Last der Welt auf seinen Schultern.

»Ja, Chef«, nickte Holzbaum, der die Papiertüte auf den Boden zwischen seine Füße stellte, die Beifahrertür schloss und dann in dem Sitz hin- und herrutschte.

Pfeiffer verfolgte ihn aus den Augenwinkeln, das Papptablett in der Hand haltend.

»Was ist?!« konterte Holzbaum, »darf man sich nicht mal richtig hinsetzen?«

Pfeiffer antwortete nicht. Er reichte Holzbaum einen der Kaffeebecher. Der Noch-Kommissar holte das Hühnchen-Baguette aus der Tüte und gab es seinem Boss.

»Die Obduktionsergebnisse sind da«, sagte Holzbaum, während er sich ein belegtes Käsebrötchen aus der Tüte fischte. »Affolderbach rief an, sie liegen im Büro.«

»Und? Der Streber hat sie doch bestimmt schon gelesen!« Pfeiffer schälte das Baguette aus seiner Verpackung, überprüfte den Belag und biss anschließend kräftig hinein.

»Ja! Wie vermutet. Es war Gift!« antwortete Holzbaum. »Schwarze Tollkirsche, starke Dosis. Er sprach von Extraktion der toxischen Tropan-Alkaloide.«

»Von was? Tropan-Alkaloiden!« Pfeiffer schüttelte den Kopf, während er kaute. »Was machen wir jetzt?«

»Ich würde sagen, wir frühstücken in Ruhe zu Ende«, grinste Holzbaum.

»Und danach?!« Pfeiffer hatte eine wirklich unterirdische Laune.

»Danach lassen wir uns erklären, was Tropan-Alkaloide sind und wie man diese aus der verfluchten Tollkirsche herausbekommt.« Holzbaum sprach in einem Tonfall, als erkläre er dem Brötchen in seiner Hand den Krieg. Das gefiel Pfeiffer.

»Guter Vorschlag!« nickte Pfeiffer grinsend. »Übrigens, was hältst du von E-Zigaretten?«

Holzbaum musterte seinen Chef. Als Nichtraucher wünschte er sich, dass Pfeiffer das Qualmen aufgeben würde. Doch Pfeiffers Sucht war stark, deshalb könnte eine E-Zigarette vielleicht der Einstieg in den Ausstieg bedeuten.

»Was kommt denn bei den E-Zigaretten raus?« Holzbaum sah seinen Chef an.

»Was?« fragte Pfeiffer und meinte nachdenklich: »Ich denke, das ist Wasserdampf mit irgendeinem schönen Geruch.«

»Hm, wenn der nicht so gefährlich ist wie Zigaretten, warum nicht«, brummte Holzbaum, der sein Käsebrötchen genießen wollte.

Für ein paar Minuten genossen sie das Frühstück, krümelten das Dienstfahrzeug voll und tranken den Kaffee aus den Pappbechern. Schließlich entsorgten sie den Müll und waren bereit loszufahren. Doch Pfeiffer zögerte: »Und wer kann uns jetzt sagen, wie man dieses toxische Gift aus der Tollkirsche bekommt?«

Er blickte seinen Partner herausfordernd an. Holzbaum hatte sich bereits mit dieser Frage beschäftigt. Anders als sein Chef, der gerne drauflosstürmte, ging der schwergewichtige Kommissar diffiziler vor. Die vielen Studenten in dem Bistro hatten ihn auf die Idee gebracht, an der Universität einen Chemieprofessor zu befragen.

»Wir sind nicht weit entfernt von der Uni«, antwortete Holzbaum. »Ich denke, dort kann man einen Dozenten der Chemie finden.«

»Ja, sicher!« erwiderte Pfeiffer. »Aber da oben auf dem Bildungshügel laufen Hunderte herum. Wie willst du da den Richtigen finden?«

»Ich rufe Affolderbach an. Der soll einen Ansprechpartner bestimmen und uns zu seinem Büro lotsen«, antwortete Holzbaum.

»Das könnte klappen«, nickte Pfeiffer.

Vom Einkaufszentrum in Weidenau bis zum Unigebäude in der Adolf-Reichwein-Straße ging es nur ein paar Kilometer den Haardter Berg hinauf. Dort oben angekommen, mussten sie sich jedoch einer unerwarteten Herausforderung stellen. Diese Herausforderung, die die Universität Siegen ihren Besuchern abverlangte, wurde nicht in Hörsälen oder Seminarräumen gemeistert, sondern auf der Straße. Es gab schlicht zu wenig Parkplätze. Aus irgendeinem Grund ging die Uni-Verwaltung davon aus, dass Studierende mit dem Bus zur Universität fahren und Parkplätze nicht so wichtig seien. Dabei hätte jeder Planer nur einmal eine normale Grundschule im Kreisgebiet besuchen müssen, um festzustellen, dass bereits die Kleinsten von „Privatchauffeuren“

vor der Schule abgesetzt und auch wieder abgeholt wurden.

Wie kamen die Planer nur auf die Idee, dass sich die Studierenden im Laufe ihrer akademischen Entwicklung freiwillig auf etwas so Umständliches wie eine Busfahrt einlassen würden? Obwohl der Umwelt damit etwas Gutes getan werden konnte.

Die Universität Siegen bot Autofahrern rund um den Komplex an der Adolf-Reichwein-Straße zwei Parkmöglichkeiten an: ein Parkhaus und einen langen Parkstreifen entlang der Zufahrtsstraße. Der tapfere Hauptkommissar stellte sich also der Herausforderung und fuhr mit dem Instinkt eines verrückten Autonarren ins Parkhaus. Dort stellte er entsetzt fest, dass sich die durchschnittliche Breite eines Autos seit den 70ern um gute 20 cm vergrößert hatte. Bei fünf parkenden Autos machte das einen Meter mehr an Stellfläche aus. Die Autos reihten sich wie die Sardinen aneinander. Die einzige Parklücke, die der Polizist fand, wäre für einen Fiat 500 aus dem Jahr 1965 groß genug gewesen. Nach dem niederschmetternden Erlebnis in dem viel zu engen Parkhaus, versuchte er sein Glück entlang des Parkstreifens. Er drehte zweimal die Runde, ohne Erfolg. Als ihm beim dritten Versuch dann noch ein klappriger Golf einen freigewordenen Parkplatz vor der Nase wegschnappte, war Pfeiffer kurz davor, ins Lenkrad zu beißen. Dann kam ihm die rettende Idee.

Das Befahren der Straßen auf dem Universitätsgelände wurde durch zwei Schranken reguliert, die die zwei Zugänge versperrten. Einer dieser Zugänge führte von der Adolf-Reichwein-Straße aufs Uni-Gelände. Pfeiffer fuhr auf die Schranke zu, stellte fest, dass die Schrankensprechanlage auf der Beifahrerseite stand, öffnete deshalb die Scheibe der Beifahrertür und wartete. Es dauerte keine halbe Minute, da krächzte eine verärgerte Männerstimme aus dem Lautsprecher der Sprechanlage, die fragte, was er denn wolle?

»Einen Mord auflösen!« schrie der Hauptkommissar quer durchs Auto der Sprechanlage entgegen. Wenig später bewegte sich der in die Jahre gekommene Schlagbaum langsam automatisch in die Höhe.

Mit aufheulendem Motor ließ Pfeiffer den Dienstwagen schließlich die Straße zum Eingang der Universität hinunterrollen, außerdem schaltete er noch das Blaulicht ein.

Holzbaum sah seinen Chef schief an.

»Was?!« platzte es aus Pfeiffer heraus. »So kriegen die Studenten mit, dass jemand die Straße benutzt. Schau mal auf die Uhr, die befinden sich sicherlich noch im Schlafmodus. Da gehe ich doch kein Risiko ein.«

Vor einer breiten Glasfront nahe bei einem der zwei Eingänge zum Gebäudekomplex H parkte Pfeiffer und stieg aus.

Affolderbach hatte Holzbaum eine Nachricht auf das Smartphone gesendet, in der er einen

Chemieprofessor und dessen Bürozimmer-Nummer nannte.

»Wie sollen wir hier diesen Professor finden?« stellte der Polizist laut fest. Die vertriebene Depression klopfte erneut an Pfeiffers Befindlichkeit an.

»Wir fragen den Hausmeister«, schlug Holzbaum vor und deutete auf einen Mann, der in seinem grauen Kittel zwischen den jungen und bunt gekleideten Studentinnen und Studenten auffiel.

Die Beamten ließen sich den Weg zur Chemiefakultät erklären. Wie sich herausstellte, hatte Pfeiffer ganz in der Nähe des Chemiegebäudes der Universität geparkt. Jetzt mussten sie nur noch den Komplex H betreten, dort eine Treppe in den ersten Stock hochgehen, den Eingang zum Gebäudekomplex G suchen und das Büro des Professors finden. Allerdings wies der Hausmeister darauf hin, dass momentan Vorlesungen stattfanden und die nächste Pause erst in zwanzig Minuten zu erwarten sei.

»Was soll's, wir gehen da jetzt rauf«, brummte der Hauptkommissar.

Holzbaum bedankte sich und folgte seinem Chef in das Gebäude.

»Es laufen hier eine Menge Studenten rum, wenn man bedenkt, dass die jetzt in Seminaren sitzen sollten«, kommentierte Pfeiffer, der einer attraktiven jungen Frau hinterherstarrte.

»Ich denke nicht, dass die alle gleichzeitig in den Seminaren sitzen«, antwortete Holzbaum.

Sie betraten das große Foyer des Universitätsgebäudes. Links von ihnen führte eine breite Treppe in den ersten Stock. Geradeaus ging es in die Cafeteria und eine weitere Treppe führte eine Etage tiefer in die Mensa. Rechts von ihnen ging es ins Bistro. Die Beamten stiegen die breite Treppe in den ersten Stock hinauf und sahen sich um. Sie fanden den Eingang zum Gebäudekomplex G, als plötzlich eine bekannte Stimme ihre Namen rief.

5

Tristan Irle und der Wisse Ohm waren fünf Minuten früher an der Universität angekommen. Ruth hatte sie über die Hölderlinstraße zum Unikomplex geführt. Dort parkte Tristan den Oldtimer am Straßenrand. Die Studentin gab den beiden nochmals eine Wegbeschreibung zum Chemietrakt, dann verabschiedete sie sich und fuhr ein paar Meter den Berg hinauf zur Flüchtlingsunterkunft. Tristan und der Wisse Ohm hatten das Gebäude der Philosophischen Fakultät, das Foyer des Audimax, des größten Saals an der Uni, durchquert, waren dann an der Büste von Adolph Diesterweg, dem großen Schulpädagogen des 19. Jahrhunderts, vorbeigegangen, um im Flur des Hauptgebäudes nach dem Eingang zum Chemietrakt zu suchen, der unweit einer großen Treppe liegen sollte.

Dort an der Treppe erkannte Tristan den Hauptkommissar und rief: »Hallo, Herr Pfeiffer, was machen Sie denn hier auf dem Bildungshügel?«

Pfeiffer drehte sich nach Tristan um.

»Irle, Sie hier! Und wen haben Sie denn da im Schlepptau?« Die Worte schossen gifttriefend aus ihm heraus. Tristans Frage ignorierte er.

»Schön, Sie zu sehen«, brummte der Wisse Ohm. »Den Mörder schon gefasst?«

»Wir arbeiten dran«, antwortete Pfeiffer pikiert, um dann sarkastisch nachzulegen: »Sie sind also eingeweiht?«

»Ein bisschen«, grinste der Wisse Ohm.

»Wie kann man ein bisschen eingeweiht sein?!« Der Polizist schüttelte den Kopf. »Kommen Sie uns nicht ins Gehege.«

»Wir werden Sie nicht belästigen«, antwortete Tristan selbstsicher, der einem gereizten Pfeiffer gerne aus dem Weg ging.

»Gut«, schnaufte der Hauptkommissar. Dann sah er sich demonstrativ nach dem Eingang zum Chemietrakt um. »Holzbaum, wir müssen da entlang.« Und eilte auf eine doppelseitige Tür zu.

Tristan blieb an der Treppe stehen.

»Wollen wir denen nicht folgen?« fragte der Wisse Ohm, überrascht, weil Tristan an der Treppe stehen blieb.

»Nein, das brauchen wir nicht«, antwortete der Detektiv und blickte die Treppe hinunter. Am Treppenende stand Janik Lerch, eines der Teammitglieder der *Riewekooche Gäng*. Der Student unterhielt sich mit einem jungen Mann.

»Ich denke, wir haben Lasse Kirchhof gefunden«, erklärte Tristan und deutete auf die beiden jungen Männer. »Links steht Janik Lerch, den ich gestern Abend kennenlernte. Ich vermute, dass der andere Lasse Kirchhof ist.«

»Eine reichlich verwegene Vermutung«, antwortete der Wisse Ohm. »Bei den vielen jungen Menschen sofort den Richtigen zu finden, das gleicht einem Lottospiel!«

»Nicht ganz«, antwortete Tristan mit einem Grinsen, das pure Schlitzohrigkeit preisgab.

Sie schritten die Treppe hinunter. Der Wisse Ohm wirkte in seinem alten Parka wie ein Fossil, das aus einer Zeit stammte, als Studenten noch auf die Straße gingen, um zu demonstrieren. Tristan glich in seiner Strickjacke und der goldene Halbbrille einem Professor. Beide wurden von den jungen Menschen nicht beachtet. Die Studenten blickten auf ihre Smartphones, nippten an Kaffeebechern oder unterhielten sich, während sie zum nächsten Seminar hetzten. Tristan war das im Moment recht. Er wollte Janik und Lasse nicht erschrecken, sodass sie womöglich noch Reißaus nahmen. Unbemerkt erreichten die beiden Männer das Treppenende.

»Guten Tag, Herr Lerch«, grüßte Tristan.

»Äh, guten Tag«, antwortete Janik verstört.

»Tristan Irle«, sagte er und reichte dem anderen Studenten die Hand. »Und wer sind Sie?«

»Lasse Kirchhof«, antwortete Lasse verblüfft aber freundlich.

»Wir haben Sie gesucht«, lächelte Tristan und blickte zufrieden zum Wisse Ohm. »Hätten Sie einen Moment Zeit für uns?«

»Ich habe niemanden getötet!« antwortete Lasse reflexartig.

»Das hat auch noch keiner behauptet!« sagte Tristan ruhig. »Oder?«

Lasse musterte Janik, der mit der Schulter zuckte. »Mich darfst du nicht fragen!«

»Herr Lerch, was soll Herr Kirchhof Sie nicht fragen?«

»Nun ja, es macht die Runde«, begann Janik vorsichtig. »Es heißt, Lasse hätte Matthias getötet.«

»So?!« staunte Tristan, »wer verbreitet denn so etwas?«

Janik reichte Tristan sein Handy: »Lesen Sie selbst!«

Die Nachricht stammte von Ruth Fröhlich und war dank Kurznachrichten-App in die Welt getragen worden.

»Verstehe«, murmelte der Detektiv. »Wir recherchieren, gehen Spuren nach, Herr Kirchhof, und wir wollen nur mit Ihnen reden.«

»Echt jetzt!« Lasse schüttelte den Kopf, als traue er dem Gesagten nicht. Schließlich zischte er: »Ich habe eine halbe Stunde Zeit. Gehen wir ins Bistro!«

»Mich brauchen Sie ja nicht mehr«, flüsterte Janik hastig und eilte die Treppe hinauf.

»Soll ich ihm folgen?« fragte der Wisse Ohm in einem Tonfall, der militärischen Drill zu einer Ballade werden ließ.

Lasse zuckte erschreckt zusammen.

»Nein! Gehen wir ins Bistro«, meinte Tristan.

»Wer ist dieser Kerl?!« fragte Lasse leise den Detektiv auf dem Weg ins Bistro.

»Ein guter Freund«, antwortete Tristan.

»Den will wohl keiner als Feind haben«, frotzelte Lasse.

Das Bistro glich einem Bienenstock. Studentinnen und Studenten schwirrten durch den Raum auf der Suche nach Freunden oder einem Sitzplatz. Eine Schlange hatte sich vor der Kasse gebildet, an der eine Kassiererin saß, gleich einer Bienenkönigin, die die Gunst ihrer Drohnen entgegennahm. Ständig ging eine der zwei Zugangstüren auf und neue Studenten betraten das Bistro oder verließen es.

»Ich brauche einen Kaffee«, brummte Lasse. »Möchten Sie auch etwas?«

Der Wisse Ohm musterte die anstehende Menschenschlange und schüttelte den Kopf. »Das kann dauern! Wartet mal!«

»Was hat er vor?« Lasse war beunruhigt.

Der Wisse Ohm ging an der Schlange vorbei und schob einen jungen Mann höflich zur Seite, um an den Kaffeeautomaten zu gelangen. Dort nahm er drei Tassen von einem Board, und ohne auf das Murren der anderen zu achten, füllte er sorgfältig die Tassen mit Kaffee. Dann rief er laut der Kassiererin zu, indem er auf Lasse deutete: »Das bezahlt der junge Mann dahinten!«

Der Student blickte verlegen auf seine Schuhe.

»Na los, kommt!« forderte unterdessen der Wisse Ohm auf. »Der Kaffee wird kalt!«

Tristan klopfte Lasse auf die Schulter und folgte dem Wisse Ohm an einen Bistrotisch. Der Student zögerte einen Augenblick. Er musste eine überschüssige Ladung Adrenalin in den Griff bekommen, so sehr hatte ihn das Verhalten des Wisse Ohm aufgeregt. Ein lauter Schrei hätte sein Gemüt beruhigen können, war aber nicht angebracht. Also atmete er tief durch und wandte sich dann der Kassiererin zu: »Maria, ich zahle gleich!«

Die Kassiererin nickte ihm zu, dann folgte er den beiden Männern an den Bistrotisch.

»Das gehört sich nicht! Ich war Mitglied im Asta, da verhält man sich nicht wie ein Arsch!« zischte er den Wisse Ohm an.

»Sorry, aber ich wollte hier nicht bis zum Abend stehen«, erwiderte der Ohm und nippte an seiner Tasse.

Tristan runzelte die Stirn. So ignorant hatte er den Ex-Agenten noch nicht erlebt. Entweder war dem Mann etwas über die Leber gelaufen oder er verfolgte eine bestimmte Strategie, die der Detektiv allerdings noch nicht erkennen konnte.

»Was will der Typ hier?« knurrte Lasse, bemüht, die Menschen an den Nachbartischen nicht auf den Streit, der sich anbahnte, aufmerksam zu machen.

»Ich habe Ihnen doch erklärt, er ist ein Freund!« Tristan blickte den Ohm tadelnd an.

Dann fragte er, ohne weiter auf Lasses aufgebrachtes Gemüt zu achten: »Sie wurden von Matthias aus dem Team *Riewekooche Gäng* geworfen?«

»Ja«, nickte der Student mit einem bösartigen Funkeln in den Augen. »Sind Sie deshalb hier hoch gekommen?«

»Nein! Sie sollen sich an Ruth, Matthias' Schwester, vergriffen haben?«

»Das ist eine Lüge!« zischte der Student, während seine Hand eine Faust ballte. Er beruhigte sich wieder und erklärte: »Ich habe Ruth nur helfen wollen. Sie wurde von diesen geilen Kerlen in der Flüchtlingsunterkunft belästigt.«

»Helfen wollen?!« staunte Tristan. »Ruth meinte, Sie wären aufdringlich geworden.«

»Es war eine Fete, wir hatten getrunken, und da kamen diese Typen und machten sich an Ruth heran. Da habe ich sie weggezerrt, um sie in einen sicheren Raum zu bringen. Das hat sie falsch verstanden.«

»Moment mal! Sie zerren eine junge Frau in einen „sicheren" Raum und wundern sich, dass man das falsch versteht?!« Tristan schüttelte den Kopf.

»Ich mag sie sehr und würde nie etwas gegen ihren Willen unternehmen«, erwiderte Lasse gereizt. »Das wäre alles nicht geschehen, wenn Ruth sich nicht mit diesem Hassan eingelassen hätte.«

»Wer ist Hassan?« hakte Tristan nach, obwohl ihm Ruth bereits erklärt hatte, wer dieser war.

»Das ist ihr Freund! Einer dieser Flüchtlinge aus der Sporthalle.« Lasse sah man den Ekel an, den dieser Satz in ihm auslöste. »Auch ihr Bruder fand die Beziehung nicht okay. Ihm war der Kerl nicht geheuer.«

Der Detektiv blickte zum Wisse Ohm. »Was denkst du?«

»Ich denke, dass dem jungen Mann die Hormone durchgingen«, antwortete der Ohm, als wäre er der Scharfrichter, dem der Job egal war. »Allerdings ist da noch der Rausschmiss aus dem Team. Wie man hört, war es ein Lebenstraum für Sie, in der Ersten Liga zu spielen.«

»Ja, das ist wahr«, nickte Lasse. »Aber ich kenne ...«. Er machte eine Pause und korrigierte: »... kannte Matthias gut genug, um zu wissen, dass er mich für das entscheidende Match wieder ins Team geholt hätte.«

»Ist das so?« wunderte sich Tristan.

»Ja, glauben Sie mir«, nickte Lasse. »Warum sprach Janik wohl mit mir?!«

»Er will, dass Sie wieder im Team spielen?« Der Detektiv sah ihn verblüfft an.

»Korrekt«, antwortete Lasse.

»Hat Ihnen Janik auch mitgeteilt, dass Matthias vergiftet wurde?« Tristan beobachtete den Studenten genau.

Lasse nickte und griff zu seiner Kaffeetasse. Das erste Mal in diesem Gespräch.

»Wie es aussieht, wurde er mit einem Extrakt aus der Tollkirsche vergiftet«, erklärte Tristan ruhig. »Diesen Extrakt kann man nicht an der Ecke in einem Laden kaufen. Man muss ihn aus den Beeren gewinnen. So wie es momentan aussieht, sind Sie der Einzige, der das handwerklich drauf hat.«

»Echt jetzt!« schnaufte der Chemie-Student. »Das kann jeder lernen! Ist nicht schwieriger, als einen Braten zu kochen.«

»Brät man den Braten nicht?!« warf der Wisse Ohm trocken ein.

»Was?!« Lasse schüttelte den Kopf. »Ihre Zeit ist um! Ich muss los. Sie wissen, wo Sie mich finden.«

Er stand auf und ging. Die beiden Männer sahen ihm nach, wie er durch den Nebenausgang das Bistro verließ.

»Ohm, was meinst du?« fragte Tristan.

»Ich denke, dass du gute Augen hast«, grinste der Wisse Ohm. »Du hast den Kerl an dem Sticker erkannt, der am Revers seiner Jacke steckt.«

»Ja, das Logo der *Riewekooche Gäng*. Da war es nicht schwierig, eins und eins zusammenzuzählen«, nickte der Detektiv. »Also, was meinst du, ist er ein Mörder?«

»Er trägt eine Menge Wut in sich«, meinte der Wisse Ohm. »Möglich wäre es.«

6

Eine gehörige Portion an Wut trug Hauptkommissar Pfeiffer ebenfalls in sich. Die Gänge im Chemietrakt der Uni erwiesen sich als ein wahres Labyrinth. Statt auf einen wilden Minotaurus, traf er auf zugeknöpfte Studenten, die nicht weniger gefährlich waren, ließen sie die Polizisten doch hilflos durch die Gänge irren. Der Hauptkommissar hätte liebend gern zu seiner Dienstwaffe gegriffen, doch bevor die letzte Sicherung in seinem Gehirn durchbrannte, fanden sie das gesuchte Büro. Leider war der Hochschullehrer nicht anwesend. Zum Glück für alle Beteiligten dauerte es nur einen Augenblick, da schlurfte ein etwas untersetz-ter Mann mit grauen Schläfen gedankenverloren durch den Gang auf sie zu. Er trug eine Cordhose, deren Schnitt aus den 80ern stammte, und einen weißen Kittel, der bei der Erstürmung von Haarenhal* dabeigewesen sein musste – bei den vielen Brandflecken, die den Stoff durchlöcherten. Seine abgewetzte Aktentasche schwang der Professor rhythmisch hin und her, als wäre sie das Pendel einer Uhr. Der Hauptkommissar schüttelte den Kopf, so viel Hochschulfolklore tat fast schon weh. Und als der Professor sie keines Blickes würdigte und seine Bürotüre aufschloss, hielt es Pfeiffer nicht mehr aus.

Laut rief er: »Professor Schlittel?«

---

* Haarenhal; von Drachen zerstörte Burg aus „Game of Thrones"

Der Prof drehte sich nach der Stimme um, sah Pfeiffer und sagte gelangweilt: »Ja. - Wer sind Sie?«

Pfeiffer stellte sich und Holzbaum vor.

Dann erklärte er: »Wir benötigen Ihre Hilfe in einem Mordfall.«

Etwas wie Neugier blitzte in den Gesichtszügen des Professors auf. »Interessant! Was genau wollen Sie wissen?«

»Vielleicht wäre es gut, wenn wir das nicht auf dem Gang besprechen würden«, schlug Holzbaum vor, der ein Notizbuch aus seinem Jackett zog.

»Oh, natürlich!« nickte Schlittel und öffnete die Bürotür. »Kommen Sie, treten Sie ein.«

Der Raum stellte sich als Büro mit integriertem Chemielager heraus. Es roch nach Chemikalien, was dem Prof gar nicht mehr auffiel.

»Sie sollten mal das Fenster öffnen«, schlug Pfeiffer vor.

»Oh, ich weiß nicht, wann dies das letzte Mal geschehen ist«, antwortete der Hochschullehrer. »Ehrlich gesagt, traue ich dem Fenstermechanismus nicht.« Er legte die Aktentasche auf einen Stapel von Papieren, die zu kleinen Gebirgen quer durch den Raum auf dem Boden und in den Regalen zusammenwuchsen. Mit einem großen Schritt überwand der Professor eines dieser Gebirge und stand hinter seinem Schreibtisch, der unter der Last von gedrucktem Chemiewissen und einem Haufen von Hausarbeiten begraben lag. Langsam setzte er sich auf einen Stuhl und strahlte die beiden Beamten an. Die fanden auf Plastikstühlen Platz, die vor dem Schreibtisch standen, nachdem sie gebeten worden waren, die beiden Behälter, die den Platz bis dato inne hatten, auf den Boden zu stellen.

»Nun, wer wurde umgebracht?« Professor Schlittel faltete die Hände zusammen und schien auf eine spannende Geschichte zu warten.

Pfeiffer erzählte eine Kurzversion der Ereignisse, die lautete: Mann berührte eine giftige Substanz und starb. Schließlich sagte er: »Wir haben Grund zur Annahme, dass man das Gift aus der Tollkirsche extrahiert hat. Wir fragen uns, ob der Herstellungsprozess kompliziert ist?«

»Nein, eigentlich nicht«, antwortete der Professor. »Sie nehmen eine Handvoll Tollkirschen, werfen sie in einen Topf mit Ethanol und lösen so die Beeren auf. Dann lassen Sie die Brühe verdampfen. Was übrig bleibt, wird nochmals in Salzsäure und Wasser gegeben. Wieder erhitzen, und nach Trocknung und Eindampfung bleibt ein Alkaloidgemisch zurück. Die giftigen Alkaloide gewinnt man jetzt durch Fällung, ich denke, es würde mit Pikrin- oder Reineckesäure gut gelingen. Das war es dann!«

Holzbaum, der mitgeschrieben hatte, blickte auf und fragte: »Ethanol, bekommt man das im Handel?«

Der Professor grinste den Kommissar an. »Das ist jetzt ein Scherz von Ihnen. Natürlich kann man Ethanol kaufen. Alkohol ist in unserer Gesellschaft noch nicht verboten. Es empfiehlt sich allerdings nicht, das Zeug zu trinken. Ethanol ist 100-prozentiger Alkohol. Davon kann man blind werden.«

»Natürlich«, nickte Holzbaum, der sich von der Schulmeisterart des Hochschullehrers nicht beindrucken ließ. »Extraktion bedeutet demnach Trennung?!«

»Genau genommen stammt es vom Lateinischen *„extrahere“* ab, was „herausziehen“ bedeutet. Sie haben das richtig erkannt. In der Chemie nennt man jedes Trennverfahren Extraktion, bei dem mit Hilfe eines festen, flüssigen oder gasförmigen Extraktionsmittels eine oder mehrere Komponenten aus einem Stoffgemisch herausgelöst werden.«

»Was ist mit Salzsäure, kann man die auch kaufen?« mischte sich Pfeiffer ein.

»Ja, die bekommen Sie ebenfalls im Handel. Ist nicht mal besonders teuer«, antwortete der Prof.

»Okay, was versteht man unter *Fällung*?« fragte Holzbaum.

»Das ist eigentlich ebenfalls ein Trennungsverfahren«, erklärte Schlittel. »Sehen Sie, das Alkaloidgemisch besteht aus Alkaloiden, Fetten und / oder Ölen. Die letzten beiden Stoffe wollen Sie aber nicht. Die waschen Sie mit der *Fällung* heraus, weil die Stoffe auf die Zugabe von Pikrinsäure unterschiedlich reagieren.«

»Das klingt aber nicht einfach«, schnaufte Pfeiffer.

»Das ist Handwerk, was meine Studenten im ersten Semester lernen«, antwortete Schlittel. »Ein einfacher Chemiebaukasten reicht übrigens aus.«

»Das beruhigt mich jetzt nicht wirklich«, brummte der Hauptkommissar. »Ich will mir gar nicht vorstellen, was fanatische Terroristen anfangen könnten.«

»Oh, die könnten es richtig krachen lassen«, meinte der Professor. »Zum Glück lesen die aber keine Chemiebücher.«

Holzbaum schlug das Notizbuch zu.

»Ich denke, Sie haben uns schon weitergeholfen«, sagte er und blickte zu seinem Chef.

»Ja, das denke ich auch«, nickte Pfeiffer und stand auf. »Eine Frage hätte ich noch. Kennen Sie die *Riewekooche Gäng*?«

Schlittel verzog seinen Mund zu einem breiten Lächeln. »Natürlich kenne ich das Paintball-Team. Einer meiner studentischen Mitarbeiter spielt da mit.«

»So?!« staunte Pfeiffer. »Könnten Sie uns den Namen nennen?«

»Hat der Mord etwas mit dem Team zu tun?« hakte der neugierige Prof nach.

»Darüber dürfen wir nicht sprechen«, antwortete der Polizist. »Der Name!«

»Einen Versuch war es wert«. Die blendend weißen Zähne strahlten Pfeiffer entgegen. »Lasse Kirchhof heißt der Student.«

»Wissen Sie, wo wir ihn finden können?«

»Es ist Mittagszeit, ich denke, da ist er oben in der Turnhalle«, antwortete der Professor.

»Macht er Sport?« wunderte sich Pfeiffer.

»Nein, dort sind die letzten Flüchtlinge untergebracht, die noch nicht in Wohnheime ausgewichen sind. Herr Kirchhof hilft dort ehrenamtlich aus«, erklärte Schlittler und stand auf. »Wenn Sie mich jetzt entschuldigen würden.«

»Danke für Ihre Hilfe«, sagte Holzbaum.

Die beiden Kommissare verließen das Büro. Auf dem Gang klopfte Pfeiffer Holzbaum auf die Schulter und fragte: »Hast du was von dem verstanden, was der Kerl da von sich gegeben hat?«

Holzbaum blieb stehen, sah seinen Chef eindringlich ein und antwortete: »Ja! Du nicht?«

7

Tristan und der Wisse Ohm tranken ihren Kaffee aus.

»Warum bist du so unfreundlich geworden?« fragte Tristan.

»Weil du so nett geblieben bist«, antwortete der Wisse Ohm trocken. »Der Junge verbirgt etwas.«

»Das denke ich auch«, nickte Tristan.

»Und jetzt?« fragte der Wisse Ohm. »Dieser Lasse hat den Kaffee nicht bezahlt.«

»Ja, habe ich bemerkt«, nickte der Detektiv. »Wir sollten das klären und dann mal bei Ruth in dieser Flüchtlingsunterkunft vorbeischauen.«

»Was versprichst du dir davon?« Der Wisse Ohm sammelte die Tassen ein.

»Jetzt, wo wir Lasses Erklärung über den Vorfall haben, würde ich gerne nochmals mit Ruth reden, um zu verstehen, warum sie diesen Studenten belastet.«

»Hast du nicht zugehört?« wunderte sich der Wisse Ohm, während sie zur Kasse gingen. »Der Kerl hat sie in einen Raum verschleppt!«

»Ja, schon«, antwortete Tristan. »Aber du bist anscheinend schon lange keine Zwanzig mehr.«

Der Wisse Ohm verstand nicht, was der Detektiv ihm sagen wollte. Schweigend stellte er die Tassen auf ein Tablett neben die Kasse, während Tristan den Kaffee bezahlte.

Die Sporthalle befand sich gegenüber dem Parkhaus und unterhalb des Kindergartens am Haardter Berg. Die beiden Männer folgten schweigend einem Weg den Berg hinauf. Auf halber Strecke blieb der Wisse Ohm stehen und meinte: »Was heißt, ich bin anscheinend schon lange keine Zwanzig mehr?«

»Das heißt, dass du vergessen hast, dass bei jungen Verliebten die Hormone den Verstand eintrüben«, grinste Tristan und genoss den Ausblick.

»So?! Aber eine Verschleppung bleibt eine Verschleppung«, grunzte der Ohm und blickte ebenfalls zum Horizont.

»Ist das nicht schön!« sagte Tristan.

Vor ihnen lag das Siegtal, das sich bis zu einer Bergkette im Osten ausbreitete. Am Horizont zeigten sich die Ausläufer des Rothaargebirges, über denen graue Wolkenfetzen nach Westen zogen. Trotz des fahlen Sonnenlichts leuchteten die Blätter der Bäume in rotbraunen und goldenen Farben.

»Ich glaube, dass Ruth übertrieben hat. Lasse gehörte zum Team ihres Bruders und er macht mir nicht den Eindruck eines Triebtäters.« Tristan wandte sich von dem Naturschauspiel ab. »Nein, ich denke schon, dass Lasse Ruth beschützen wollte. Ich würde nur gerne den Grund erfahren, warum Ruth auf Lasse so extrem reagiert.«

Sie gingen auf die Sporthalle zu, die von den anderen Gebäuden gut zu unterscheiden war. Vor dem Eingang der Halle stand ein Pavillon, in dem zwei freiwillige Helfer die ankommenden Menschen kontrollierten.

»Ist das nötig?« fragte der Wisse Ohm mürrisch.

»Wenn Sie da reingehen wollen, ja!« antwortete ein junger Mann.

Die beiden ließen die Prozedur über sich ergehen und betraten die Halle.

»Sieh mal an, wer den Weg hierher gefunden hat«, sagte Tristan und deutete zum zweiten Mal an diesem Tag auf die beiden Kommissare Pfeiffer und Holzbaum.

Diese unterhielten sich mit Ruth, als Tristan mit dem Wisse Ohm zu ihnen trat.

»Das ist jetzt aber keine Überraschung«, maulte der Hauptkommissar. »Was wollen Sie hier?«

»Das Gleiche wie Sie, einen Mord aufklären«, antwortete Tristan gelassen.

»Ich hatte gestern Abend keine Gelegenheit mehr mit Frau Fröhlich zu sprechen und nehme jetzt die Gelegenheit wahr«, zischte der Hauptkommissar.

»Wir haben heute Vormittag miteinander gesprochen«, erklärte Tristan.

»Konkret würde ich sagen, dass ich Ihnen einen Tipp gegeben habe.« Ruth sprach das mit einem unschuldigen Mädchenlächeln aus.

»Tipp?! Was für einen Tipp?« knurrte Pfeiffer.

»Sie nannte einen Verdächtigen«, erklärte Tristan, als sei das nicht wichtig.

»Nein, keinen Verdächtigen«, zischte Ruth, »ich nannte Ihnen den Namen des Mörders meines Bruders.«

»Was für einen Namen?« stieß Pfeiffer genervt aus.

»Lasse Kirchhof«, antwortete Ruth und funkelte den Detektiv böse an.

»Den Namen nannte uns der Chemieprofessor, wir wollten diesen Lasse sprechen, deshalb sind wir eigentlich hergekommen«, bemerkte Holzbaum, der sein Notizbuch herausgeholt hatte.

»Ich denke nicht ...«, sagte Tristan und wurde von einem jungen Mann unterbrochen.

»Ruth, Probleme?« Die Aussprache war fremdländisch. Der junge Mann trug einen gepflegten, schwarzen Vollbart. Seine braunen Augen musterten Tristan skeptisch. Er war nur wenig größer als Ruth und hatte eine eher helle südländische Hautfarbe.

»Nein, Hassan, alles in Ordnung«, erklärte Ruth. »Meine Herren, darf ich Ihnen meinen Freund Hassan vorstellen? Er hat die Hölle in Marran überlebt. Er ist mein Held.«

Hassan lächelte verlegen, als ihn Ruth herzlich an sich drückte.

»Wir haben gehört, dass Lasse Kirchhof sich hier ebenfalls aufhält«, sagte Pfeiffer. »Ist der Mann hier?«

»Das will ich nicht hoffen«, fauchte Ruth wütend. »Er ist hier nicht mehr willkommen.«

3. Das konnte doch ...

Mittwochnachmittag

Das konnte doch nicht sein? Friedrich-Jürgen Kirchhof kniete vor einem kleinen Altar, den er sich in einer Ecke seines Büros aufgestellt hatte. Gott war allmächtig, das glaubte er, seit er denken konnte, aber dass ihm Gottes Herrlichkeit am eigenen Leib zuteil wurde, das war ein Wunder. Dafür gehörte es sich, dem Schöpfer zu danken.

Andächtig blickte er auf eine kunstvoll geschnitzte Christusfigur, die an einem Kreuz hing. Für einen Augenblick fragte er sich, warum die frühen Christen das Symbol des Fisches zugunsten des Kreuzes aufgegeben hatten. Ein sterbender Gott mit Dornenkrone und angenagelten Händen und Füßen war nichts für schwache Mägen.

Der Anblick führte dazu, dass ein flüchtiger Gedanke ihn an den toten Sohn seines Konkurrenten erinnerte. Ein Teil seines Gewissens fühlte sich schuldig, da es gerade dieser Tod war, der zu dem Umstand beigetragen hatte, für den er sich jetzt bei seinem Gott bedankte. Der Tod des Jungen war traurig, aber das Schicksal meinte es gut mit dem Unternehmer. Sein ärgster Gegner musste jetzt aufgeben.

Eine Tür fiel laut ins Schloss.

»Betest du wieder?« zischte es hinter ihm.

Friedrich-Jürgen Kirchhof stand langsam auf. Er war ein hochgewachsener Mann mit stattlicher Figur. Er ging stramm auf die Sechzig zu, fühlte sich aber immer noch so vital, als sei er gerade vierzig geworden. F.-J., wie ihn seine Freunde in Anlehnung an J.R. aus der Serie „Dallas“ nannten, trug einen graublauen Anzug, der ihm auf den Körper geschneidert war, ein weißes Hemd mit Manschettenknöpfen und einer blaurot gemusterten Krawatte. Feine Lederschuhe rundeten das Bild eines erfolgreichen Kaufmanns ab. Kirchhof hatte an der Stimme erkannt, wer da sein Büro betreten hatte.

»Ja, ich bete, solltest du auch mal versuchen«, antwortete er streng und drehte sich zu seinem Gast um.

»Oh, danke, nein«, erwiderte Ulf Langenbach. »Ich halte nicht viel von einer „göttlichen Macht“. Mir sind die irdischen Triebe lieber.«

»Du landest noch im Fegefeuer, wenn du nicht bald dem Mammon Geld abschwörst«, sagte Kirchhof und setzte sich an einen wuchtigen Schreibtisch.

Ulf Langenbach nahm in einem Sessel Platz, der vor dem Schreibtisch stand. Der Mann trug ebenfalls einen Anzug. Allerdings saß der nicht ganz so gut wie Kirchhofs Kleidungsstück.

»Das musst du gerade sagen«, grinste Langenbach schmierig. »Wer will denn Fröhlich aus dem Markt drängen?«

»Na, du!« antwortete der Unternehmer bissig. »Deshalb bist du doch gekommen.«

Ulf Langenbach lächelte Kirchhof an, als spiele er den bösen Wolf in einem Märchen. Seine blassen Augen verengten sich und für einen Augenblick funkelte Hass in ihnen auf.

»Wie immer hast du es scharfsinnig analysiert«, nickte Langenbach. »Ich konnte meine Vorgesetzten davon überzeugen, dass als einzige Sicherheit für den Kredit die vertraglich abgesicherte Geschäftsübernahme durch den Sohn verlangt wird. Und wie wir ja aus dem Lokalradio vernehmen mussten, ist dieser plötzlich verstorben.«

»Ja, was für eine Tragödie.« Kirchhof schüttelte langsam seinen Kopf. »Aber, wir begeben uns alle in Gottes Hand.«

»Nicht alle«, widersprach Langenbach. »Ich nehme mein Schicksal lieber selbst in die Hand.«

»Und dank der miesen Finanzlage, in der deine Bank steckt, bist du ganz umtriebig geworden«, sagte Kirchhof sarkastisch.

»Sei froh, dass die Zinsmärkte am Arsch sind«, schnaubte Langenbach mit unterdrücktem Zorn. »Nur deswegen konnte ich meine Vorgesetzten überzeugen, Fröhlich den Kredit nur mit dieser Nachlassregelung zu gewähren.«

»Liegt es nicht eher daran, dass deine Chefs keine Ahnung haben, wie man eine Bank führen muss, wenn das Geld nicht automatisch in den Tresor purzelt?«

»Vielleicht, aber das ist jetzt nicht das Thema«, wiegelte Langenbach ab. »Steht die Vereinbarung noch?«

»Ja, ich halte mein Wort«, nickte Kirchhof. »Die vereinbarte Summe wird dir auf das angegebene Konto überwiesen.«

»Super!« Langenbach klopfte sich auf die Schenkel.

»Es wäre besser, wenn du in nächster Zeit nicht mehr hier auftauchen würdest«, mahnte der Unternehmer. »Ich meine, wir unterhalten keine Geschäftsbeziehung zu deinem Kreditinstitut.«

»Kein Problem«, Langenbach stand auf. »Du siehst mich nicht wieder, wenn das Geld auf meinem Konto ist.«

»Dann sind wir uns einig.«

Sie schüttelten sich gegenseitig die Hände, als Lasse plötzlich in das Büro seines Vaters platzte.

»Ich muss dich sprechen!« zischte Lasse und musterte Langenbach kritisch.

»Einen Moment«, knurrte Fröhlich, dem das Verhalten seines Sohnes überhaupt nicht gefiel.

»Ich verabschiede mich jetzt«, sagte Langenbach hastig, der spürte, dass es an der Zeit war zu verschwinden.

Der Banker nickte Lasse jovial zu und schritt dann aus dem Büro.

»Wer war das denn?« schnaubte Lasse. »Ich hoffe nicht ein neuer Kunde?«

»Als ob dich unser Geschäft interessieren würde«, antwortete Kirchhof scharf. Dann blickte er zu der Jesus-Statue und beruhigte sich wieder. »Was ist so dringend, dass du nicht anklopfen konntest?«

»Matthias ist ermordet worden.« Lasse sprach es gefühllos aus.

»Ich weiß, es wurde bereits im Radio mitgeteilt.« Kirchhof antwortete gelangweilt.

»Dann kannst du dir vielleicht vorstellen, dass ich jetzt wieder im Team bin, was unsere Abmachung hinfällig werden lässt.«

»Tu das nicht, Sohn!« Er stand auf und trat hinter dem Schreibtisch hervor. »Ich brauche dich hier im Geschäft. Was hätte sonst das Ganze für einen Sinn?«

»Was meinst du damit?« Lasse sah seinen Vater geschockt an. »Du hast doch nicht ...«

2

Henning Simon, der persönliche Assistent des Landrats, gefiel die Entwicklung gar nicht. Ein guter Freund aus der Finanzbranche hatte ihm soeben gesteckt, dass das Fertighausunternehmen der Fröhlichs durch Matthias' Tod finanziell in Schwierigkeiten geraten könnte. Es schien ein dringender Modernisierungsschub nötig zu sein, um die vollen Auftragsbücher abwickeln zu können, doch dafür müsste das Unternehmen Geld aufnehmen, was es nach dem Mord nicht mehr erhalten würde. Der ambitionierte Simon wollte sich durch diese Situation nicht von der Karriereleiter stoßen lassen. Deshalb überlegte er fieberhaft, wie das Projekt „Flüchtlingsheim“ zu retten war. Jetzt ärgerte ihn seine Dummheit, sich allein auf einen Anbieter festgelegt zu haben. Er musste schnellstens Kontakt zu den Kirchhofs aufnehmen.

Mit Grausen dachte Simon daran, wie F.-J. Kirchhof den Kreis ausnehmen würde, wenn dem alten Fuchs die Notlage des Landrats bekannt würde.

Simon griff zum Telefon, als die Tür seines Büros aufgestoßen wurde und Landrat Robert Fischer aufgebracht eintrat.

»Haben Sie das gelesen?« Der Landrat warf einen Ausdruck auf Simons Schreibtisch.

Der persönliche Assistent legte den Hörer zurück in die Gabel und nahm das Blatt Papier vorsichtig in die Hand, als könnte es explodieren.

»Wo genau haben Sie das her?« fragte er, um Zeit zum Lesen zu gewinnen.

»Das hat man gerade auf meiner Fatzebuch-Seite geteilt«, zischte der Landrat.

»So?« erwiderte Simon, was mit einem bösen Blick seitens seines Chefs quittiert wurde.

Auf dem Papier war ein Artikel kopiert, der auf die *Kosten* des neuen Flüchtlingsheims hinwies, das der Kreis zu bauen beabsichtigte. Dann griff der Verfasser des Artikels eine Tatsache auf, die selbst Simon nicht widerlegen konnte. Während vor dem Flüchtlingsansturm allerorten zu hören war, dass die öffentlichen Kassen keinen Cent mehr übrig hatten, plante man nun neue Unterkünfte und hatte plötzlich Milliarden Euros für die *Usswaerdijen* übrig. Eigentlich eine tolle Nachricht, wenn die gleichen Verantwortlichen nicht seit Jahren den Bürgerinnen und Bürgern erklären würden, dass sie doch bitte selbst die Klassenräume ihrer Kinder renovieren möchten oder die Straßensanierung im Ort aus der eigenen Tasche finanzieren sollen. Es fiel sogar dem Schwerfälligsten auf, dass manche Rentnerin, die ihr ganzes Leben für unser Gemeinwohl gearbeitet hatte, jetzt weniger Geld bekam als die Neuen aus dem Morgenland.

Der Wähler gehörte rein genetisch bedingt zwar zu den eher genügsamen Lebewesen, die sich schon mal hier und dort mit unbequemen Tatsachen abfanden, doch bei vielen Wählern hatte sich der Eindruck gebildet, dass die da oben, andere Interessen verfolgten als der „kleine-Mann". Den Unmut darüber konnte man mit einem randvollen Fass vergleichen, das nur noch einen Tropfen vor dem Überlauf entfernt war. Alles was dann sozusagen als Unmut auf den Boden lief, konnte Dünger für die Rechten werden. Das war den Politikern der Volksparteien ein Graus, die sich bemühten, dies zu verhindern. Einer von ihnen war Landrat Fischer der jedenfalls keine Stimmen an Rechtsaußen verlieren wollte.

»Also, wie reagieren wir darauf?« fragte er scharf und wippte dabei hin und her.

»Wo stand das?« Simon sah seinen Chef an.

»Ursprünglich in irgendeinem dieser Anzeigenblätter«, antwortete Fischer. »Ist das denn wichtig? Es wird bereits in den sozialen Medien geteilt, das ist entscheidend.«

»Also«, überlegte Simon laut, »wir könnten die menschliche Tragödie in den Vordergrund stellen und damit an das moralische Gefühl appellieren.«

»Die antworten, dass die vielen jungen Männer sich gegen ihre Feinde stellen sollen, statt abzuhauen und hier bei uns einen auf Schmarotzer zu machen«, zischte der Landrat.

»Wir zeigen denen kleine Kinder mit großen Augen, das kommt immer gut an«, meinte Simon.

»Ich weiß nicht, ist das nicht ein wenig zu abgedroschen?« antwortete Fischer, während er sich eines dieser Kinder vorstellte.

»Dann argumentieren wir, dass wir die Leute ohne diese neuen Häuser auf der Straße übernachten lassen müssten.«

»Schlechte Idee! Die werden brüllen: Lasst sie doch! Und bekommen dafür noch Applaus.« Der Landrat trat an das Bürofenster und schaute auf die Stadt.

Simons Büro lag in der oberen Etage des Kreisgebäudes. Von dort hatte man einen schönen Blick auf die Altstadt. Im spärlichen Sonnenlicht eines regnerischen Herbsttages blinkte das vergoldete Krönchen über der Nikolaikirche auf.

»Wie wäre es, wenn wir Rubens zur Hilfe nähmen?« sagte der Landrat.

»Den alten Zausel?« Simon konnte darin nichts Gutes finden.

»Na, Sie sind mir aber ein Siegerländer«, grinste Fischer gut gelaunt, weil ihm gerade eine Idee zuflog, und er erklärte: »Peter-Paul Rubens' Mutter war ein Flüchtling, als sie ihren Sohn in Siegen zur Welt brachte. Überlegen Sie doch mal, was man daraus für eine Meldung machen kann.«

»Äh, ja, was für eine?« fragte Simon vorsichtig.

»Wir machen ein Foto von einer Flüchtlingsfamilie. Mindestens mit zwei Kindern. Unter das Bild schreiben wir: ein neuer Peter-Paul Rubens?«

Simon beobachtete seinen Chef und er kam zu dem niederschmetternden Ergebnis, dass alles, was der Landrat sagte, auch so gemeint war.

»Wir können es versuchen.« Er notierte sich den Vorschlag. »Ich denke aber, dass es nicht funktionieren wird. Ganz besonders nicht, wenn die Kosten für das Heim bekannt werden sollten.«

»Dann halten wir das so lange zurück, bis sich die Leute um ihre Weihnachtsgeschenke Gedanken machen.«

Der Landrat blickte nochmals auf die Stadt, sah wieder zum Krönchen, das trotz des bedeckten Himmels erneut gülden leuchtete, und meinte: »Jetzt fühle ich mich schon viel besser. Das war eine gute Idee von mir! Versauen Sie es nicht!«

Dann trat er mit festen Schritten aus dem Büro.

»Oh Mann«, seufzte Simon und griff zum Telefon.

3

Tristan lenkte seinen Oldtimer auf einen Parkplatz vor der Marienkirche. Seit sie das Universitätsgelände verlassen hatten, saß der Wisse Ohm schweigend neben dem Detektiv. Mürrisch stieg der Ohm aus dem Borgward.

»Für heute habe ich genug gequatscht«, knurrte er und streckte sich.

»Hat es denn nicht gut getan, unter Leuten zu sein?« fragte der Detektiv, der den Oldtimer abschloss.

»Na ja, es war eine willkommene Abwechslung«, nickte der Ohm. »Außerdem hat man nicht auf uns geschossen. Ein Umstand, der das Arbeiten eindeutig entspannter gestaltet.«

»Du wurdest bei deiner Arbeit beschossen?!« Tristan blickte ihn über den Rand seiner Halbbrille an. »Doch nicht jedes Mal!«

»Es kam häufiger vor, als mir lieb war«, antwortete der Ex-Agent.

»Ich hole Marlowe, danach kannst du gerne noch auf einen Kaffee reinkommen«, bot Tristan an.

»Danke, nein«, schüttelte der Wisse Ohm den Kopf. »Verabschiede mich, mach's gut.«

Er ging einige Schritte in Richtung Rathaus, dann blieb er stehen und warnte: »Pass auf die jungen Leute auf, Tristan. Unterschätz die nicht, auch wenn sie mit Luftpistolen schießen. Die wissen, was sie tun. Und mach dir die Zusammenhänge nochmals bewusst.«

»Danke Ohm, werde ich«, antwortete der Detektiv.

Tristan sah dem alten Mann nach, wie er in der Barstewende verschwand und ging dann auf den Nebeneingang der Marienkirche zu.

Mit einem kräftigen Ruck zog er das Tor auf und betrat das Kirchenschiff. Marlowe flatterte gerade über ihn hinweg, während Erich mit einem Staubwedel in der Luft herumfuchtelte.

»Alles in Ordnung?« rief Tristan dem Diakon entgegen.

»Ja! Natürlich!« Erich nahm den Staubwedel herunter. »Seit wann interessiert sich der teuflische Vogel für Heilige?«

»Was?!« Tristan trat zu seinem Freund.

»Sieh da!« Erich deutete auf die Figur des Heiligen Johannes. Sie hing im vorderen Bereich des Kirchenschiffes an einem der Pfeiler.

»Ich erkenne nichts«, antwortete der Detektiv, nachdem er sich angestrengt hatte, etwas an der von Johann Theodor Düringer im Jahr 1728 gestalteten Heiligenfigur zu erkennen.

»Na, kannst du auch nicht«, brummte Erich. »Weil ich rechtzeitig den Wedel geschwungen habe.«

»Wollte sich Marlowe an der Figur vergreifen?« fragte Tristan vorsichtig.

»Nein, draufsetzen!« Erich schüttelte den Kopf, als wolle er den schauerlichen Gedanken aus demselben herauswerfen. »Nicht auszudenken, was Marlowe da hätte zurücklassen können.«

Das wollte sich Tristan ebenfalls nicht vorstellen, deshalb bedankte er sich bei Erich und rief sein Haustier.

Der Kakadu reagierte auf die Stimme seines Herrchens. Mit einem gekonnten Flugmanöver landete er auf Tristans Arm, den der Detektiv Marlowe entgegenhielt.

»Danke nochmals, Erich«, sagte Tristan. »Wenn du willst, schau später mal rein. Helga hat frischen Reibekuchen gemacht, von dem ich mir ein Stück mitgebracht habe.«

»Dazu sage ich nicht nein«, grinste der Kirchenmann.

Tristan und Marlowe verließen die Kirche. Kaum dass sie den Hof betraten, fing es an zu stürmen. Ein heftiger Regenschauer begleitete die Windböen. Verlassen lag der Hof vor ihnen. Selbst vor Tristans Nachbarhaus, in dem eine Studentenwohngemeinschaft hauste, tummelte sich keiner der Bewohner im Freien. Der vorrückende Herbst trieb die Menschen in ihre Häuser. Auch dem exotischen Vogel gefiel das feuchtkalte Wetter überhaupt nicht.

Mit einem lauten Krächzen brabbelte er: »Er steht und darf sich nicht bewegen; / Von oben strömt ein kühler Regen. / Der Regen wird zu kaltem Reif; / Der Louis friert ganz starr und steif.«

Tristan beeilte sich, den Hof zu überqueren.

»Wir sind ja gleich drin«, mahnte er und öffnete die Eichenhaustür, während Marlowe auf dem linken Arm mürrisch hin- und herwippte.

Mit Mühe schob er die alte Eichenhaustür auf. Als der Spalt groß genug war, startete Marlowe wie ein Jagdfalke von Tristans Arm ins warme Haus. Der Detektiv schmunzelte, als er plötzlich von hinten herumgerissen wurde und einen Schlag gegen den Kopf bekam.

Die Halbbrille flog durch die Luft, während der Schlag ihm kurzzeitig die Sinne raubte. Dank seines wöchentlichen Aikido-Trainings konnte er den zweiten Angriff abwehren und seine Kraft gegen den Angreifer wenden. Der stolperte einige Schritte zurück und floh dann in Richtung Zaungasse. Tristan holte tief Luft und spürte, wie ihm Blut in die Augen lief.

»So eine Scheiße«, fluchte der Detektiv und tastete vorsichtig die linke Augenbraue ab.

Dort hatte ihn der Angreifer erwischt und eine blutende Wunde hinterlassen. Er eilte ins

Badezimmer, das gleich neben dem Eingang lag und betrachtete sich im Spiegel. Zum Glück war die Wunde nicht so groß, wie die Blutmenge vermuten ließ. Als erstes wusch er sich das Blut aus dem Gesicht und verarztete die Augenbraue.

Dann begann er zu zittern. Das erste Anzeichen eines Schocks. Er setzte sich auf die Toilette und konzentrierte sich darauf, gleichmäßig zu atmen. Das Zittern ließ nach und verschwand schließlich ganz. Draußen vor der Tür hörte er Erichs Stimme.

Die Haustür stand noch offen, und wenig später stand der Diakon im Badezimmer.

»Oh Gott, was ist passiert?« fragte er entsetzt, als er das blutverschmierte Waschbecken sah.

»Da hat mir jemand gegen den Kopf geschlagen«, antwortete Tristan ironisch. »Der mochte mich wohl nicht.«

Erich beugte sich zu Tristan und inspizierte die Wunde.

»Noch mal Glück gehabt, was?« schnaufte der Kirchenmann. »Und deiner guten Laune nach zu urteilen wird der Schlag wohl keine bleibenden Schäden hinterlassen.«

Der Diakon half seinem Freund aufzustehen, dann gingen sie ins Wohnzimmer, wo sich Tristan aufs Sofa legte. Erich eilte in die Küche, nahm Eiswürfel aus dem Kühlfach, steckte sie in einen Beutel und reichte ihn dem angeschlagenen Detektiv.

»Machst du die Haustür zu«, bat Tristan, den ein starker Luftzug daran erinnerte, dass die Tür noch offen stand.

Erich schloss die Haustür und kam zurück ins Wohnzimmer.

»Soll ich Helga anrufen?«

»Nein, ich denke, sie ist schon hierher unterwegs«, antwortete Tristan.

»Du hast sie angerufen?« fragte Erich lobend.

»Nein, wir haben abgesprochen, dass sie heute Nachmittag vorbeikommt«, brummte Tristan, der das Gefühl hatte, dass die Kopfschmerzen stärker wurden, je weiter der Angriff zurücklag.

Mit dem Beutel an der Stirn versuchte er sich abzulenken und rekapitulierte den Angriff.

»Erich, ich hab den Kerl nicht gesehen«, stöhnte er. »Dabei bin ich allein über den Hof auf meine Haustür zugegangen.«

»Hat sich bestimmt versteckt«, meinte der Diakon.

»Wo? Auf dem Hof gibt es keine Verstecke«, erwiderte Tristan, sichtlich verärgert darüber, so einfach überfallen worden zu sein.

»Dann hat er am Nebeneingang gewartet«, erklärte Erich. »Das klassische Szenario. Du kommst aus der Kirche, der Angreifer steht hinter der Tür. Wenn die Tür aufschwingt, verdeckt sie den Kerl. Da du nicht zurückschaust, sondern nach vorne auf deine Haustür, kann er dir von hinten folgen.«

»Das hätte doch Marlowe bemerkt«, wandte Tristan ein, korrigierte sich aber gleich wieder. »Nein, das miese Wetter hat ihn abgelenkt.«

»Siehst du! Damit hattest du gar keine Chance«, nickte Erich. »Konntest du den Angreifer erkennen?«

»Nein, er trug eine Maske«, antwortete Tristan wütend. »Allerdings habe ich eine solche schon gesehen. Diese Masken benutzen die Paintballer.«

4

Norbert Pfeiffer blickte ungläubig auf das Papier.

»Wo haben Sie das her, Affolderbach?« Er raunzte den Jungkommissar an.

»Das habe ich aus dem Internet«, antwortete er.

»Sie wollen mir doch nicht sagen, dass die Bestellung von Labor-Equipment im Internet nachzulesen ist«, knurrte Pfeiffer, der seit dem Verlassen des Uni-Geländes vor einer Stunde keine Zigarette mehr geraucht hatte.

»Doch«, nickte Affolderbach und grinste. »Manche Menschen verstehen immer noch nicht, dass soziale Netzwerke offen sind.«

»Was soll das nun wieder bedeuten?« Pfeiffer glich einer Tonne Sprengstoff inmitten eines Straßenfeuerwerks. Jeden Moment konnte ein Knaller in die Tonne fallen und es krachen lassen.

»Fatzebuch und Co.«, antwortete Affolderbach unbekümmert.

Der junge Mann hatte seine Antennen nicht so richtig auf Pfeiffers Gemütszustand eingestellt. Er hätte sonst die gut gemeinten Bemerkungen und die scheinbare Mühelosigkeit, mit der er ermittelte, vor seinem Chef verborgen. Zum Glück betrat Holzbaum rechtzeitig das Büro, das die Beamten im Kreispolizeigebäude an der Weidenauer Straße benutzten. In der Hand hielt er einen Umschlag und einen Kaffee, den er unaufgefordert seinem Chef reichte.

»Alles klar?« fragte er Pfeiffer, der mit verzerrtem Gesicht Affolderbach musterte.

»Frag den jungen Spund!« knurrte er und nahm den Kaffee entgegen.

»Was ist los?« hakte Holzbaum nach.

»Ich habe herausbekommen, dass Lasse Kirchhof ein eigenes Labor unterhält«, antwortete Affolderbach pflichtbewusst und deutete auf das Papier, das Pfeiffer immer noch in den Händen hielt.

»Wie?!« staunte Holzbaum.

»Er hat es auf seiner Fatzebuch-Seite stolz gepostet«, erklärte Affolderbach.

»Was für ein Idiot«, murrte Pfeiffer und nippte an dem Kaffee, dann sah er den Jungkommissar an. Er kämpfte sichtlich einen Augenblick mit sich, bevor er meinte: »Gut gemacht!«

Das Bürotelefon klingelte und der gelobte Kommissar hob den Hörer ab. Affolderbach hörte aufmerksam zu, nickte ein paar mal, als ob das der Gesprächspartner am anderen Ende sähe, und legte auf.

»Tristan Irle wurde bei sich zu Hause überfallen«, erklärte er sachlich.

»Was?!« Pfeiffer blickte zu Holzbaum. »Wo ist der Kerl jetzt wieder reingeraten? Los, wir fahren in die Stadt.«

»Keine Ahnung, Chef. Aber ich komme nicht mit. Muss zum Direktor!« Holzbaum sah man an, dass er lieber mit in die Altstadt gefahren wäre.

»Hm, das Schrottauto«, knurrte der Hauptkommissar.

Holzbaum nickte und verließ das Büro.

Eine halbe Stunde später standen Pfeiffer und Affolderbach vor der Haustür des Detektivs. Pfeiffer steckte sich eine Zigarette an, während Affolderbach gegen die Holztür klopfte, nachdem er vergeblich einen Klingelknopf gesucht hatte.

»Ich komme!« hörten sie Tristan aus dem Inneren rufen. Wenige Augenblicke später öffnete ihnen der Detektiv die Haustür.

»Wow, Sie sehen aber lädiert aus«, bemerkte Pfeiffer sarkastisch, während er Rauchkringel aufsteigen ließ. »Haben Sie sich mit einem Stärkeren angelegt?«

»Kommen Sie rein, Pfeiffer«, grunzte Tristan.

Die Beamten betraten das Wohnzimmer und gingen weiter in die Küche.

»Setzen Sie sich«, bat der Detektiv. »Möchte jemand etwas trinken?«

»Nein, danke«, wehrte Pfeiffer freundlich ab. »Einen Aschenbecher könnte ich gebrauchen.«

Tristan stellte ihm einen Aschenbecher auf den Tisch.

»Wissen Sie, dass wir zu einer aussterbenden Art gehören?« Tristan hielt einen Tabakbeutel und seine Pfeife in der Hand. Er setzte sich und begann die Pfeife zu stopfen.

»Ich überlege, auf E-Zigaretten umzusteigen«, antwortete Pfeiffer.

»Ein löbliches Vorhaben«, kommentierte Affolderbach.

»Gibt es so etwas auch für Pfeifen?« fragte Tristan interessiert.

»Keine Ahnung, aber das lässt sich herausfinden, nicht wahr, Herr Affolderbach?« Pfeiffer sah seinen Kollegen scharf an.

Der aufgeweckte Verstand des Kommissars arbeitete hervorragend, allerdings hakte er manchmal, wenn es sich um nonverbale Kommunikation handelte. Affolderbach konnte Pfeiffers Aussage nur zustimmen, doch was der angestrengte Blick seines Chefs jetzt bedeuten sollte, das checkte er nicht.

»Sehen Sie in Ihrem Handy nach«, blaffte Pfeiffer ihn an. »Finden Sie eine E-Pfeife oder so etwas.«

»Ach, das meinten Sie«, nickte Affolderbach und zückte sein Smartphone.

»Und Sie, Irle, erzählen jetzt, was passiert ist!« Der Hauptkommissar blickte den Detektiv mit wachen Augen durch seine Nickelbrille an.

Tristan berichtete in kurzen Sätzen, wie er überfallen worden war, und fragte dann: »Was haben Sie nach dem Uni-Besuch herausbekommen?«

»Die Obduktion hat ergeben, dass Matthias Fröhlich an einer Überdosis Gift von der Tollkirsche gestorben ist«, antwortete Pfeiffer. »Wir wissen außerdem, dass Lasse Kirchhof ein Labor unterhält, dass er somit die Extraktion des Giftes zu Hause herstellen konnte.«

»Wenn man bedenkt, dass der junge Mann auch noch eine Schutzmaske besitzen dürfte«, überlegte Tristan laut, »dann hat man eine Menge Verdachtsmomente.«

»Verdachtsmomente?« Pfeiffer zischte den Detektiv an. »Ich nenne so etwas Beweise.«

»Habe etwas gefunden«, mischte sich Affolderbach ein. »Es gibt so etwas wie eine E-Pfeife.«

»Jetzt nicht«, sagte Pfeiffer scharf. Sein Gehirn begann langsam hochzufahren. »Sie haben doch den kleinen Vorfall zwischen Lasse und Ruth Fröhlich nicht vergessen. Der Junge neigt zu Gewaltausbrüchen! Warum nicht auch zu Mord? Außerdem kennt er sich mit der Materie bestens aus. Ich nenne das eine klare Beweiskette.«

»Glauben Sie wirklich, dass Lasse so dumm ist?« entgegnete Tristan. »Er kann sich doch vorstellen, dass die Polizei zuerst bei ihm nachschaut, weil er ein Labor besitzt.«

»Manchmal brennen auch bei intelligenten Menschen die Sicherungen durch«, argumentierte der Hauptkommissar.

»Sicher im Affekt, aber doch nicht bei einer so komplizierten Mordmethode!« Tristan zündete die gestopfte Pfeife an. »Der Mord wurde geplant!«

»Noch ein Beweis mehr gegen ihn«, antwortete Pfeiffer aufgebracht. »Schließlich musste der Mörder genau wissen, wie er diese vergifteten Farbpatronen anwenden konnte.«

Darauf wusste Tristan nichts zu antworten, was Pfeiffer genauso überraschte wie den Detektiv.

»Wir besorgen uns einen Haftbefehl«, knurrte der Hauptkommissar schließlich und stand auf.

Das verstand Affolderbach sofort und er folgte seinem Chef. Mit schnellen Schritten stapften sie der Haustür entgegen, gefolgt von Tristan, dessen graue Zellen von Pfeiffers Argument doch tatsächlich wie betäubt dalagen.

Auf der Türschwelle raunte Affolderbach dem Detektiv schnell zu: »Sehen Sie im Internet unter E-Pfeifen nach.«

5

Dennis Maier, Peter Kleber und Janik Lerch saßen eng beisammen und stritten. Die drei

Teammitglieder hatten sich im ersten Siegerländer Co-Working Space der Firma NEVIO in der Oberstadt getroffen. Was sich anhörte wie eine NASA-Operation, war nichts weiter als eine Bezeichnung für mietbare Büroplätze. Die mit Laufbändern und höhenverstellbaren Schreibtischen ausgestatteten Arbeitsplätze befanden sich im ersten Stock gleich über der RWE-Filiale, direkt gegenüber dem Marktplatz in Siegen. Das Co-Working Space war von den neuen Hörsälen im Unteren Schloss und den Seminarräumen im ehemaligen Stadtkrankenhaus nur einige Schritte zu Fuß entfernt und für Studenten ideal zum Arbeiten, wenn man zwischen zwei Vorlesungen nicht nach Hause fahren wollte.

Die drei saßen in der Lounge von NEVIO und zischten wie ein Nest voll Klapperschlangen.

»Was hast du dir nur dabei gedacht?« schimpfte Dennis und schüttelte den Kopf. »Matthias ist noch nicht mal beerdigt und du sprichst schon mit Lasse!«

»Wir haben keine Zeit zu verlieren«, verteidigte sich Janik. »Ich habe ihn zufällig getroffen und angesprochen.«

»Der Detektiv und der Bulle haben das aber gesehen, oder?« Peter Kleber sagte das leise, fast emotionslos.

»Ja«, nickte Janik. »Wir haben nichts zu verbergen.«

Janik, der Maschinenbaustudent, sah seine Freunde an. »Haben wir doch nicht, oder?!«

»Ich habe Matthias nicht umgebracht«, antwortete Peter trocken.

»Ich auch nicht, Mensch!« Dennis' Antwort klang eindeutig hitziger. Für einen angehenden Theologen klang das gar nicht nach Nächstenliebe.

»Weshalb dann dieser Aufstand?« schnaufte Janik laut.

»Weil es schlecht aussieht«, sagte Dennis leise.

»Wir wissen nicht, ob Lasse unschuldig ist«, erklärte Peter.

»Ihr glaubt, Lasse ist der Mörder?« Janik schüttelte heftig seinen Kopf. »Leute, ihr kennt Lasse! Der würde so was nicht machen.«

»Ja, wir kennen Lasse«, nickte Dennis, »deshalb bin ich mir nicht sicher.«

»Das meinst du ernst?« Janik lief es kalt den Rücken runter. »Du glaubst wirklich, dass Lasse der Mörder sein könnte?«

»Mensch, jetzt denk mal logisch!« Peter sah seinen Teamkollegen an und erklärte: »Wer außer ihm kannte den Ablauf des Trainings? Wer wusste, dass wir grüne Patronen für den Einzelkampf nehmen?«

»Das kann man auch herausfinden, wenn man uns beim Training zusieht«, antwortete Janik. »Wir machen das seit Monaten immer gleich.«

»Aber jemand musste uns die Patronen unterschieben«, erwähnte Dennis. »Ich meine mich zu erinnern, dass die letzte große Lieferung von Lasse bestellt wurde.«

»Ihr glaubt wirklich, dass Lasse der Mörder ist.« Janik ließ den Kopf hängen. »Wenn ihr recht habt, dann können wir den Aufstieg vergessen.«

»Ja, das ist mir auch klar«, nickte Dennis. »Deshalb wollte ich auch, dass wir uns treffen. Wir müssen uns nach einem neuen Mann umsehen.«

»Wieso Mann, es kann doch auch eine Frau sein, oder?!« Peter musterte seine Freunde.

»Klar, aber wen hast du im Blick?« Dennis sah ihn neugierig an.

»Na Leute, ist das so schwer zu erraten?« Peter gestikulierte mit seinen Händen, was er gerne tat, wenn er aufgeregt war.

»Nein, du meinst doch nicht Arijana!« Janik folgte einer Intuition.

»Doch, genau die!« Peter strahlte über das ganze Gesicht.

»Das gibt nur Ärger«, maulte Janik. »Die ist mit dem Hallenbesitzer liiert.«

»Aber eine echte Amazone, die mit ihrem Markierer umgehen kann.« Peter schwärmte mit einem Gesichtsausdruck von Arijana, den nur Liebestrunkene aufsetzen können.

»Keine Liebeleien, das hat Lasse schon das Genick gebrochen«, mahnte Dennis.

»Er träumt nur«, meinte Janik spitzfindig. »Aber die wäre wirklich eine Bereicherung, wenn du, Peter, sie in Ruhe lässt.«

»Dann ist es entschieden!« sagte Peter. »Ich werde sie gleich informieren.«

»Du rufst sie an?!« wunderte sich Dennis, der wusste, dass Peter nicht gerade der Kommunikative unter ihnen war.

»Nein, so etwas sagt man persönlich«, meinte Peter. »Wir sehen uns dann!«

Peter stand auf und verließ die Runde.

»Ich muss auch los«, meinte Janik. »Wenn Arijana zusagt, dann müssen wir einen neuen Trainingsplan aufstellen.«

»Ich mache mir schon mal ein paar Gedanken«, nickte Dennis und griff zu einem Block, der vor ihm auf dem Tisch lag.

»Du bleibst noch?!« Janik kramte seine Sachen zusammen.

»Hab noch für eine halbe Stunde gebucht«, antwortete Dennis.

»Okay, bis morgen!« Sie klatschten sich ab und Janik verließ den Co-Working Space.

6

Tristan sah den Polizisten nach, wie sie vom Hof hinter der Marienkirche fuhren.

»Wo war eigentlich Holzbaum?« fragte sich der Detektiv und wollte zurück ins Haus gehen, als Helga mit ihrem Panda um die Ecke rollte. »Oh je, jetzt muss ich erst einmal die Wunde am Kopf erklären.«

Helga Bottenberg wusste um die Gefahren der Detektivarbeit. Sie konnte sich aber nicht daran gewöhnen, dass ihr Lebensgefährte besonders oft auf Mörder und Schwerverbrecher stieß. Dabei lebten sie in einem Gebiet, das weit entfernt von den großen Metropolen, eigentlich ein Idyll hätte sein müssen. Landschaftlich gab es an dem Kreisgebiet Siegen-Wittgenstein nichts auszusetzen. Die Industrie mit ihren mittelständischen Unternehmen sowie die vielen Handwerksbetriebe sorgten für genügend Arbeitsplätze, was die Arbeitslosenquote niedrig hielt. Die Anzahl der Immigranten bewegte sich ebenfalls in einer normalen Größenordnung. Kleinkriminalität und Drogenhandel gab es seit Jahrzehnten, was für eine kleine Großstadt wie Siegen nichts Auffälliges war. Einzig und allein die Mordrate schien zu steigen, wenn Tristan Irle in der Nähe war.

Helga hatte versucht, ihrem Freund eine andere Tätigkeit nahezulegen, weil sie bereits ihren ersten Mann durch einen Unfall verloren hatte. Doch Tristan war mit Leib und Seele Detektiv, was letztlich, hätte sie auf einem Berufswechsel bestanden, zur Trennung geführt hätte. So setzte sie auf ein Mittel, das Liebende gerne gegeneinander einsetzten: Sie sorgte dafür, dass Tristan genau verstand, was sie an seinem Job nicht mochte, indem sie ihm ein schlechtes Gewissen machte, wenn er einmal wieder verletzt vor ihr stand.

Männer können angeschossen werden, sie laufen durchs Feuer und töten Drachen, doch wenn die Liebste leidet, weil der Mann daran schuld ist, dann wirkt das stärker auf das Ego des Mannes als eine glühende Eisenstange auf der Brust.

Helga parkte den Kleinwagen neben dem Oldtimer und stieg aus. Es begann wieder zu regnen, was sie nach einem Schirm greifen ließ, als sie den Verband um Tristans Kopf erblickte.

»Was ist passiert, Liebster?« rief Helga und eilte ohne Regenschirm auf Tristan zu.

»Nichts Schlimmes«, beschwichtigte er. »Ein kleiner Überfall.«

»Überfall!?« Helga erreichte ihren Freund und atmete schwer.

»Beruhige dich, es ist nur ein Kratzer.« Tristan lächelte, als könne er damit Helgas schlimmste Befürchtungen wegzaubern.

»Nur ein Kratzer? Das sieht nach mehr aus. Hast du dich untersuchen lassen?« Sie betastete vorsichtig Tristans Kopf.

»Nicht nötig«, antwortete der Detektiv, der sie gewähren ließ. »Musste nicht mal genäht werden.«

»Wie konnte das passieren?« schimpfte sie plötzlich. »Wozu gehst du jede Woche trainieren?«

»Er hat mich von hinten überrascht«, musste Tristan beschämt gestehen.

»Im Dunklen?« hakte sie nach.

»Nein, hier auf dem Hof, vor zwei Stunden«, erkärte er.

»Am helllichten Tag, hier?!« Jetzt war Helga sichtlich enttäuscht und wurde wütend. »Du wirst schlampig, mein Freund, wenn man dich am Tag überfallen kann. Vielleicht wird es Zeit, einer anderen Tätigkeit nachzugehen.«

»Reg dich bitte nicht auf«, antwortete der Detektiv. »Lass uns reingehen und uns bei einer Tasse Kaffee unterhalten. Du hast doch Kuchen mitgebracht?«

»Habe ich«, nickte sie. »Im Auto ist ein Beutel, der ist mit Tupperware vollgestopft.«

Tristan wollte zum Auto gehen, doch Helga hielt ihn wegen des Verbandes zurück. Sie eilte nochmals durch den Regen zu ihrem Panda, nahm den Beutel und den Schirm heraus. Tristan wartete an der Haustür, bis seine Freundin zurück war. Zusammen gingen sie in die Küche. Der Detektiv setzte Kaffee auf und berichtete, was seit ihrer Trennung passiert war. Helga stellte den Kuchen auf eine Platte und deckte den Tisch. Die restliche Tupperware verstaute sie in der Tiefkühltruhe. Tristan kam zum Ende seines Berichtes, als der Kaffee durchgelaufen war. Der Detektiv schenkte Helga und sich eine Tasse ein und setzte sich.

»Dem Wisse Ohm geht es also gut«, bemerkte Helga, ohne auf die anderen Ereignisse einzugehen.

»Soweit man das beurteilen kann, ja«, nickte Tristan und griff nach einem Stück Kuchen.

»Das ist schön«, lächelte sie. »Wie schmeckt der Kuchen?«

»Ausgezeichnet«, lobte er und spürte, dass etwas im Busch war. »Du bist doch nicht mehr sauer?«

»Wieso sollte ich sauer sein«, erwiderte Helga ruhig. »Du fährst mitten in der Nacht bei einem Sturm los, um einen Tatort zu besuchen. Lässt mich mit einem Haufen Politiker allein zurück und kommst tags darauf mit einer Kopfverletzung nach Hause! Also! Lass es gut sein!«

Sie nahm einen kräftigen Schluck Kaffee.

Tristan sah seine Freundin an und das ließ ihn zu der Überzeugung kommen, besser den Mund zu halten. Helga schien eindeutig keine weiteren Worte mehr über die vergangenen Stunden wechseln zu wollen. Der Detektiv verfügte über genügend Verstand, diesem Wunsch nachzukommen.

Leider klopfte es in diesem Moment an der Haustür.

»Erwartest du Besuch?« fragte Helga neugierig.

»Eigentlich nicht«, antwortete Tristan etwas irritiert. Langsam stand er auf und sah nach, wer da gegen die Haustür klopfte.

»Hallo, Herr Irle, haben Sie eine Minute Zeit für mich?« Dennis Maier, der Theologiestudent, wippte aufgeregt von einem Bein auf das andere.

Mit einem Teammitglied der *Riewekooche Gäng* hatte Tristan nicht gerechnet. Er bat Dennis einzutreten und hoffte, dass Helga ihren kleinen Disput ruhen lassen würde.

»Helga, wir haben Besuch«, rief er aus der Diele.

»Wenn ich störe, gehe ich wieder«, beeilte sich Dennis zu sagen.

»Kein Problem, Herr Maier, bleiben Sie«, beruhigte der Detektiv den Studenten.

Er führte ihn in das Wohnzimmer, wo Helga den jungen Mann begrüßte.

»Ich lasse euch mal allein«, sagte sie freundlich und verließ das Wohnzimmer, um in den ersten Stock zu gehen.

Kein gutes Zeichen, dachte Tristan. Helga hatte die Aktion noch nicht abgehakt.

»Ich möchte wirklich nicht stören«, wiederholte Dennis.

»Jetzt setzen Sie sich erst einmal«, befahl Tristan höflich aber mit Nachdruck.

Dennis musterte das viktorianische Sofa und während er langsam Platz nahm, nuschelte er: »Ich glaube, ich weiß, wer der Mörder ist.«

Tristan zog einen seiner Ohrensessel herbei und setzte sich ihm gegenüber.

»Was hat Sie zu dieser Erkenntnis gebracht?« fragte der Detektiv.

»Wir saßen eben noch zusammen«, begann Dennis zu erzählen. »Ich meine damit Peter, Janik und mich.«

»Lasse war nicht dabei?«

»Oh, nein, aber um ihn ging es.« Dennis blickte auf den Boden, sammelte sich und erklärte dann: »Wissen Sie, auch wir haben uns gefragt, wie diese vergifteten Patronen gerade in Janiks Markierer gerieten.«

»Sie haben eine Idee?« sagte Tristan.

»Ja, denn es kann eigentlich nur einer gewesen sein«, nickte Dennis. »Sie müssen wissen, dass wir die Farbpatronen nicht einzeln kaufen, sondern in großen Mengen. Das ist billiger. Wir haben uns entschieden, dass Lasse oder Matthias die Bestellungen aufgeben. Die letzte Bestellung hat Lasse aufgegeben, dann haben wir ihn gefeuert.«

»Wie sind Sie denn an die Patronen gekommen?« fragte Tristan neugierig.

»Matthias hat Sie bei Lasse abgeholt«, antwortete Dennis.

»Sie verwenden verschiedene Farben?« hakte Tristan nach. »Was hat das für einen Grund?«

»Wir trainieren einzelne Spielzüge mit unterschiedlichen Farben, damit wir die Ergebnisse, also die Treffer, besser auswerten können«, erklärte Dennis sichtlich entspannter, jetzt, wo er sich auf sicherem Gelände befand. »Für das Spiel Mann gegen Mann nehmen wir immer grüne Farbpatronen. Blaue für gewisse Mannschaftswettbewerbe, gelbe für Schießübungen und rote werden überhaupt nicht verwendet. Das ist in der Szene ein No-Go!«

»Wenn Sie alle Patronen über Lasse oder Matthias bezogen haben, wie konnten dann die vergifteten Patronen gerade in Janiks Markierer landen?«

»Das habe ich mich auch gefragt, Herr Irle«, stöhnte Dennis. »Deshalb bin ich auch gleich gekommen, denn ich kenne die Antwort.« Dennis berichtete von dem Gespräch, dass er mit Janik und Peter geführt hatte und sagte: »Lasse oder auch Matthias haben die Großbestellung angenommen und dann für jedes Teammitglied in handliche Patronenpäckchen sortiert. Damit jeder die gleiche Anzahl an Patronen bekommt, werden diese Päckchen mit unseren Namen beschriftet.«

»Das heißt, dass man genau sehen kann, wer welche Patronen erhalten soll.« Tristan blickte den jungen Studenten über den Rand seiner Halbbrille an.

»Ja«, nickte der. »So kann man einem Spieler die vergifteten Patronen unterschieben.«

»Dazu müsste der Mörder aber genau wissen, wer gegen wen antritt und wann das sein wird«, überlegte Tristan.

»Das ist jedem bekannt«, antwortete Dennis. »Wir haben einen Trainingsplan, von dem Matthias so gut wie nie abweicht.«

»Und wen halten Sie für den Mörder?« fragte nun Tristan.

»Es kann nur Lasse gewesen sein«, seufzte Dennis. »Nur er hätte die Patronen vor der Übergabe an Matthias präparieren können.«

7

Pfeiffer tippte nervös mit der rechten Fußsohle auf den Boden.

»Wie lange dauert das denn?« murrte er.

»Gleich fertig«, antwortete Holzbaum, der vor einem Fax stand, das ganz langsam einen Haftbefehl ausspuckte.

»Was hat Flender von dir gewollt?« Der Hauptkommissar musste sich ablenken.

»Er wollte die Sache mit dem Hybridauto erklärt bekommen«, antwortete Holzbaum kurz angebunden.

»Was, den Antrieb? Oder wie es zu dem Unfall gekommen ist?« hakte Pfeiffer nach.

»Das Letztere«, brummte Holzbaum.

»Und?!« Pfeiffer konnte gemein sein, wenn er versuchte, sich vom Wesentlichen abzulenken. In diesem Fall war das Wesentliche der Haftbefehl für Lasse Kirchhof, der unendlich langsam aus dem Faxgerät gekrochen kam.

»Und was?« konterte Holzbaum.

»Ist deine Beförderung hinfällig!?« Pfeiffer grinste seinen Partner blöde an.

»Nein, zum Glück nicht«, antwortete Holzbaum zufrieden. »Aber ich stehe unter Beobachtung.«

»Ach so, darunter stehe ich ständig, unter Beobachtung.« Das Grinsen wich nicht aus Pfeiffers Gesicht. »Solange wir Mörder fangen und sie ordentlich überführen, kannst du noch zehn dieser Boliden gegen die Wand fahren. Allerdings, wenn das Ding da weiter jeden Buchstaben einzeln aufs Blatt malt, werden wir pensioniert sein, bevor wir die Verbrecher hinter Gitter gebracht haben.«

»Wo steckt eigentlich Affolderbach?« fragte Holzbaum, um Pfeiffer abzulenken.

»Der checkt die letzten Daten«, antwortete Pfeiffer.

»Was für Daten?« Holzbaum hatte nur die Hälfte von dem mitbekommen, was Pfeiffer nach dem Besuch bei Tristan Irle veranlasst hatte.

»Die Daten zum Kauf von Labormaterial, wie Salzsäure, Alkohol usw.« Pfeiffer trat an das Faxgerät, das den Haftbefehl jetzt zur Hälfte ausgedruckt hatte. »Hoffentlich hat der Richter unterschrieben!«

»Werden wir gleich sehen«, meinte Holzbaum. »Noch mal zurück zu den Daten: Was versprichst du dir davon?«

»Wenn wir beweisen können, dass Lasse Kirchhof das geeignete Chemiezeug besitzt, das was uns der Prof aufzählte, um die Extraktion durchzuführen, ist das doch schon einmal etwas.«

»Ja, aber damit ist noch nicht bewiesen, dass er es zum Extrahieren von Alkaloiden benutzt hat«, erwiderte Holzbaum.

»Immer eins nach dem anderen«, sagte Pfeiffer und griff nach dem Fax. »Na endlich! Jetzt können wir los.«

Pfeiffer eilte mit dem unterschriebenen Haftbefehl aus dem Büro. Er hatte sich Lasses Adresse bereits herausgesucht und wusste genau, wohin die Fahrt gehen sollte.

»Beeil dich jetzt, Holzbaum!« rief er über den Flur.

Holzbaum schlich nachdenklich hinter seinem Chef her.

»Ich weiß nicht, ob das eine so gute Idee ist«, mahnte er.

Pfeiffer schüttelte den Kopf und riss die Tür zum Treppenhaus auf.

»Komm! Ich liege richtig!«

Einige Minuten später jagten sie mit Blaulicht über die HTS in Richtung Kreuztal. Dort verließen sie die Schnellstraße und folgten der B 54 nach Krombach.

Die Kirchhofs hatten sich am Ortsrand des beschaulichen Örtchens mit der großen Brauerei eine Villa bauen lassen. Genauso wie der Mitbewerber im Süden des Siegerlandes diente der Prachtbau zu Werbezwecken, weshalb auch hier ein Parkplatz für Besucher ausgeschildert war. Pfeiffer achtete gar nicht darauf, während Holzbaum das kleine Schild bemerkte. Er blieb stehen und stutzte, da ihm ein weiteres Schild auffiel, das zu einer Doppelgarage wies, die hinter einer hohen Hecke stand.

»Chef, warte mal«, rief er, doch Pfeiffer stürmte bereits auf eine mächtige Haustür zu.

»Was ist?« zischte der Hauptkommissar, während er heftig auf die Klingel drückte.

Ein gelassener älterer Herr im Anzug öffnete die Tür und blickte Pfeiffer erstaunt an.

»Guten Tag, was kann ich für Sie tun?« fragte Kirchhof höflich.

Pfeiffer hielt ihm den Haftbefehl für Lasse hin. »Wo finden wir Lasse Kirchhof?«

»Was wollen Sie von meinem Sohn?« Kirchhof wurde schlagartig angriffslustig.

»Wo ist er?« Mit einem heftigen Schubs bahnte sich der Hauptkommissar einen Weg ins Haus.

Holzbaum hörte, wie sich ein Garagentor öffnete und ahnte, was jetzt passieren würde.

»Pfeiffer, er ist in der Garage!« rief der Kommissar, als ein lautes Motorengeräusch die Luft vibrieren ließ und einen Augenblick später ein Sportwagen hinter der Hecke hervorschoss.

Der Hauptkommissar sprang wie ein Tiger aus der Haustür auf den Hof und starrte dem davonfahrenden Sportwagen hinterher. Pfeiffer erkannte sofort, dass eine Verfolgung umsonst sein würde. Er hatte die Typenbezeichnung des Porsche gelesen. Deshalb rannte er instinktiv zum Dienstwagen, griff das Funkgerät und rief die Zentrale: »Wieland 10 an Zentrale!«

»Wieland 10«, krächzte es aus den Lautsprechern.

»Wir haben einen Flüchtigen, Lasse Kirchhof, der mit einem blauen Porsche unterwegs ist. Stellen Sie das Kennzeichen fest und rufen Sie die Fahndung aus.«

Die Zentrale bestätigte, dann beendete Pfeiffer das Gespräch.

»Das solltest du dir mal ansehen«, rief Holzbaum, der hinter der hohen Hecke stand.

Pfeiffer schritt nachdenklich über den Hof auf die Garage zu.

Als Doppelgarage war das freistehende Gebäude eindeutig falsch bezeichnet. Es war groß genug, um mehrere Nobelwagen unterzubringen und hatte immer noch genügend Platz für Werkbänke und Lasses Labor.

»Da haben wir es!« schnaufte Pfeiffer. »Ruf die Spurensicherung. Ich will wissen, ob hier Gift gemischt worden ist.«

»Extrahiert«, korrigierte Holzbaum.

»Meinetwegen!« zischte der Hauptkommissar. »Unterhalten wir uns mal mit dem Vater!«

Kirchhof war durch die Ereignisse völlig durcheinander.

»Was geht hier eigentlich vor?« echauffierte er sich.

»Ihr Sohn wird des Mordes an Matthias Fröhlich beschuldigt«, erklärte Pfeiffer hart. »Wohin könnte Ihr Sohn geflüchtet sein?«

»Was reden Sie da? Warum sollte mein Sohn geflüchtet sein?!« wunderte sich Kirchhof. »Er fährt immer so!«

»Dann glauben Sie nicht, dass er auf der Flucht ist?!« Pfeiffer schüttelte den Kopf. »Rufen Sie ihn an!«

»Was?!« Kirchhof sah zu Holzbaum, aber der fand Pfeiffers Idee ausnahmsweise einmal konstruktiv.

»Wenn Ihr Sohn nicht auf der Flucht ist, dann rufen Sie ihn an und Sie bitten ihn, nach Hause zu kommen.« Pfeiffer griff nach seinen Zigaretten.

Kirchhof nickte und fischte sein Handy aus der Hosentasche. Wenige Augenblicke später schien er eine Verbindung mit seinem Sohn zu haben.

»Schalten Sie auf Lautsprecher«, befahl Pfeiffer.

»Hallo, Lasse, wo steckst du?« fragte der Vater.

»Ich bin auf dem Weg in die Stadt«, antwortete Lasse.

»Komm nach Hause«, sagte Kirchhof. »Die Polizei will dich sprechen.«

»Die halten mich für einen Mörder«, sagte Lasse ruhig. »Ich denke nicht, dass ich heute noch nach Hause komme.«

Lasse beendete das Gespräch.

»Wo könnte er sich verstecken? Hat er noch eine Wohnung in Siegen?« Pfeiffers Tonfall glich dem eines Feldwebels, der seine Rekruten schikanierte.

»Nein, er hat keine zweite Wohnung!« Kirchhof sammelte sich. »Ich denke, ich rufe jetzt unseren Anwalt an.«

Damit war das Gespräch mit Kirchhof beendet.

8

Simon hielt einen Pinsel in der Hand. Es hatte etwas gedauert, bis er einen Laden für Malbedarf gefunden hatte. Er stand in der Oberstadt in einem kleinen Geschäft, das alles anbot, was man fürs Malen benötigte. Vorsichtig strich er mit dem Pinsel über seine Hand. Die Borsten waren aus Rotmarderhaaren gefertigt worden. Sie kitzelten die Handfläche und Simon grinste.

Vielleicht war die Idee doch nicht so verrückt, dachte er.

Kurz entschlossen kaufte er zwei Pinsel, eine Leinwand und einen Wassermalkasten vom Typ Junior. Zufrieden verließ er das Geschäft. Von der Oberstadt zurück ins Kreishaus war es ein Fußmarsch von einer Viertelstunde. Zeit genug, die nächsten Schritte zu überlegen. Auf der Höhe des Kaufhauses Karstadt klingelte sein Handy.

»Simon«, sagte er freundlich, während er mit der Tasche voller Malbedarf weiter zum Kölner Tor ging.

»Was, man verdächtigt Kirchhofs Sohn des Mordes?« rief er laut in das Mikrofon seines Handys. »Was ist das denn für ein blöder Scheiß!«

Einige Mütter, die mit ihren Kindern unterwegs waren, blickten den persönlichen Assistenten des Landrats empört an.

Simon sprach leiser. »Sie sind sich absolut sicher? Wie, es kam über das Lokalradio? Eine Fahndungsmeldung! Wie ist das möglich? Und, was viel schlimmer ist, jetzt müssen wir uns ganz neu orientieren!«

Wütend drückte er den Anruf weg.

In der Tat hatte sich soeben das Projekt in eine politische Bärenfalle verwandelt. Es war eine Sache, Millionen an Steuergeldern für den Neubau eines Heims auszugeben, aber eine andere, das Geld einer Firma zu geben, aus deren Reihen ein Mörder stammte. Dass die teuflische Tat den Auftrag unmöglich machte, war moralisch, politisch und für Simon persönlich eine Katastrophe.

Fieberhaft überlegte er auf dem Weg zurück ins Büro, wie man diesen dampfenden Misthaufen aus der Welt schaffte.

Dabei hätte man zum zweihundertjährigen Bestehen des Kreises Siegen-Wittgenstein den großartigen Erfindergeist dieser Region in den Mittelpunkt stellen sollen. Henning Simon besaß ein Gespür für Themen, die die Wählerschaft seines Landrats emotional ansprechen würden. Leider schien man an der entscheidenden Stelle nicht auf dieses Gespür hören zu wollen.

Was hätte man alles über Ulf Weiß-Vogtmann erzählen können! Niemand im Kreis, darauf hätte Simon ein Monatsgehalt gewettet, wusste heute noch, wer dieser Mann aus Hilchenbach war. Weiß-Vogtmann hatte den Katapultschleudersitz erfunden, aus dem später der Pilotenschleudersitz hervorging. Die Frankfurter Zeitung errechnete im Jahr 1969, dass der Siegerländer Erfinder bis dato 7683 Menschenleben gerettet hätte. Und es gab weitere Erfinder und Persönlichkeiten, die man ins Zentrum des Jubiläums hätte stellen können. Stattdessen navigierte er um Untiefen, die von einer falschen politischen Entscheidung verursacht wurden.

Dabei war ihm immer noch kein plausibles Argument eingefallen, das den plötzlichen Geldregen für die heidnischen *Usswaerdijen* hätte erklären können. Jedenfalls hatte er jetzt eine klare Vorstellung, wie er das Bild eines möglichen neuen Rubens' umsetzen wollte, als ein mieser Gedanke seine Vorfreude zerstörte. Er kannte sich in der orientalischen Religion nicht besonders aus, aber ihm fiel ein, dass es dort ein Bilderverbot gab. Während unsere christlichen Apostel Gott priesen, indem sie das „Schöne" ehrten und förderten, schienen die Heiden lieber auf Wüstensand zu starren. Nennenswerte Maler hatten sie in den letzten 1000 Jahren nicht hervorgebracht. Das warf ein Glaubwürdigkeitsproblem auf. Wie sollte eine dieser armen Seelen ein Künstler werden? Vielleicht fand er eine christliche syrische Familie.

4. Hohe Wolkenberge verdeckten ...

Mittwochabend

Hohe Wolkenberge verdeckten die untergehende Sonne. Lasse war eine Stunde ziellos durch das Kreisgebiet über Neben- und Landstraßen gefahren. Instinktiv versuchte er, der Polizei aus dem Weg zu gehen. Sein Handy lag abgeschaltet auf dem Beifahrersitz. Mit jedem zurückgelegten Kilometer legte sich die Aufregung, der Blutdruck sank und er begann sich Gedanken über ein Versteck zu machen. Auf gar keinen Fall wollte er jetzt mit der Polizei reden, die ihn als Schuldigen ansah. Also musste er für die Nacht irgendwo unterkommen, wo ihn weder sein Vater noch die Polizei finden würde. Geld besaß er genug, aber in ein Hotel einzuchecken, kam nicht infrage. Sicherlich lief bereits eine Fahndung nach ihm.

Das alles ging Lasse durch den Kopf, als ihm die rettende Idee einfiel. Als studentischer Mitarbeiter besaß er einen Schlüssel zum Labor im Chemietrakt der Universität an der Adolf-Reichwein-Straße. Er grinste schief, als ihm klar wurde, dass der Laborschlüssel als weiterer Beweis gegen ihn verwendet werden könnte, obwohl er ein eigenes Labor zu Hause besaß. Aber das war ihm im Moment egal. In der Uni konnte er die Nacht verbringen, dort würde ihn niemand vermuten.

Eine halbe Stunde später fuhr Lasse in das leere Uniparkhaus an der Adolf-Reichwein-Straße und stellte den Wagen in einer Ecke ab, die nicht gleich beim Durchfahren einzusehen war. Dann ging er zu Fuß zum Hauptgebäude und achtete darauf, nicht von einer Sicherheitskamera aufgenommen zu werden. Der Eingang wurde nach 22:00 Uhr abgeschlossen, doch der Schlüssel für das Labor passte auch für die Eingangstür zum Chemietrakt. Ungehindert erreichte Lasse das Labor, öffnete die Labortür und ging hinein. Dann verriegelte er die Tür von innen und sah sich um.

Das Chemielabor war alles andere als ein gemütlicher Platz, um die Nacht darin zu verbringen. Es roch nach Chemikalien, nach Reinigungspolitur und verkohltem Gummi. Er schaltete eine kleine Tischlampe an, die auf einem Schreibtisch stand, den der Laborleiter benutzte. Hinter dem Schreibtisch an der Wand hingen Fotos von ehemaligen Laborleitern, die alle studentische Mitarbeiter waren. Das Foto des aktuellen Laborleiters hing traditionell neben der Tür und zeigte Lasses Konterfei.

Der Raum hatte die Größe eines Klassenzimmers. In der Mitte befanden sich drei Reihen von Labortischen. In jeder Reihe konnten fünf Studenten arbeiten. Die Laborplätze waren mit eigenem Gasanschluss, Waschbecken und Wasserhähnen ausgestattet. Vier große Fenster gaben den Blick auf das im Nordosten liegende

Rothaargebirge frei. An den Wänden standen Laborschränke. Dort, wo die Schränke nicht ganz bis zur Decke reichten, hatten die Studenten Poster chemischer Formeln oder kryptischer Diagramme sowie ein Periodensystem aufgehängt. Lasse warf einen Blick aus dem Fenster. Das Rothaargebirge wurde von den letzten Sonnenstrahlen des Tages angestrahlt. Ein gutes Omen, fand er, dann sah er sich um. Viele Stunden hatte Lasse in dem Raum verbracht. Er kannte jeden Bunsenbrenner, jedes Reagenzglas und jeden Glaskolben. Was er jetzt suchte, war eine Matte, die eigentlich als Explosionsschutz genutzt wurde. Sie war der einzige Gegenstand im Labor, auf den man sich mehr oder weniger bequem hinlegen konnte. Ein Kittel musste als Decke reichen.

Die Matte fand er zusammengerollt in einem der Schränke. Mit einem kräftigen Ruck schob er den Schreibtisch etwas zur Seite und hatte nun genügend Platz, die Matte auszubreiten. Seinen eigenen Laborkittel nahm er als Decke. Müde legte er sich hin und starrte auf die Wand mit den Fotos der ehemaligen Laborleiter. Jetzt, als er zur Ruhe kam, fiel ihm auf, dass er in all der Zeit, die er im Labor verbracht hatte, nicht einmal genau auf die Bilder geschaut hatte. Die Ältesten begannen an den Rändern auszubleichen. Sie mussten in den Achtzigern gemacht worden sein. Die Frisuren der Frauen und Männer aus den unterschiedlichen Jahrzehnten zauberten ein Schmunzeln in Lasses Gesicht. Er drehte sich weg und schloss die Augen. Sein Unterbewusstsein arbeitete weiter und plötzlich fuhr er hoch und rief: »Das kann doch nicht wahr sein!«

Hastig warf er den Kittel beiseite und eilte zur Labortür.

»Das muss Ruth sofort wissen«, zischte er.

2

Helga deckte den Tisch, während Tristan den selbstgemachten Reibekuchen anschnitt. Erich Roth, der Diakon, saß auf der Eckbank in Tristans Küche und sah den beiden zu.

»Wie ist es dir auf dem Giller ergangen?« fragte der Kirchenmann.

Helga sah den Zwei-Meter-Mann an und meinte: »Spielt deine Frage auf die neuen Nachbarn an?«

Der Diakon nickte.

»Es sollen ja vorwiegend männliche Gäste dort wohnen«, bemerkte Erich.

»Das ist korrekt«, antwortete Helga, »aber das ist weiter kein Problem.«

»So?!« wunderte sich Erich. »Was man so alles hört?!«

»Seit wann gibst du etwas aufs Hörensagen?« fragte der Detektiv.

»Auch wahr!« nickte Erich.

Tristan stellte den Reibekuchen auf den Tisch, dann begab er sich an den Herd, auf dem bereits eine Pfanne stand, in der zwei Eier brutzelten.

»Das wird heute Abend ein Festmahl«, meinte der Diakon. »Womit habe ich diese Einladung verdient?«

»Du hast auf Marlowe aufgepasst«, antwortete Tristan.

»Ja, aber nicht auf meinen Freund!« brummte Helga gereizt und deutete auf Tristans Verletzung.

»Ich war in der Kirche«, erwiderte Erich zu seiner Verteidigung.

»Schon gut«, nickte Helga und sah sich nach einem Korkenzieher um.

»In der Schublade«, meinte Tristan. »Wir haben einen Weißwein und einen Rotwein.«

»Bei dem üppigen Abendbrot«, Erich deutete auf den Reibekuchen, die gebratenen Eier und eine Schüssel voller Kartoffelsalat, »nehme ich einen Weißen.«

Tristan stellte den Weißwein auf den Tisch.

Helga fand den Korkenzieher, reichte ihn weiter an den Diakon, der die Weinflasche nahm und öffnete.

Es wurden noch Brot und Wurst aufgetischt, dann setzten auch Helga und Tristan sich zu Erich an den Tisch.

Der Diakon sprach ein Tischgebet, während Marlowe neugierig von seiner Kletterstange aus das Geschehen in der Küche verfolgte.

»Dann lasst es euch schmecken«, sagte Helga und ließ sich von Erich das Weinglas füllen. »Habt ihr eigentlich gewusst, dass die Gemeinden pro Flüchtling 670 Euro bekommen sollen? Habe ich gestern Abend aufgeschnappt.«

»So? Ein Harz IV-Empfänger bekommt 404 Euro pro Monat«, erklärte Erich, der sich in der Gemeinde auch um die weniger Gutgestellten kümmerte. »Das ist wieder mal Wasser auf die Mühlen der Rechten.«

»Meinst du?« Tristan bestrich eine Scheibe Reibekuchen mit Butter. »Die Zahlen kann man doch gar nicht miteinander vergleichen.«

»Es ist aber schon auffällig, wie viel Geld plötzlich da ist«, bemerkte Helga. »Das wird die Rechten sicherlich auf den Plan rufen.«

»Das Problem mit den Rechten ist, dass sie wie Schimmelkäse rüberkommen. Im Körper herzhaft und die Ränder voll mit Bakterien«, sagte Tristan. »Ein herzhafter Käsegeschmack hat was Bodenständiges, wenn man sich nicht wegen des Randes übergeben muss.«

»Wir könnten uns das Thema sparen«, brummte Erich, »wenn wir mehr zu unserem Glauben stehen würden.«

»So?!« Helga musterte ihren Gast und meinte herausfordernd: »Erklär uns das doch mal!«

»Gerne!« Erich legte sein Besteck zur Seite, nahm einen Schluck Wein und sagte: »Die Aufregung über die *Usswaerdijen* ist doch nur ein Symptom, sozusagen die Fliege an der Wand. Die Mehrzahl der Deutschen, davon bin ich überzeugt, ist barmherzig und hilfsbereit. Es geht doch viel mehr darum, dass die hier lebenden orientalischen und osmanischen Mitbürger ihre Extrawurst braten. Die Studie des Soziologen Ruud Koopmans belegt, dass diese Mitbürger weniger integriert sind als andere Einwanderer. Und, was viel schlimmer ist, man aber nicht laut sagen darf: Diese Studie zeigt auf, dass sich unsere orientalischen Mitbürger klar gegen Integration aussprechen.«

»Jetzt übertreib aber nicht«, mahnte Tristan. »Es gibt genügend Beispiele, die etwas anderes aussagen.«

»Sicher, aber nicht, wenn Religion das Leben dieser Menschen bestimmt, leider auch noch die falsche«, erwiderte Erich. »Ich bedaure sehr, dass der Papst die Neuevangelisierung ausrufen musste. Das zeigt nämlich, dass wir Christen nicht mehr zu unserem Glauben stehen oder ihn gar verteidigen.«

»Das seid ihr doch selbst schuld«, meinte Helga. »Es gibt da ja eine ganze Menge an Sachen, die nicht gerade für die Kirche sprechen.«

»Okay«, nickte Erich, der langsam in Fahrt kam. »Es ist richtig, dass sich die katholische und auch die evangelische Kirche das eine oder andere anhören müssen. Aber das hat nichts mit Glauben zu tun, sondern mit dem Fehlverhalten einer Organisation! Oder wie Hape Kerkeling schrieb: Ein großartiger Film, den man in einer schäbigen Umgebung sieht, kann vielleicht das Sehvergnügen trüben, aber deshalb bleibt er immer noch ein großartiger Film.«

»Es ist schwer, das auseinanderzuhalten«, antwortete Helga.

»Erich hat aber recht«, stellte Tristan fest, »die Bibel ist nicht die Kirche.«

»Das, was die Orientalen uns vormachen, ist ihr öffentlich gelebter - aus meiner Sicht - heidnischer Glaube«, sagte der Diakon. »Wir halten Religion für eine Privatsache und tragen sie nicht nach außen, obwohl die christlichen Werte uns im Alltag umgeben. Ja, ich behaupte sogar, dass sie das Fundament sind, auf dem unsere Gesellschaft steht. Ohne Nächstenliebe und Barmherzigkeit gäbe es kein Sozialsystem, kein Rotes Kreuz und kein Mitgefühl, ohne die Bergpredigt würden wir den Dieben noch heute die Hand abhacken statt nach dem Grund zu suchen, weshalb der Dieb zum Dieb wurde.«

»Jetzt aber genug«, mahnte Helga und lächelte. »Ich habe gehört, dass der Wisse Ohm heute in der Kirche war.«

Der Diakon schwenkte ohne zu murren auf das neue Thema um und sagte: »Ja, er hat Plastiktüten voller Pfandflaschen vorbeigebracht. Ihr hättet erleben sollen, wie ich ihn im Kirchenschiff vorfand.«

»Es kamen über 100 Euro Pfand zusammen«, ergänzte Tristan stolz, als hätte er die Flaschen eingesammelt.

»Eine beachtliche Summe«, nickte Helga und nippte an ihrem Wein.

»Was macht dein Fall?« fragte Erich den Detektiv. »Hat sich etwas Neues ergeben?«

Tristan berichtete, was er mit Dennis Maier besprochen hatte.

»Der Junge glaubt, dass dieser Lasse der Mörder ist«, schnaubte Erich. »Weiß Pfeiffer das?«

»Ja, er ist auf der Jagd nach ihm«, nickte Tristan.

»Das hört sich an, als seist du anderer Meinung!« Der Diakon füllte sein Glas auf.

»Bin ich«, nickte der Detektiv. »Es macht keinen Sinn.«

»Er hat aber ein Motiv«, warf Helga ein.

»Ihr meint, dass das Opfer ihm seinen Lebenstraum zerstört hat?« erinnerte Tristan.

Die beiden nickten.

»Nein, das passt nicht zu einem jungen Mann, der die Schwester des Opfers liebt«, der Detektiv schüttelte den Kopf. »Stellt euch das doch vor. Wäre er der Mörder des Bruders, dann wäre jegliche Hoffnung auf Liebe zerstört.«

»Aber diese Ruth hat einen anderen«, bemerkte Helga. »Ich denke, damit zieht dein Argument nicht mehr.«

Sie sah ihren Freund an.

»Vielleicht? Aber seit ich mit Dennis sprach, sagen mir meine grauen Zellen, dass ich etwas übersehe«, seufzte Tristan und dann fiel ihm ein, was er die ganze Zeit ausgeblendet hatte: »Kann es so einfach sein?«

»Was kann so einfach sein?« wollte Erich wissen.

Tristan antwortete: »Fröhlich hat bei unserem ersten Treffen sofort die Vermutung geäußert, F.-J. Kirchhof habe seinen Sohn umgebracht.« Aufgeregt erklärte er den beiden, wie es um Fröhlichs Firma stand und wie die Nachfolgeregelung durch Matthias' Tod hinfällig wurde.

»Außerdem hat Kirchhof ein funktionierendes Labor zu Hause, die nötigen Kenntnisse kann man sich aneignen, das hat Lasse selbst gesagt. Es ist durchaus möglich, dass mein Mandant von Anfang an recht hatte.«

Tristan stand auf und griff zum Telefon. Er rief Pfeiffer an und bat ihn, die Finanzen von F.-J. Kirchhof zu überprüfen. Der Hauptkommissar willigte widerstrebend ein, da er den Job sowieso an Affolderbach weitergeben würde.

3

Ruth trat erschöpft aus dem Flur der Sporthalle ins Freie. Sie musste frische Luft atmen und einen Moment für sich allein sein. Ein freiwilliger Helfer, der unter einem Pavillon Wache schob, nickte ihr kurz zu. Ruth überquerte einen kleinen Vorplatz, an dem man eine Raucherecke eingerichtet hatte. Die ansonsten stark frequentierte Raucherecke lag verlassen im Dunkeln. Das nasskalte regnerische Wetter trieb die Menschen ins

Innere der Sporthalle. Ruth schlenderte zu dem überdachten Stand, obwohl ihr der Geruch von kalter Asche in der Nase brannte. Es war der einzige Ort, an dem sie vor einem Regenschauer sicher war und dennoch im Freien stand. Müde und erschöpft lehnte sie sich an die Wand des Standes und blickte gedankenverloren auf das Unigebäude, das von zahlreichen Scheinwerfern angestrahlt wurde.

»Hier du bist«, sagte eine freundliche Stimme, etwas außer Atem.

Hassan trat aus dem Dunkel zu ihr.

»Wo warst du? Ich habe dich drinnen gar nicht gesehen«, fragte Ruth.

»Etwas spazieren«, antwortete Hassan. »Musste Kopf frei kriegen.«

»Kann ich verstehen«, nickte Ruth und drückte sich an ihren Freund. »Bist du gelaufen, du schwitzt ja.«

»Etwas«, antwortete er: »Wie geht es Vater?«

»Er ist niedergeschlagen und wütend«, antwortete Ruth. »Ich werde gleich noch zu ihm fahren. Wenn du willst, komm mit.«

»Gute Idee«, lächelte Hassan.

Die beiden Verliebten blieben einen Augenblick Arm in Arm stehen. Plötzlich löste sich Ruth hastig von Hassan und rief: »Was willst du denn hier?«

Über die Straße vor der Sporthalle kam eine Person auf sie zu. Ruth hatte Lasse Kirchhof sofort am Gang erkannt.

»Ruth, ich muss mit dir sprechen!« rief Lasse eindringlich.

»Verschwinde, ich will nicht mit dir reden!« schrie Ruth zurück.

Hassan stellte sich neben seine Freundin und rief: »Hast gehört, verschwinde!«

»Du halt dein Maul!« brüllte Lasse zurück und blieb stehen.

Durch den Lärm waren mehrere Männer auf den Vorplatz geströmt. Lasse erkannte, dass es keine gute Idee war, weiter auf Ruth zuzugehen.

»Ich rufe die Polizei!« fauchte Ruth und hielt ihr Handy hoch. »Hau ab!«

Hassan fragte: »Sollen wir ihn krallen?«

Ruth schüttelte den Kopf. »Nein, wenn ihr ihn verletzt, werdet ihr sofort abgeschoben.«

So richtig schien Hassan die Warnung nicht verstanden zu haben, denn er forderte die anderen Männer durch Winken auf, zu ihm zu kommen.

Lasse analysierte die Situation und erkannte, dass er in Gefahr war. Mit einem Fluch auf den Lippen zog er sich schnell zurück.

Unterdessen telefonierte Ruth mit Hauptkommissar Pfeiffer, der ihr klare Anweisungen gab.

»Wir sollen hierbleiben«, sagte sie zu den Männern, die sich mittlerweile um sie scharten. »Die Polizei ist in wenigen Minuten da.«

Kaum hatte Ruth aufgelegt, da erklangen am Fuß des Berges die ersten Sirenen. Wenig später war das Blaulicht schon von Weitem zu sehen.

Von der Kreispolizeibehörde hinauf auf den Haardter Berg war es nur ein Katzensprung. Pfeiffer trieb den Dienstwagen durch die Kurven, als sei er bei der Rallye Monte Carlo. Die Kollegen in ihren Streifenwagen bemühten sich, dranzubleiben. Nach drei bei Rot überfahrenen Ampeln bog der Hauptkommissar mit quietschenden Reifen in die Adolf-Reichwein-Straße und kam vor der Sporthalle zum Stehen.

Holzbaum dankte dem Schöpfer für die unfallfreie Fahrt und versuchte seinem Chef zu folgen, der mit einem Sprung, kaum dass alle Räder stillstanden, aus dem Wagen gehechtet war.

»Wo ist der Mörder?« fragte er Ruth, die unter den vielen Männern sofort auffiel.

»Er ist in Richtung Unigebäude geflohen«, erklärte sie. »Sicher versteckt er sich im Labor. Er hat einen Schlüssel.«

Pfeiffer nickte und eilte davon.

Holzbaum stöhnte, als Pfeiffer kehrtmachte und mit schnellen Schritten auf das Unigebäude zuhielt.

»Warte, Chef!« klagte er. »Die Kollegen sind noch nicht da.«

»Beeil dich!« mahnte sein Chef barsch. »Soll er uns wieder abhauen?«

»Können wir helfen?« fragte Ruth und deutete auf die Männer hinter sich.

Pfeiffer schien einen Augenblick zu überlegen, dann sagte er: »Okay, wenn Sie die Wege und Straßen, die vom Unigelände führen, sichern könnten, wäre es eine Hilfe.«

»Das machen wir«, nickte Ruth entschlossen.

»Rufen Sie laut, wenn Sie ihn sehen«, erklärte der Hauptkommissar. »Keine Heldentaten!«

Zwei von drei Streifenwagen erreichten die Sporthalle.

»Wo ist der dritte Wagen?« rief Pfeiffer den Kollegen zu.

»Er ist ins Parkhaus gefahren«, erklärte ein Beamter in Uniform. »Sollte dort der Sportwagen abgestellt sein, kann er nicht entkommen.«

»Gut gemacht«, lobte der Hauptkommissar. »Und jetzt mir nach.«

Mit Taschenlampen bewaffnet stürmte eine Schar Polizisten auf das Unigebäude zu. Holzbaum fiel etwas zurück, was ihn nicht weiter störte, hatte er doch so das Ganze besser im Blick.

»Wo soll es hingehen?« fragte einer der Kollegen.

»Ins Chemiegebäude!« antwortete Pfeiffer.

»Haben wir einen Schlüssel?« hakte der Beamte nach.

Pfeiffer deutete auf seine Dienstwaffe.

Der Kollege verzog das Gesicht und griff zu seinem Handy.

Holzbaum kämpfte mit seinen Muskeln, die eindeutig etwas gegen die Belastung zu haben schienen. Er atmete erleichtert auf, als die Suchmannschaft vor dem Eingang des Unigebäudes stehen blieb.

»Was ist?« fragte Holzbaum, während er hörbar nach Luft japste.

»Wir warten auf den Hausmeister«, erklärte Pfeiffer genervt. »Unser Kollege hat ihn telefonisch informiert.«

Zum Glück befand sich das Hausmeisterbüro gleich neben dem Haupteingang des Gebäudes, nur einen Nebeneingang von ihrer Position entfernt. Es dauerte daher nicht lange, bis der Lichtkegel einer Taschenlampe das Kommen des Hausmeisters signalisierte.

»Mensch, mach schon!« zischte der Hauptkommissar leise und löste die Sicherung an seinem Pistolenhalfter.

Der Hausmeister schloss die Tür auf und wurde von der bewaffneten Staatsmacht gleich zur Seite geschoben.

»Mir nach, wir müssen in den ersten Stock«, rief Pfeiffer und stürmte voran.

Das Umherirren am Vormittag zahlte sich jetzt aus. Der Hauptkommissar wusste genau, wie er zu dem Labor gelangte. Die Kollegen folgten ihm durch die gespenstisch wirkenden Gänge die Treppe hinauf in den ersten Stock.

Plötzlich blieb Pfeiffer stehen, dann gab es eine Explosion und eine Feuerwalze schoss ihnen entgegen.

Lasse hätte sich denken können, dass Ruth dickköpfig reagieren würde. Dass die vielen Männer auf ihrer Seite standen, machte ihn wütend. Er lief zurück zum Uni-Gebäude und hoffte, dass ihm Zeit genug blieb, um abzuhauen. Als Erstes ging er in einen der Seminarräume, um von da aus auf die Sporthalle sehen zu können. Er rechnete sich eine gute Chance aus, in der Dunkelheit nochmals den Polizisten zu entkommen. Dafür musste er aber wissen, wo die Beamten sich aufhielten. Aus seinem Versteck beobachtete er, wie ein ziviler Wagen mit Blaulicht vor der Sporthalle anhielt. Ihm folgten etwas später drei Streifenwagen - ebenfalls mit Blaulicht.

»So ein Mist«, fluchte er laut, als der letzte der drei Streifenwagen vor dem Parkhaus abbremste und hineinfuhr. Damit war ihm der Fluchtweg abgeschnitten.

Fieberhaft suchte er nach einem Ausweg, denn im Labor würde er nicht bleiben können. Ruth kannte das Labor, hatte ihn bis zu dem Zwischenfall immer mal wieder dort besucht und sie würde das der Polizei verraten. Vielleicht war es an der Zeit, sich der Polizei zu stellen. Sollten die anderen doch denken, was sie wollten! Entschlossen machte er sich auf den Weg zurück ins Labor. Unterwegs griff er nach seinem Handy und tippte eine Nachricht hinein.

In der Nacht wurde das Gebäude zu einem Klangkörper. Jedes Geräusch war auf den Fluren zu hören. Standen die Verbindungstüren zum

Treppenhaus offen, hallten die Geräusche über mehrere Stockwerke. So bekam Lasse mit, wie der Hausmeister die Tür aufschloss. Er beeilte sich, ins Labor zu kommen. Dort schaltete er die kleine Schreibtischlampe an und die Luft um ihn herum explodierte.

»Oh, mein Gott!« schrie Ruth, die die Feuerwalze aus den Fenstern des Unigebäudes schießen sah.

Sie stand zusammen mit einigen Flüchtlingen auf dem Parkplatz vor der Bibliothek. Hassan, der sich mittlerweile bestens auskannte, hielt sich auf der anderen Seite des Gebäudes auf. Durch die Explosion erschreckt und geschockt, brauchte Ruth einen Augenblick, bis sie losrannte, um den Polizisten zu helfen.

4

In Pfeiffers Ohren klingelte es. Mit den Zeigefingern massierte er seine Ohrmuscheln. Die Nickelbrille hatte die Explosion kratzerfrei überstanden, lediglich eine feine Ascheschicht hatte sich auf das Glas gelegt und behinderte die Sicht.

»Ist jemand verletzt?« rief er laut und richtete sich langsam auf.

»Nur ein paar Kratzer!« hörte er Holzbaum stöhnen, der unter einem Teil der Deckenverkleidung hervorkroch, die auf ihn herabgefallen war. Zum Glück bestand sie aus Styropor.

»Was ist passiert?« fragte ein Polizist, dessen Uniform starke Brandflecken aufwies.

»Eine Explosion«, antwortete Pfeiffer und sah nach oben. »Müsste nicht die Sprinkleranlage anspringen?«

Von der Sprinkleranlage war nichts mehr übrig geblieben. Die Wasserleitung war auf der ganzen Länge des Flures abgerissen worden.

»Dahinten spritzt Wasser«, bemerkte Pfeiffer zufrieden, denn nass wollte er nicht auch noch werden. »Kommt, wir müssen zum Labor!«

»Ist das nicht gerade in die Luft geflogen?!« Holzbaum klopfte sich den Staub aus dem Jackett.

Pfeiffer schüttelte den Kopf. Dann kämpfte er sich durch die Trümmer auf die Labortür zu, nun ja, auf das, was von der Tür übrig geblieben war.

»Oh, Mann«, stieß der Hauptkommissar entsetzt aus, als er das Labor erreichte. »Wir brauchen einen Leichenwagen.«

»Lasse?!« Holzbaum hing zwischen einem Trümmerteil mit dem Fuß fest.

»Das was von ihm noch zu erkennen ist«, antwortete Pfeiffer und wandte sich ab. »Hier soll nur die Spurensicherung eintreten!«

Erstaunlicherweise hatte die Explosion keinen Brand ausgelöst. Die Etage rund um das Labor war durch die Druckwelle zerstört, aber Feuerschäden gab es so gut wie keine. Als Ruth mit den Flüchtlingen die Etage erreichte, hielt Pfeiffer sie davon ab, weiter bis zum Labor vorzudringen.

»Das, wollen Sie nicht sehen«, erklärte der Polizist.

»Wie konnte das passieren?« Ruth schüttelte den Kopf. »Lasse war Laborleiter, ein Unfall kann das nicht gewesen sein.«

»Sie meinen, er hat sich umgebracht?« hakte Pfeiffer nach, dessen Verstand automatisch eine Lösung suchte, die den Fall am schnellsten abschloss. Was nichts anderes bedeutete, als dass seine Überlegungen den Weg des geringsten Widerstandes suchten.

»Möglich wäre es«, nickte Ruth, die von ihren Gefühlen hin- und hergerissen war. »Er wollte mir vorhin etwas sagen. Vielleicht sogar gestehen.«

»Eine Verzweiflungstat«, murmelte Pfeiffer. So etwas war ihm in seiner Karriere noch nicht untergekommen, aber der Polizist kannte genügend Filme, in denen der Mörder sich selbst richtete. »Nun, die Spurensicherung wird es herausfinden.«

In diesem Moment stürmten Feuerwehrleute mit Atemschutzgeräten die Treppe hinauf auf den Flur.

»Kein Feuer!« rief Pfeiffer. »Hier muss nur aufgeräumt werden.«

Einer der Feuerwehrmänner hielt ein Gerät in der Hand, das Erdgas feststellen konnte.

»Hier ist noch Erdgas in der Luft!« rief der Feuerwehrmann. »Bleiben Sie, wo Sie sind, und versuchen Sie keinen Funken zu schlagen.«

»Ehrlich jetzt!« Pfeiffer verzog sein Gesicht und deutete auf die herausgerissenen Fenster.

Dort wehte genügend Luft in das Gebäude, die sich mit dem Gas so stark vermischte, dass eine weitere Explosion unwahrscheinlich war.

Der Feuerwehrmann tat seine Pflicht und funkte einen Kollegen an, der ein Stockwerk tiefer die Gaszufuhr unterbrach. Als kein Erdgas mehr zu messen war, nahmen die Feuerwehrmänner die Masken ab.

»Sie sollten jetzt nach unten gehen«, bat der Feuerwehrmann.

»Sie betreten nicht den Raum!« befahl Pfeiffer. »Das ist ein Tatort!«

»Dann warten wir auf die Brandinspektoren«, antwortete der Feuerwehrmann gelassen.

»Meinetwegen«, maulte Pfeiffer und folgte den anderen die Treppe hinunter.

Vor dem Haupteingang der Uni standen Feuerwehr- und Krankenwagen wild durcheinander. Die Rettungskräfte begannen sich um die verletzten Polizisten zu kümmern, während Ruth und die Flüchtlinge wieder zurück zur Sporthalle gingen.

Auf halbem Weg zur Sporthalle rief jemand Ruths Namen. Hassan kam mit weiteren Flüchtlingen auf sie zu.

»Zum Glück, nichts passiert«, stieß er erleichtert aus und nahm Ruth in die Arme.

»Wo wart ihr?« fragte Ruth.

»Auf anderer Seite«, antwortete Hassan. »Haben uns vor Explosion erschreckt, war wie Krieg. Keine gute Sache.«

»Jetzt ist es vorbei«, seufzte Ruth müde. Sie wollte nur hier weg.

5

Der Wind jagte durch die Altstadtgassen und trieb den Regen vor sich her. Er zerrte an den Fensterläden und ließ lose Schiefersteine klappern. In Tristans Fachwerkhaus brannten knisternd zwei Holzscheite im Kamin. Zwei dicke Kerzen, die Helga auf den Sofatisch und den Sekretär gestellt hatte, flackerten ruhig vor sich hin. Bis auf eine Leselampe waren alle Leuchten ausgeschaltet. Das Paar kuschelte entspannt auf dem Sofa, während Marlowe mit einem Keks beschäftigt war.

Doch mit der Gemütlichkeit war es vorbei, als das Telefon klingelte.

»Was ist jetzt wieder?« murrte Helga.

»Keine Ahnung«, antwortete Tristan und löste sich von seiner Freundin.

Langsam ging er auf den Sekretär zu, der zwischen den Türen zur Küche und Diele stand.

»Irle«, meldete er sich verstimmt.

Er nickte mehrmals mit dem Kopf, dann legte er auf. Fassungslos starrte der Detektiv ins Wohnzimmer.

»Was ist passiert?« Helga stand auf, strich Tristan über die Schulter und ging zu Marlowe an die Kletterstange.

»Das war der Wisse Ohm«, erklärte Tristan, noch mitgenommen von der Nachricht. »Es hat eine Explosion an der Uni gegeben.«

»Und?!« Helga kraulte Marlowe die Brust, was der Kakadu sich nicht von jedem gefallen ließ.

Der Detektiv berichtete von dem zerstörten Stockwerk und endete: »Ich sollte da mal hinfahren.«

Helgas Gesichtsausdruck verriet, dass sie gar nicht begeistert war. Schließlich lächelte sie und sagte: »Zieh dir etwas Warmes an und komm nicht so spät nach Hause.«

»Du bist ein Schatz.« Der Detektiv gab ihr einen Kuss und griff nach den Autoschlüsseln.

Einen Oldtimer im herbstlichen Regen durch die Nacht auf ein schlecht beleuchtetes Unigelände zu steuern war kein Vergnügen. Der Scheibenwischermotor verhakte sich immer noch, was der Sicherheit nicht guttat. Auch die Scheibenwischerblätter mussten dringend ersetzt werden, da sie Schlieren auf der Windschutzscheibe zurückließen. Das Scheinwerferlicht entgegenkommender Autos brach sich in ihnen wie in einer Discokugel. Tristan atmete erleichtert auf, als er den Borgward am Straßenrand gegenüber dem Uni-Parkhaus an der Adolf-Reichwein-

Straße abstellen konnte. Polizei- und Feuerwehrautos blockierten sämtliche Zufahrten des Campus'. Menschen in Uniform unterhielten sich oder waren damit beschäftigt, Absperrband anzubringen. Der Lichtkegel eines Suchscheinwerfers pflügte durch die Nacht entlang der Gebäudefassade.

»Die suchen nach weiteren Schäden«, brummte der Wisse Ohm, der plötzlich hinter Tristan aus dem Dunkeln trat.

»Mann, erschreck mich nicht so«, stöhnte Tristan und zog sich seine Regenjacke über. »Wie lange stehst du schon da? Und seit wann hast du ein Telefon?«

»Nicht lange, das Telefon habe ich mir ausgeliehen«, antwortete der Ohm. »Hab mir gedacht, dass du hier ankommst. Die anderen Zufahrten hat die Polizei gesperrt.«

Tristan schloss den Borgward ab und fragte dann: »Also, was genau ist passiert?«

»Hier geht etwas Merkwürdiges vor«, begann der Wisse Ohm, der die Kapuze seines Parkas tief übers Gesicht gezogen hatte. »Nachdem wir uns getrennt haben, bin ich hierher zurückgekommen.«

»Warum?«

»Mich haben diese Fremden interessiert.« Der Ohm deutete auf die Sporthalle.

»Hatte das einen bestimmten Grund?«

»Nein, ein Gefühl, das mich schon immer gut beraten hat«, erklärte der Ex-Agent. »Jedenfalls, ich hielt mich hier auf dem Gelände im Hintergrund auf. Zuerst geschah nichts Ungewöhnliches. Diese Ruth ist wirklich mit Leib und Seele bei der Sache. Sie hat die Jungs hier oben gut im Griff.«

»Was willst du damit andeuten?« hakte Tristan nach.

»Ich kann mir nicht vorstellen, dass sie sich von diesem Lasse bedrängen ließ«, antwortete der Wisse Ohm. »Die beiden haben uns nicht die Wahrheit darüber gesagt, was zwischen ihnen gelaufen ist.«

»So?!« murmelte Tristan. »Irgendetwas ist passiert, das Ruth dazu brachte, Lasse zu hassen?«

»Ja, das schon«, nickte der Ohm und berichtete weiter: »Ich habe mich also hier herumgetrieben, wollte mich schon zurückziehen, als Lasse plötzlich auftauchte. Er hat seinen Sportwagen im Parkhaus abgestellt und ist dann ins Unigebäude gegangen. Ich bin ihm gefolgt.«

»Wie?!« staunte Tristan.

»Frag nicht, aber diese Schlösser sind kein wirkliches Hindernis«, brummte der Ohm. »Allerdings ist dieser Betonbau sehr hellhörig. Ich musste absolut leise vorgehen. Was man von Lasse nicht sagen kann. Der Junge ist in den ersten Stock marschiert. Dort gibt es ein Labor, in dem er die Nacht verbringen wollte.«

»Wollte?!« Tristan sah den Ohm über den Rand seiner Halbbrille an.

»Ja! Nach einer halben Stunde eilte er plötzlich wieder hinaus. Ich folgte ihm direkt zur Sporthalle.«

»Was oder wen suchte er da?«

»Er suchte Ruth, doch die fauchte ihn sofort an und alarmierte damit die jungen Männer in der Sporthalle. Lasse wollte ihr etwas mitteilen, doch Ruth rief mit ihrem Handy die Polizei. Daraufhin floh Lasse erneut in das Gebäude, doch dieses Mal konnte ich ihm nicht so schnell folgen. Kurze Zeit später explodierte das Labor und ich rief dich an.«

»Du hast eine Vermutung?« fragte der Detektiv.

»Ja, jemand wollte, dass Lasse stirbt«, erklärte der Ohm. »Dieser Pfeiffer geht jedoch von Selbstmord aus.«

»Dann soll er seine Theorie erklären«, grinste Tristan teuflisch, der Pfeiffer gut genug kannte, um zu wissen, dass der Hauptkommissar Ungereimtheiten gerne zur Seite schob. »Wo ist er?«

Der Wisse Ohm führte Tristan am neuen Verwaltungsgebäude der Uni entlang, vorbei an der Bibliothek, bis zum Haupteingang der Universität. Dort hatten sich mittlerweile der Polizeichef, Vertreter des Verfassungsschutzes, der Bundespolizei und der Bürgermeister eingefunden. Eine Explosion im Unigebäude im Zeitalter des Terrors mobilisierte sofort die gesamte Staatsmacht. Pfeiffer bemühte sich klarzustellen, dass es sich nicht um einen Terroranschlag handle. Er erklärte dem Polizeichef und dem Verfassungsschutz, dass ein unglücklich verliebter Mordverdächtiger höchstwahrscheinlich keinen Ausweg mehr sah und seinem Leben mit dem Sprengen des Labors ein Ende gesetzt hatte.

Die Männer hörten dem Hauptkommissar aufmerksam zu und schienen erleichtert, den wartenden Journalisten ein Liebesdrama statt eines verrückten Selbstmordanschlags kundtun zu dürfen.

Tristan und der Wisse Ohm erreichten die Gruppe, als Pfeiffer zum Ende seines Reports kam. Erstaunlicherweise schien sich niemand daran zu stören, dass die beiden Männer bis an die Entscheidungsträger herankamen. Es mochte aber auch daran liegen, dass einige der Streifenpolizisten, die den Tatort großflächig absperrten, sowohl den Detektiv als auch den Wisse Ohm gut kannten.

»Irle? Was machen Sie hier?« Pfeiffer glotzte den Detektiv überrascht an.

»Hallo, Pfeiffer«, grüßte er und wandte sich an Wilhelm Flender, den Polizeichef. »Großer Aufmarsch, hat man dich aus dem Bett geholt?«

»Ja, Tristan«, nickte Flender, der den Detektiv schon viele Jahre kannte. »Was machst du hier?«

»Ermitteln«, erwiderte Tristan selbstbewusst.

Die beiden Männer verband die Leidenschaft des Schachspiels. Sie gehörten im Siegerland zu den besten Spielern. Keiner der beiden verlor gern gegen den anderen und so hatte es in der

Vergangenheit spektakuläre Schachpartien gegeben, die sogar in Fachmagazinen besprochen worden waren. Der Polizeichef mochte es allerdings nicht, wenn der Privatdetektiv in polizeiliche Ermittlungen eingriff. Er war aber schlau genug zu erkennen, wann er Tristan doch einmal freie Hand gewähren sollte.

»Steht dein Erscheinen in Zusammenhang mit dem Mordfall Fröhlich?« fragte Flender in einem Tonfall, den man bürokratisch nennen konnte.

»Ja, das tut es, Wilhelm«, nickte der Detektiv.

»Hier gibt es nichts mehr zu ermitteln«, maulte Pfeiffer. »Wir haben den Mörder in die Enge getrieben und er hat sich aus Verzweiflung umgebracht.«

»Quatsch!« stieß der Wisse Ohm aus.

»Wer hat den denn hier reingelassen?« giftete der Hauptkommissar.

Der Mann vom Verfassungsschutz blies die Backen auf und wollte etwas sagen, als der Wisse Ohm antwortete: »Herr Pfeiffer, hat Ihnen die Explosion das Gehirn zermatscht?«

6

Pfeiffers Hirn arbeitete einwandfrei. Leider vergaß er schon einmal, dass es in der polizeilichen Führungskette Menschen gab, die mehr zu sagen hatten als er selbst. Das kratzte an seinem Ego und er reagierte instinktiv.

»Meine grauen Zellen funktionieren«, antwortete er pikiert.

Doch niemand achtete auf ihn, da Tristan seine Bedenken an der Selbstmordtheorie formulierte, was ausreichte, den Polizeidirektor vorsichtig werden zu lassen.

»Pfeiffer, unterstützen Sie diese Männer«, befahl Flender. »Es wäre nicht angebracht, später in den Medien zu lesen, dass wir einen Fehler begangen haben, nur weil Sie zu stur waren.«

»Chef, ich weiß nicht, wie diese HERREN uns weiterhelfen sollten«, antwortete der Hauptkommissar kämpferisch. Es war immer wieder erstaunlich, mit welcher Selbstsicherheit der Polizist seinem Vorgesetzten entgegentrat, wenn er von seiner Meinung überzeugt war.

»Dann lassen wir uns doch überraschen«, erwiderte Flender und schenkte Pfeiffer ein haifischartiges Lächeln.

»Meinetwegen«, gab Pfeiffer schließlich nach und fragte Tristan mit zusammengebissenen Zähnen: »Was kann ich für Sie tun?«

»Wir würden uns gern umsehen«, antwortete der Detektiv.

»Das Labor zuerst«, ergänzte der Wisse Ohm.

»Klar, was auch sonst?« schnaubte der Hauptkommissar. »Dann folgen Sie mir mal.«

»Wo steckt Holzbaum?« fragte Tristan auf dem Weg zum Haupteingang.

»Der befragt einige der Flüchtlinge«, antwortete Pfeiffer und blieb vor dem Eingang stehen.

»Wenn Sie da jetzt reingehen, passen Sie auf, dass Sie keine Spuren zerstören!«

»Solche, die Sie nie finden würden, oder Spuren, die unnütz sind?« knurrte der Wisse Ohm.

»Ach, passen Sie auf«, zischte der Polizist und winkte einen Streifenbeamten zu sich. »Er wird Sie begleiten.«

»Sie kommen nicht mit?« wunderte sich Tristan.

»Nein, danke! Mir klingelt es immer noch in den Ohren«, sagte Pfeiffer und ging los, um dann nochmals zurückzukommen. »Übrigens, von Kirchhofs Privatkonto gibt es eine verdächtige Überweisung auf ein Schweizer Konto.«

»Wissen Sie wer das Geld erhalten hat?« fragte Tristan.

»Nein, denn es hat ja wohl nichts mit dem Mord zu tun, oder?!« Pfeiffer verschwand.

»Komischer Kauz«, stellte der Ohm fest.

Tristan nickte und die beiden folgten dem Polizisten in den ersten Stock; von da führte sie ein Feuerwehrmann, der den Eingang zum Chemietrakt sicherte, bis zur Explosionsstelle.

»Sieht übel aus«, stellte Tristan fest.

»Der Hauptkommissar kann froh sein, dass die Decken alle abgehängt und aus Styropor waren«. Der Ex-Agent blickte in den Gang, als wären seine Augen Scanner. Er blieb eine gute Minute still stehen und prägte sich jedes Detail ein. Der Detektiv stand hinter dem Ohm und das Einzige, was Tristan sah, war das pure Chaos.

»Die Explosionswelle presste sich durch die Labortür in den Flur«, begann der Ex-Agent zu erklären. »Den Spuren nach zu urteilen, war es eine klassische Gasdetonation. Die abgehängten Decken bremsten die Kraft und die Betonkonstruktion hielt dem Druck problemlos stand.«

»Hier draußen bestand also keine Gefahr?« wunderte sich Tristan.

»Das habe ich nicht gesagt.« Der Wisse Ohm nahm ein Teil der metallenen Deckenkonstruktion in die Hand. »Das hier kann wie ein Geschoss töten.«

Der Detektiv sah sich das Metallteil an und nickte.

»Wir sollten uns das Labor ansehen«, meinte der Wisse Ohm und ging auf die herausgerissene Tür zu.

Vorsichtig stiegen sie dabei über die Reste der Decke und das, was aus dem Labor nach draußen geschleudert worden war. Als sie an der Tür ankamen, wehte ihnen eine kalte Brise entgegen. Man hatte die Fenster provisorisch mit transparenten Planen geschlossen, von denen sich eine durch den Wind gelöst hatte. Da alle Lampen zerstört waren, hatte die Feuerwehr zwei Lichtmasten aufgestellt, die das Labor ausleuchteten. Vorsichtig bewegte sich Tristan zu der losen Plane und befestigte sie erneut. Unterdessen wiederholte der Wisse Ohm sein Prozedere und scannte den Raum.

Nach einer Weile sagte er: »Wir sollten uns die Gasanschlüsse ansehen.«

Tristan nickte und ging an einen Labortisch, der nicht aus seiner Verankerung gerissen wurde.

»Der Gashahn ist offen«, stellte der Detektiv fest, ohne ihn zu berühren. Fingerabdrücke wollte er nicht hinterlassen.

»Ja, hier auch«, antwortete der Wisse Ohm, der einen zerstörten Tisch, aber einen intakten Gasanschluss untersuchte.

»Also hat Lasse sich doch selbst umgebracht«, staunte Tristan überrascht.

»Vielleicht«, brummte der Wisse Ohm. »Ich muss etwas nachrechnen!«

Tristan ließ den Mann gewähren, auch wenn er nicht wusste, was der Wisse Ohm da ausrechnen wollte. Er sah sich weiter um.

Die starke Detonation hatte überall Glasscherben hinterlassen. Schränke waren umgekippt, und so glich der Weg durch das Labor einem Hindernisparcours. Dem Rat des Hauptkommissars folgend, keine Spuren zu zerstören, stakte er wie ein Kranich durch das Trümmerfeld. Dabei verlor er kurz das Gleichgewicht und stieß gegen einen umgestoßenen Laborschrank, in dessen Seite der Rest eines Bilderrahmens steckte. Zwei dunkle Augen starrten den Detektiv an, was ihn erschreckte.

»Wow«, stöhnte er und setzte vorsichtig seinen Gang fort.

»Hab es«, brummte der Wisse Ohm.

»Was hast du?«

»Eine Erklärung!« Der Ex-Agent weihte den Detektiv ein. »Du hast gefragt, ob sich Lasse selbst umgebracht hat.«

Tristan nickte.

»Das denke ich nicht«, antwortete der Ohm. »Wenn man den Gashahn aufdreht und eine Flamme an den Gashahn hält, brennt das Gas einfach ab, wie bei einem Gasherd. Um diesen Raum in die Luft zu sprengen, muss das Gas sich mit dem Sauerstoff vermischen. Das braucht Zeit. Ich habe ausgerechnet, dass das Gas circa 10 Minuten in den Raum strömen musste, um die tödliche Zerstörungskraft zu erreichen.« Er deutete auf den Raum und erklärte weiter: »Lasse brauchte knappe 5 Minuten von hier bis zur Sporthalle und etwas weniger, weil er zurückrannte. Geht man davon aus, dass er sich bestimmt noch nicht entschlossen hatte, seinem Leben ein Ende zu setzen, bevor er mit Ruth gesprochen hatte, fehlte ihm schlicht die Zeit, diese Explosion auszulösen.«

»Jemand hat also die Gashähne aufgedreht, nachdem er das Labor verlassen hatte?« Tristan sah den Ohm nachdenklich an.

»Ja, das vermute ich.« Der Wisse Ohm nickte und begann nach etwas zu suchen.

Tristan beobachte ihn und fragte: »Was suchst du?«

»Das hier«, antwortete der Ohm und hielt eine angerußte Schreibtischlampe in der Hand. »Hatte ich mir doch gedacht.«

Er reichte Tristan die Lampe und fragte: »Siehst du die Glühbirne?«

»Ja, sie ist zerstört«, nickte der Detektiv.

»Richtig, aber nicht durch die Explosion, das hier war der Zünder. Der freiliegende Glühdraht hat das Gasgemisch explodieren lassen«, antwortete der Ohm. »Du erkennst es an den Rußspuren rund um den zerstörten Glühdraht. Wäre die Birne bei der Explosion intakt gewesen, wäre das Glas zersprungen und hätte keine Rußspur zurückgelassen.«

7

Das Restaurant am Unteren Schloss war gut besucht. In einer geschützten Ecke des Restaurants saßen die beiden Fertighaushersteller Kirchhof und Fröhlich sowie Landrat Fischer mit seinem Assistenten Simon. Kurt Fröhlich und F.-J. Kirchhof sahen sich wütend an. Die Geschäftsmänner ballten die Fäuste, als wollten sie gleich aufeinander losschlagen. Henning Simon und der Landrat waren die Einzigen, die das verhinderten. Der persönliche Assistent fragte sich, ob das Gespräch zwischen den Fertighausherstellern seine richtige Wirkung entfaltete. Fischer hatte die beiden Männer zu diesem Abendessen eingeladen, um in gemütlicher Atmosphäre über mögliche Spenden zu sprechen. Doch der Politiker musste feststellen, dass purer Hass über der Tischplatte schwebte. So würde der Kreis keine Flüchtlingsunterkunft für kleines Geld erhalten.

»Meine Herren, was macht Sie so wütend aufeinander?« fragte Fischer geradeheraus.

»Dieser Mann ist ein Mörder«, knurrte Fröhlich.

»Sie sind ein Lügner«, erwiderte Kirchhof energisch. »Mein christlicher Glaube verbietet mir zu töten.«

»Ich hoffe, nicht allein der Glaube hält Sie vom Töten ab?« Fischer lächelte die Männer an. »Moral und Glaube sind doch völlig verschieden.«

»So?!« Kirchhof sah an diesem Abend den Landrat zum ersten Mal direkt an. »Durch den Glauben ergibt sich Moral.«

»Also, ich kann moralisch handeln, ohne an einen Gott zu glauben«, antwortete Fischer. »Nicht, dass ich das nicht täte - ich meine, nicht an einen Gott glauben.«

»Kirchhof ist ein praktizierender Christ«, höhnte Fröhlich. »Das hat ihn aber nicht daran gehindert, mein Unternehmen zu ruinieren.«

»Ich habe die Investitionen nicht zehn Jahre hinausgeschoben«, antwortete Kirchhof zornig. »Sie haben sich selbst in diese Situation gebracht.«

»Sie haben meinen Sohn umgebracht, um mich zu ruinieren«, wiederholte Fröhlich laut.

Einige Gäste am Nachbartisch starrten zu den Männern hinüber. Sie erkannten den jungen

Landrat und wandten sich wieder ihrem Essen zu.

»Sie behaupten, ich hätte Ihren Sohn umgebracht!« zischte Kirchhof. »Sie sollten sich untersuchen lassen!«

»Bitte, meine Herren, beruhigen Sie sich!« Simon legte beiden Männern eine Hand auf die Arme.

»Herr Fröhlich, wie soll Herr Kirchhof denn Ihr Unternehmen ruiniert haben?« Der Landrat verstand den Zusammenhang nicht.

Fröhlich erklärte ihm, dass seine Bank einen verbindlichen Nachfolger genannt haben wollte, bevor sie den Millionenkredit freigeben würde.

»Wo ist das Problem?« lächelte der Landrat.

Simon verzog sein Gesicht, als hätte er saure Milch getrunken. Hatte sein Chef denn nicht zugehört?

»Wo das Problem ist?« zischte Fröhlich.

»Ich weiß, Ihr Sohn ist tot«, antwortete der Landrat mitfühlend, »aber Sie haben doch noch eine Tochter, wenn ich das Ihrem Firmenporträt richtig entnommen habe.«

»Ruth?!« Kurt Fröhlich schien in diesem Augenblick zum ersten Mal daran zu denken, dass seine Tochter ebenfalls die Firma übernehmen könnte.

»Sehen Sie, warum sollte ich Ihren Sohn umgebracht haben?« knurrte Kirchhof. »Sie haben ja noch eine Tochter!«

»Also, können wir uns jetzt über das Flüchtlingsheim unterhalten«, lächelte der Landrat.

In diesem Moment klingelte Fischers Handy. Normalerweise stellte der Politiker bei wichtigen Verhandlungen sein Telefon aus. Er hatte es schlicht vergessen und so sah er, dass Polizeidirektor Flender ihn persönlich anrief.

»Oh, das kann nichts Gutes bedeuten«, murmelte er und nahm das Gespräch an.

8

Ruth fuhr mit Hassan den Haardter Berg hinunter. Der Regen hatte nachgelassen, dafür nahm der Wind an Stärke zu. Eine Böe prallte gegen das Auto und Ruth musste gegenlenken. Hassan saß schweigend neben ihr.

»So viel Wasser«, sagte er leise.

»Was?« Ruth sah ihren Freund an.

»So viel Wasser. Das kennen wir nicht«, antwortete Hassan.

»Du meinst in Marran, deinem Zuhause?« fragte Ruth nach.

»Ja, dort ist es heiß und trocken«, seufzte Hassan. »Ich finde das gut. Das hier!« Er deutete auf die regenbeschlagene Frontscheibe.

»Na ja, nicht wenn das auch im Sommer so ist«, antwortete Ruth und lächelte. »Hast du etwas dagegen, wenn wir zu meinem Vater fahren?«

»Nein«, sagte Hassan.

Sie fuhren auf der B 62 in Richtung Netphen. Als sie die Stadtgrenze erreichten, fragte Ruth: »Hast du Lasse in die Uni gehen sehen?«

Hassan schien einen Moment über den Sinn der Worte nachzudenken, dann antwortete er: »Kein Mann gesehen.«

Sie bogen in Netphen auf die Landstraße 729 ab, die sie nach Deuz führte.

»Was, denkst du, hat Lasse von mir gewollt?« fragte sie mehr zu sich selbst, als an ihren Freund gewandt.

»Verstehe nicht«, murmelte Hassan.

»Ach, nichts!« Ruth schüttelte den Kopf, um gleich darauf zu sagen: »Ich verstehe nicht, was in seinem Kopf vorging. Er wusste doch, dass die Polizei ihn suchte!«

Hassan schüttelte den Kopf. Was wollte die Frau neben ihm?

»Du sagst, falsch was ist«, murmelte er.

»Ich denke nur nach«, erklärte Ruth.

»Du sprichst!« Hassan zog verdutzt die dunklen Augenbrauen nach oben.

»Ja, das nennen wir laut nachdenken«, lächelte Ruth.

»Oh«, nickte Hassan.

Sie fuhren durch Deuz und weiter auf der L 729 in Richtung Salchendorf bis zum Werthenbacher Bahnhof, dort bogen sie rechts ab nach Irmgarteichen.

Sie lenkte den Wagen in die Einfahrt.

»Dein Vater ist nicht da«, bemerkte Hassan.

»So?!« Ruth stellte den Motor ab.

»Ja«, grinste Hassan verschwörerisch. »Immer wenn er fort, er stellt automatisches Licht ein.«

Ruth runzelte die Stirn, dann begriff sie, dass ihr Freund die Außenbeleuchtung meinte, die durch einen Bewegungsmelder gesteuert wurde.

»So, macht er das?« wunderte sich Ruth.

»Ja, sonst Licht geht nur an, wenn Haustür offen«, erklärte er stolz.

»Na, dann wollen wir mal sehen, ob du recht hast«, erwiderte sie.

Die beiden stiegen aus und gingen auf die Haustür zu. Wie Hassan vermutet hatte, war ihr Vater nicht zu Hause.

Ruth simste ihm und erhielt kurze Zeit später die Nachricht, dass er auf dem Weg sei. Die beiden machten es sich im Wohnzimmer gemütlich und stellten den Fernseher an.

»Möchtest du etwas trinken?« Ruth stand auf und ging in die Küche.

»Dieser gute Wein«, überlegte Hassan, »den wir hatten.«

Ruth musterte ihren Freund.

»Ich dachte, ihr dürft keinen Alkohol trinken!«

»Nur wer fromm«, grinste er verschwörerisch.

»Okay«, nickte sie. »Ich gehe in den Keller.«

Hassan nickte und schaute wieder auf den Fernseher.

Ruth schlenderte zur Kellertür, fand sie verschlossen und ging zurück.

»Kellertür verschlossen«, sagte sie bedauernd und setzte sich zu ihrem Freund.

»Schlüsselversteck?« Hassan zwinkerte. »Hat Vater gezeigt.«

»So?!« Ruth musterte ihren Freund. »Du hast mit meinem Vater getrunken?«

»Ja«, nickte Hassan. »Männergespräch.«

»Und wo ist der Schlüssel?« fragte Ruth.

»Komm, zeig dir.« Hassan stand auf und führte seine Freundin bis zur Kellertür. Vor der Tür streckte er sich und begann den Türrahmen abzutasten. Seine Hände strichen über den Rahmen, bis er den Schlüssel gefunden hatte.

»Da Schlüssel ist!« Er reichte ihn seiner Freundin.

»Was du nicht alles weißt«, sagte sie und gab ihm einen Kuss. »Jetzt gibt es was zu trinken. Das brauche ich jetzt auch!«

9

Der Fund der zerstörten Glühlampe hatte Tristan erschüttert. Er grübelte noch darüber nach, als er und der Wisse Ohm wieder draußen im Regen standen. Die ersten Krankenwagen verließen ohne Blaulicht und Sirene das Unigelände. Polizei und Feuerwehr räumten ihre Sachen ein und auch Hauptkommissar Pfeiffer bereitete sich auf einen Bericht vor. Tristan stand allein mit dem Ex-Agenten.

»Informieren wir Pfeiffer?« fragte der Wisse Ohm.

»Das dürften die Brandermittler doch ebenfalls herausbekommen, oder?«

Der Ohm nickte.

Langsam schritten sie in Richtung des abgestellten Oldtimer. Tristan schwieg und war in Gedanken versunken.

»Worüber denkst du nach?« fragte der Wisse Ohm.

Dort, wo sein Gesicht sich befand, konnte der Detektiv nur einen schwarzen Schatten erkennen, so tief hatte der Ohm wieder die Kapuze seines Parkas über das Gesicht gezogen.

»Irgendetwas passt nicht zusammen«, antwortete der Detektiv nachdenklich. »Ich sehe die Teile wie Puzzelstücke vor mir, doch das richtige Puzzelstück will nicht aus dem Wirrwarr auftauchen.«

Sie erreichten den Borgward.

»Leg dich aufs Sofa«, riet ihm der Wisse Ohm freundlich. Lässig hob er eine Hand und verabschiedete sich: »Wir sehen uns.«

Der Detektiv nickte, sah ihm einen Moment nach, wie er ins Dunkle schritt, dann war der Ex-Agent verschwunden.

»Also, was nun?« murmelte Tristan und stieg ins Auto.

Die Fahrt vom Haardter Berg zurück in die Altstadt nutzte Tristan um nachzudenken. Er konzentrierte alle seine grauen Zellen auf den Fall. Ihn quälte die Frage, ob Pfeiffer mit seiner Selbstmordthese nicht doch recht hatte. Der Wisse Ohm hatte ihm zwar erklärt, dass die Explosion ein gewisses Gemisch aus Luft und Gas benötigte, aber Lasse war nicht dumm. Was, wenn er einen Weg gefunden hatte, es unkonventionell zu Ende zu bringen? Der Detektiv arbeitete schon zu lange in dem Gewerbe, als dass er nicht mit Überraschungen rechnete. Die Spurensicherung würde morgen Genaueres aussagen können, zumal Brandermittler hinzugezogen wurden. Sollte es sich tatsächlich um einen weiteren Mord handeln, dann würden die Ermittlungen weit zurückgeworfen werden.

Tristan erreichte den Hof hinter der Marienkirche. Der Regen prasselte unaufhörlich auf das Stoffdach des Oldtimer-Cabriolets. Der Detektiv beeilte sich, ins warme Haus zu gelangen. Mit schnellen Schritten und einem Blick über die Schulter sprang er die beiden Treppenstufen zu seiner Haustür hoch und stieß sie auf. Drinnen streifte er die nassen und verdreckten Schuhe ab, hängte die Regenjacke auf und schob einen schweren Eisenriegel vor die Haustür.

»Helga, bin wieder da!« rief er und verschwand im Badezimmer. Dort wusch er sich die Hände und das Gesicht, dann schlenderte er ins Wohnzimmer, wo ihn eine Überraschung erwartete.

»Wir haben Besuch«, lächelte Helga angestrengt.

»Oh, ja«, nickte Tristan, der einen gequälten Blick vermeiden wollte.

»Guten Abend, Herr Irle«, grüßte F.-J. Kirchhof.

Der Unternehmer saß in einem der Ohrensessel, die normalerweise dem Kamin zugewandt waren. Helga musste ihn zum Sofatisch umgedreht haben, denn die Pensionsbesitzerin hielt die Stellung auf dem viktorianischen Sofa. Marlowe beäugte den Mann mit seinen Knopfaugen.

»Was für eine Überraschung«, stieß Tristan aus und sah zu seiner Freundin.

»Er ist informiert«, erklärte Helga. »Eine Meldung im Lokalradio und über das Internet.«

»Es tut mir leid, was Ihrem Sohn passiert ist«, sagte Tristan traurig.

»Haben Sie einen Verdächtigen?« fragte F.-J. Kirchhof leise.

»Nein«, antwortete der Detektiv.

»Hat mein Sohn Selbstmord begangen?« Kirchhof hakte nach.

»Es besteht die Möglichkeit, aber ich habe Zweifel.« Tristan setzte sich zu seiner Freundin. »Mehr möchte ich im Augenblick nicht äußern.«

»Wer macht so etwas?« seufzte der Unternehmer aus Krombach.

»Soviel ich weiß, hat er mit Ruth Fröhlich sprechen wollen«, berichtete Tristan.

»Ruth, ja, die hat ihm den Kopf verdreht«, nickte Kirchhof und Tränen stiegen in seinen Augen auf. »Ich hatte ihm verboten, sich mit den

Fröhlichs einzulassen. Es reichte schon, dass er im gleichen Team spielte.«

»Sie wollten nicht, dass er mit Ruth anbändelte?« staunte Helga.

Der gläubige Unternehmer nickte. »Gott ist Liebe und ich habe diese Liebe meinem Sohn versagt. Sie waren eine ganze Weile heimlich ein Paar, bis ich es entdeckte.«

»Sie haben Ihren Sohn gezwungen, die Beziehung zu beenden? Wann?« Tristans graue Zellen begannen langsam das Wirrwarr zu enträtseln.

»Kurz bevor die Flüchtlingswelle über uns hereinbrach«, antwortete F.-J. Kirchhof.

5. Tristan schreckte auf ...

Donnerstagmorgen

Tristan schreckte auf und war hellwach. In seinem Kopf hörte er noch diese merkwürdige Stimme aus seinem Traum. Ein heftiges Kopfschütteln sollte klare Gedanken herbeizaubern, doch ihm wurde nur schwindelig. Helga bewegte sich neben ihm im Bett im Schlaf. Der Detektiv lag einen Moment ruhig da, um zu sich zu kommen, dann schlug er vorsichtig die Decke zur Seite und stand auf. Leise schlich er ans Fenster, schob den Vorhang einen Spalt auf und sah hinaus. Draußen ging die Sonne auf. Jedenfalls vermutete der Detektiv das. Die grauen Wolken, die hastig über den Siegerländer Himmel streiften, schienen einen Tick heller zu werden. Nachdenklich versuchte er, sich an den letzten Gedanken zu erinnern, den er im Traum gehabt hatte.

»Nein, so geht das nicht«, murmelte er vor sich hin.

Er verließ das Schlafzimmer und stieg vorsichtig die Treppe hinunter, um das Knarren der Holzstufen zu vermeiden. Unten angekommen, wandte er sich dem Badezimmer zu. Er drehte den Hahn auf und das Wasser ströhmte kalt heraus. Mit beiden Händen wusch er sich das Gesicht, was ihm zwar den Schlaf aus den Augen spülte, seine Niedergeschlagenheit jedoch nicht vertrieb.

»Was für ein Albtraum«, murmelte er und schlurfte ins Wohnzimmer.

Marlowe döste vor sich hin, als der Detektiv eintrat. Mit einem Krächzen quittierte der Kakadu die frühe Störung.

»Dir auch einen guten Morgen«, antwortete Tristan und ging weiter in die Küche. »Ein Kaffee wäre nicht schlecht«, sagte er laut und begann die Kaffeemaschine zu füllen. Als Wasser und Kaffee in ausreichenden Mengen eingefüllt waren, schaltete er die Maschine an und ging ins Wohnzimmer. In Gedanken griff er sich einen Block und Stift vom Sekretär und setzte sich neben Marlowes Kletterstange an den Esstisch.

In der Küche blubberte die Kaffeemaschine, während Tristan im Wohnzimmer den Block aufschlug.

»Also, was haben wir?« fragte er laut. »Wir haben zwei Opfer. Matthias Fröhlich und Lasse Kirchhof.«

Er notierte die beiden Namen nebeneinander auf das Blatt Papier. Dann begann er unter jedem Namen Todesursache und Todeszeitpunkt aufzuschreiben. So erhielt er zwei Spalten. Anschließend zählte er die Freunde beider Studenten mit Namen auf. Da die Opfer im selben Freundeskreis unterwegs waren, trug er die Namen der Kumpel in beide Spalten ein.

Aus einem Impuls heraus schrieb er MOTIV in die Mitte des Papiers und setzte zwei Fragezeichen hinter das Wort. Er hatte sich nach Lasses

Tod noch nicht gefragt, was denn das Motiv des Mordes gewesen sein könnte.

Tristan lächelte mitleidig, als er an Hauptkommissar Pfeiffer dachte. Für den Polizisten hatte sich trotz Lasses Tod an seiner verrückten Theorie nichts geändert. Seine Erklärung blieb die, dass Lasse Matthias getötet hatte, weil dieser ihm seinen Lebenstraum vereiteln wollte. Die schwere Schuld, die Lasse sich so aufbürdete, konnte er nicht mehr ertragen und er beging Selbstmord.

Der Detektiv schüttelte den Kopf. Er sah es anders. Ein erfrischender Kaffeegeruch strömte aus der Küche ins Wohnzimmer, das Blubbern der Maschine hatte aufgehört, es war Zeit für die erste Tasse heißen Kaffees an diesem Morgen.

Wenn Tristan recht behielt, was er in den meisten Fällen tat, dann war Lasse das zweite Opfer. Damit zerfiel das Motiv für den Mord an Matthias, wonach dieser wegen Lasses Rausschmiss getötet worden wäre.

»Wer wollte, dass Matthias stirbt?« knurrte der Detektiv vor sich hin, während er sich die Tasse füllte. »Und warum hat man Lasse getötet?«

Er ging zurück ins Wohnzimmer und notierte „Folgemord!?"

Als Folgemord werden Taten bezeichnet, die sich aus einem vorhergehenden Verbrechen ableiten. Wenn der Mörder gezwungen war, Lasse zu töten, dann konnte das nur bedeuten, dass der

Student etwas herausbekommen hatte, was besser unentdeckt geblieben wäre.

»Aber was?«

Der Detektiv musste sich eingestehen, dass er wieder am Anfang stand und so gut wie gar nichts in den Händen hielt außer der Tasse Kaffee.

»Was machst du hier?« fragte plötzlich Helga verschlafen, die hinter ihm stand. »Ist was passiert?«

»Morgen, Schatz«, antwortete Tristan und stand auf. »Ich habe schlecht geträumt und bin runtergegangen. Möchtest du einen Kaffee?«

Helga nickte und beide gingen in die Küche.

»Worüber hat dein Verstand gegrübelt?« Helga ließ sich auf einen der Küchenstühle fallen.

Tristan reichte ihr eine gefüllte Tasse heißen Kaffees, stellte Milch und Süßstoff auf den Tisch, dann setzte er sich zu ihr.

»Ich suche nach dem Motiv«, erklärte er niedergeschlagen. »Wenn man davon ausgeht, dass Lasse keinen Selbstmord begangen hat, dann gilt das vermutete Motiv nicht mehr.«

»Du bist also überzeugt, dass Lasse ebenfalls ermordet wurde«, stellte Helga fest und nippte an der Tasse.

»Ja! Auch wenn noch ein Rest an Zweifel übrig bleibt«, antwortete Tristan nachdenklich.

»Den wird die Spurensicherung beseitigen«, meinte Helga und lächelte.

»Ja, das wird sie«, nickte Tristan und stöhnte. »Dann stehe ich wieder am Anfang.«

»Jetzt sei mal nicht pessimistisch«, warnte Helga. »Du weißt immerhin, dass Ruth und Lasse mal zusammen waren.«

»Was die Frage aufwirft, warum Ruth Lasse beschuldigt?« Tristan blickte zu seiner Freundin.

»Verstehst du das nicht?« Sie schüttelte den Kopf. »Ihr Männer! Was glaubst du, hat dieses Mädchen gefühlt, als Lasse wegen seines Vaters die Beziehung beendete?«

»Sie wird nicht gerade begeistert gewesen sein, nehme ich mal an«, murmelte Tristan, den Herzensangelegenheiten bei der Lösung eines Falles schon einmal aus dem Tritt bringen konnten.

»Ich vermute eher, dass sie auf den jungen Mann stinksauer war«, erklärte Helga energisch.

»Was den Zwischenfall auf dieser Party erklären könnte«, nickte Tristan anerkennend.

»Wenn mich jemand wegen eines Befehls seines Vaters verlassen würde, wäre ich so wütend, dass ich eine Szene machen würde, die in die Geschichte einginge.«

»Okay, das kann ich mir vorstellen«, sagte Tristan langsam, der sich in diesem Moment wünschte, Helga nie so wütend erleben zu müssen.

»Du solltest dringend nochmals mit dieser Ruth sprechen«, mahnte Helga und nahm einen kräftigen Schluck aus ihrer Tasse.

2

»Warum müssen wir so früh hier sein?« maulte Dennis und ließ seine Sporttasche auf den Boden fallen. »Ich wusste gar nicht, dass die Sonne schon so früh aufgeht.«

»Wir sind hier, weil Arijana sonst nicht kann«, antwortete Peter leicht gereizt. »Also, Jungs, macht einen guten Eindruck. Wir wollen nicht wie die letzten Nerds rüberkommen.«

»Wir sind aber Nerds«, grinste Janik. »Du führst dich auf, als wäre es ein Brautwerben.«

»Was ist Brautwerben?« fragte Dennis, für den diese morgendliche Uhrzeit eindeutig Folter war.

»Baggern, anmachen oder, altmodisch, den Hof machen«, erklärte Janik mit einem Grinsen.

»Ach so«, nickte Dennis. »Und wo bleibt sie jetzt?«

»Sie wird schon kommen«, zischte Peter gereizt.

»Das will ich hoffen, sie hat nämlich den Schlüssel zur Halle«, knurrte Dennis.

Ein Fiat 500 fuhr vor.

»Ist sie das?« fragte Dennis.

Sie war es.

Peter zuckte vor Erregung zusammen, als Arijana Safran das Auto verließ. Ihr exotischer Name entsprach ihrer orientalischen Herkunft. Großkönig Xerxes hätte sie zu einer seiner Unsterblichen gemacht, die als Kriegerin Furcht und Schrecken verbreiteten. Man konnte auch sagen, dass sie voll und ganz einem Klischee wie der PC-Spielfigur Lara Croft entsprach. Sie war schlicht der Traum von Jungs, die Frauen als göttliche Wesen betrachteten, denen es zu huldigen galt, besonders wenn sie sich herabließen, mit ihnen zu reden.

Eine nervige Angelegenheit für eine junge Frau, die eigentlich nur eins wollte: Paintball spielen. Arijana verfolgte die Spiele der „Riewekooche Gäng“ seit einem Jahr im Netz. Sie war begeistert, mit welcher Disziplin die Spielzüge ausgeführt wurden. Sie selbst war eine sehr gute Schützin und durch intensives Training bewegte sie sich schnell und sicher durch den Parcours. Jetzt eine Chance zu bekommen, in die Erste Liga aufzusteigen, ließ auch ihr Herz höher schlagen.

»Morgen, Jungs«, grüßte sie und lächelte.

»Morgen, Arijana«, säuselte Peter, während sein Gesichtsausdruck eine Mischung aus Schwachsinn und Verzückung bildete.

Sie blieb stehen und aus dem freundlichen Lächeln wurde ein stählerner Blick.

»Eins will ich klarstellen! Ihr könnt mir auf den Arsch schauen! Meine Möpse sind auch nicht schlecht! Aber wenn ihr mir zu nahe kommt, dann knallt es! Verstanden!«

Peter zuckte zusammen, als hätte ihn ein Taser getroffen. Dennis nickte langsam, weil er noch immer nicht richtig wach war. Janik blickte anerkennend zu Arijana und sagte: »Wow, das war eine Ansage! Wenn du so tough auf dem Feld bist, dann mag ich dich jetzt schon.«

»Also los, lasst uns anfangen«, antwortete Arijana und schloss die Halle auf.

Die Gruppe zog sich ihre Schutzkleidung über, dann gingen sie an den Spielfeldrand.

Janik hatte für jeden Spieler Farbpatronen mitgebracht und verteilte sie.

»Arijana, hast du unsere Taktik verfolgt? fragte Peter, der seinen Marker checkte.

»Ja, habe ich«, nickte sie. »Ihr beginnt mit einem Texas Rubble, dann folgt eine Zange und danach variiert ihr.«

»Gut«, nickte Peter, »dann lasst uns loslegen.«

Sie begannen mit einfachen Übungen, damit sich Arijana an die Spielzüge gewöhnen konnte. Mit jeder Minute wurde sie sicherer und nach einer Stunde war den Jungs klar, dass sie Arijana aufnehmen würden.

Es folgten Schussübungen und kleine Zweikämpfe, bei denen sie die Jungs jeweils mit einem schnellen Treffer schlug.

Nach gut zwei Stunden ging das Training zu Ende. Peter und Dennis saßen am Spielfeldrand und sahen Janik und Arijana zu. Die beiden jagten sich seit einer Viertelstunde durch die Hindernisse. Schließlich gelang es Arijana erneut, den ersten Treffer zu setzen.

»Also, ich bin dafür, dass du mitmachst«, stöhnte Janik, während er seine Maske abnahm.

»Von mir aus, ja!« rief Dennis, der eine Cola trank.

»Ja«, rief Peter laut, als stünde er am Altar und jeder Kirchenbesucher sollte das Wörtchen noch in der hintersten Ecke des Kirchenschiffes hören.

»Dann ist es entschieden«, Janik streckte ihr die Hand entgegen, »willkommen in der *Riewekooche Gäng*.«

Auf dem Weg zu den Umkleidekabinen fragte sie: »Ist es wahr, dass einer aus eurem Team Matthias getötet hat?«

Sie blieben abrupt stehen und sahen ihre neue Teamkollegin an.

»Wir wissen es nicht«, antwortete Peter als Erster.

»Es gibt Vermutungen, dass Lasse es war«, ergänzte Dennis.

»Lasse ist tot«, erklärte Arijana.

»Was?!« Peter sah Janik entsetzt an.

»Ja, habt ihr das denn noch nicht gehört?« wunderte sich Arijana.

»Was ist passiert?!« Janik wurde nervös.

»Eine Explosion an der Uni, dabei soll Lasse umgekommen sein.«

»Ich habe keine Nachrichten gehört«, meinte Dennis unschuldig.

»Ich auch nicht«, erklärte Peter.

Janik nickte, als wolle er dem zustimmen.

»Ein Labor soll in die Luft geflogen sein«, berichtete Arijana weiter. »Momentan geht man von Selbstmord aus wegen der Schuld und so.«

»Schuld?!« Dennis musterte seine neue Spielkollegin.

»Ja! Lasse soll sich schuldig gefühlt haben wegen des Mordes an Matthias«, sagte Arijana.

»Das kann doch nicht sein«, stöhnte Janik. »Lasse hat mir gestern Abend noch eine SMS geschickt.«

»Und, was hat er geschrieben?« hakte Peter neugierig nach.

»Etwas Kryptisches, ich habe es noch nicht entziffert«, stöhnte Janik.

»Zeig her!« befahl Dennis.

Janik ging zu seiner Sporttasche, die am Rand lag und zog sein Handy heraus. Er öffnete die SMS.

»☝🔫⚽👍✋💣🎭🔬« war da zu sehen.

»Was bedeutet das« fragte Arijana.

»Keine Ahnung?« antwortete Janik. »Aber ich weiß, wer uns helfen könnte?«

3

Kurt Fröhlich saß zusammen mit Ruth und Hassan am Frühstückstisch. Die jungen Leute hatten in Ruths altem Kinderzimmer übernachtet. Jetzt, da Matthias gegangen war, wünschte sich Kurt, dass seine Tochter zurückkäme. Das wollte er aber nicht am Frühstückstisch ansprechen, denn er wusste, dass dies ein heikles Thema war, außerdem gab es Wichtigeres zu besprechen.

»Na, wie hast du geschlafen?« fragte er freundlich und schenkte ihr Kaffee ein.

»Danke, gut«, nickte Ruth und bedankte sich für die Geste.

»Und Sie?« Er sah Hassan an.

»Danke, gut«, antwortete er vorsichtig. Ihm war nicht klar, wie er sich verhalten sollte.

Seine Freundin spürte Hassans Anspannung und sagte liebevoll: »Mach dir keinen Kopf. Alles ist gut, wir leben in Deutschland, da können auch unverheiratete Paare die Nacht zusammen verbringen.«

Hassan nickte, während Kurt auch ihm eine Tasse mit Kaffee füllte.

»Dann lasst es euch schmecken.« Der Firmenbesitzer griff zu frischen Brötchen, die ihm ein Angestellter vorbeigebracht hatte.

Kurt Fröhlich verbreitete eine angenehme Atmosphäre, um das Thema ansprechen zu können, dass ihm unter den Nägeln brannte. Eigentlich hatte er Ruth schon am Abend zuvor darauf ansprechen wollen, als er sie zu Hause antraf, doch sie war durch die Ereignisse auf dem Uni-Gelände so mitgenommen, dass der Vater schnell erkannte, keinen guten Zeitpunkt gewählt zu haben. Doch jetzt, nach einer ruhigen Nacht, wollte er nicht länger warten.

»Ruth, ich muss mit dir etwas besprechen«, begann er freundlich.

»Ja, was gibt es?« Sie begann ein Brötchen mit Marmelade zu bestreichen.

»Vielleicht kommt es dir etwas pietätlos vor, aber es ist wichtig, dass wir über die Firmennachfolge sprechen«, erklärte Kurt langsam.

»Was willst du? Matthias ist tot!« Sie sagte das ausdruckslos.

»Ja, das ist er.« Kurt musste schlucken, doch jetzt war keine Zeit für Trauer oder Wut. »Wir müssen eine Lösung finden, und die Lösung könntest du sein.«

Ruth legte das Besteck zur Seite und sah ihren Vater mit großen Augen an.

»Was könnte ich sein?« Die Worte rutschten ihr zu hart heraus.

»Du könntest die Firma übernehmen, Ruth«, sagte er ernst und unterdrückte den aufkommenden Zorn. »Du hast das Zeug dazu, das weiß ich.«

»Aber! Ich habe nie daran gedacht ...« Sie schüttelte den Kopf.

»Gute Idee, ich finde«, mischte sich Hassan ein. »Du starke Frau!«

»Ja, das bist du, eine starke Frau«, nickte Kurt, erleichtert, in Hassan einen Verbündeten zu finden. »Du organisierst das Flüchtlingslager fast ganz allein, da werden dir die Menschen in unserer Firma keine Schwierigkeiten machen.«

»Volle Auftragsbücher«, sagte Hassan und grinste.

»Ja, genau, wir haben genug Arbeit«, Fröhlich klopfte Hassan auf die Schulter. »Der Junge hat es verstanden. Vielleicht solltest du eine Ausbildung bei uns machen.«

»Gerne«, strahlte Hassan. »Kann Ruth dann helfen.«

»Leute, langsam«, zischte Ruth und blickte beide wütend an. »Vater, du weißt, dass ich Menschen helfen will.«

»Aber überleg doch«, sagte Fröhlich vorsichtig, »wenn du den Menschen ein Haus baust, hilfst du ihnen dann nicht?«

»Das meine ich nicht«, erwiderte sie, nicht mehr ganz so sicher.

»Aber Vater hat recht«, sagte Hassan. »Menschen glücklich, wenn Fertighaus fertig.«

Kurt Fröhlich nickte. Er hätte nicht gedacht, dass dieser Fremde ihm einmal so helfen würde.

»Habt ihr euch abgesprochen?« fragte Ruth scharf.

»Was!? Nein!« antwortete Kurt.

Hassan schüttelte den Kopf.

»Mit deiner Zusage kann ich den Betrieb retten«, erklärte Fröhlich sanft. »Wenn du nicht bereit bist, dann verlieren wir alles.«

»Nicht gut«, brummte Hassan. »Habe alles verloren.«

»Kann ich mir das überlegen?« fragte Ruth, um Zeit zu gewinnen.

»Nicht lange. Die Bank will eine Entscheidung und wir müssen investieren«, mahnte Kurt.

»Was hat Besprechung gestern Abend gegeben?« fragte Hassan neugierig.

»Welches Gespräch?« Ruth wunderte sich, dass ihr Freund mehr wusste als sie.

»Ich habe mich mit Kirchhof und dem Landrat getroffen. Kirchhof und ich werden dem Kreis entgegenkommen«, antwortete Fröhlich. »Das Flüchtlingsheim kann gebaut werden.«

»Das ist eine gute Nachricht«, sagte Ruth und sah ihren Freund nachdenklich an. »Wird es groß genug sein, um auch die Menschen aus der Sporthalle aufzunehmen?«

»Ja«, nickte ihr Vater.

»Gute Nachricht«, nickte Hassan. »Wir sollten feiern.«

»Keine gute Idee.« Ruth schüttelte den Kopf. »Wir sind in Trauer.«

»Oh, vergessen, Bruder tot.« Hassan senkte betroffen den Kopf. »Dann anderes Mal.«

4

Tristan und Helga lasen die Tageszeitung. Das Studium des Siegerländer Generalanzeigers gehörte zu den täglichen Gepflogenheiten, die der Detektiv mit Akribie absolvierte. Diese Gepflogenheit wurde unterbrochen, als jemand heftig gegen die Haustür hämmerte. Mürrisch stand er auf und ging nachsehen, wer da störte.

»Morgen, Irle«, grüßte Hauptkommissar Pfeiffer und schob sich an dem Detektiv vorbei in die Diele. »Wir müssen etwas besprechen!«

»So?!« Tristan sah den Polizisten erstaunt an.

»Ja, gehen wir rein.« Der Hauptkommissar eilte in das Wohnzimmer.

»Entschuldigen Sie den Überfall«, sagte unterdessen Holzbaum, der noch auf der Türschwelle stand. »Aber es hat sich eine beunruhigende Entwicklung ergeben.«

Das machte Tristan neugierig.

»Was ist geschehen?« fragte er und schloss die Haustür hinter Holzbaum.

»Wo bleiben Sie denn?« rief Pfeiffer derweil aus dem Wohnzimmer.

Das gebieterische Auftreten des Polizisten gefiel Marlowe überhaupt nicht. Der Kakadu begann seinen Kopf hin- und herzuwiegen. Dabei sträubte er seinen Kamm und brabbelte: »In diesem Reich geborner Flegel, / Wer könnte sich des Lebens freun, / Würd es versäumt, schon früh die Regel / Der Rücksicht kräftig einzubleun.«

»Was hat der Vogel nur?!« giftete Pfeiffer zurück.

»Er mag es nicht, in der Früh gestört zu werden«, erklärte Helga barsch, die aus der Küche ins Wohnzimmer trat.

»Oh, Frau Bottenberg«, stotterte der Hauptkommissar, »habe Sie gar nicht gesehen.«

»Dazu sollte man auch die Augen aufmachen«, antwortete sie spitz.

Holzbaum und Tristan traten zu den beiden in das Wohnzimmer. Pfeiffers Gesichtsausdruck verriet nichts Gutes, doch der Beamte benahm sich und sagte: »Die Experten gehen von einem Anschlag aus!«

»Lasse wurde ermordet und hat keinen Selbstmord begangen?« Tristan fixierte Pfeiffer.

»Ja, so sieht es aus«, nickte der Hauptkommissar, und man sah ihm an, dass er das nur widerstrebend zugeben wollte. »Es wurden außerdem Fingerabdrücke an einem der Gashähne sichergestellt.«

»Ich nehme an, sie stammen nicht von Lasse Kirchhof.« Tristan stellte das nüchtern fest.

»Ja, sie konnten noch nicht einer bestimmten Person zugeordnet werden«, gestand Pfeiffer. »Der Wisse Ohm hatte recht mit seiner Behauptung, deshalb möchte ich ihn verhören. Haben Sie eine Ahnung, wo er sich aufhält?«

Tristan schmunzelte. »Sie wollen den Wisse Ohm besuchen?«

»Das können Sie vergessen«, erklärte Helga mit einem breiten Grinsen im Gesicht. »Der Mann besucht Sie, aber selbst empfängt er niemanden.«

»Das ist doch Unsinn!« schnaufte Pfeiffer. »Irgendwo muss er doch gemeldet sein!«

»Sicher, aber ob Sie ihn dort antreffen ist fraglich«, erklärte der Detektiv. »Was haben Ihre Leute sonst noch herausbekommen?«

Pfeiffer musste tief Luft holen, deshalb antwortete Holzbaum: »Eine Bürotischlampe wurde als Zünder benutzt.«

»Das haben wir gestern Abend schon vermutet«, nickte der Detektiv, »damit stehen wir wieder am Anfang.«

»Sie vielleicht«, höhnte Pfeiffer. »Ich habe eine neue Theorie!«

»So, was für eine?« Tristan sah den Polizisten herausfordernd an.

»Diese Paintball-Spieler haben heute Morgen eine junge Frau getroffen«, begann Pfeiffer.

»Woher ...« Tristan wurde von Holzbaum unterbrochen.

»Arne Affolderbach beschattet die Jungs«, erklärte der Polizist.

»Ja, da staunen Sie. Wir haben nämlich gestern Abend festgestellt, dass Janik Lerch, der Maschinenbaustudent, ein Angebot bekommen hat, das durchaus ein Motiv ergibt.« Pfeiffer genoss den Augenblick, einmal mehr zu wissen als der Detektiv.

»Wovon reden Sie?« fragte Tristan.

»Affolderbach hat die Social-Media-Recherche übernommen, nachdem das Unilabor in die Luft geflogen war«, berichtete Holzbaum und zückte seinen Notizblock. »Auf der Fatzebuch-Seite der *Riewekooche Gäng* ist er auf einen Eintrag gestoßen, der ihn stutzig machte. Der Eintrag stammte von einem anderen Paintball-Team, das ebenfalls um den Aufstieg in die Erste Paintball-Liga kämpft.« Holzbaum holte tief Luft. »Um es kurz zu machen, auf der Fatzebuch-Seite dieses Konkurrenzteams wird Janik als Neuzugang gelobt.«

»Das ergibt doch kein Motiv?!« wunderte sich der Detektiv.

»Falsch, Irle!« Pfeiffer griff nach seinen Zigaretten.

»Da war noch mehr zu lesen«, gestand Holzbaum und führte weiter aus: »Es stand dort, dass jedes Teammitglied einen Job vom Hauptsponsor erhält, wenn sie in die Erste Liga aufsteigen.«

Tristan dämmerte es langsam, was sich Pfeiffers Verstand zusammengebraut hatte.

»Sie meinen, Janik bringt Matthias und Lasse um, damit die *Riewekooche Gäng* nicht mehr aufsteigen kann und so das neue Team mit Janik aufsteigt?«

»Genau so ist es passiert«, nickte Pfeiffer und steckte sich die Zigarette in den Mund.

5

Arne Affolderbach saß in seinem Kleinwagen und beobachtete den Eingang der Paintball-Halle. Er konnte es selbst nicht glauben, aber zum ersten Mal beschattete er als verantwortlicher Kommissar einen Mordverdächtigen. Dass er bereits die Nacht in dem kleinen VW Lupo verbracht hatte, ihm der Rücken schmerzte und er sich dringend eine Dusche wünschte, trübte sein Glücksgefühl keineswegs. Affolderbach wollte Pfeiffer beweisen, dass er mehr drauf hatte als über ein Handydisplay zu wischen.

Nachdem er den Eintrag in Fatzebuch gefunden und die beiden Kommissare Holzbaum und Pfeiffer informiert hatte, bat er um eine Observierung. Zuerst hatte sich Pfeiffer gegen diesen Vorschlag gesträubt, aber schließlich den Einsatz abgesegnet. Affolderbach hatte daraufhin seine Sachen gepackt, sich in den Kleinwagen geschwungen und war zu Janik Lerchs Wohnadresse gefahren. Dort verbrachte er die Nacht und folgte schließlich Janik, der am Morgen losfuhr, bis zu der Paintball-Halle.

Affolderbach hatte den Hauptkommissar angerufen und ihm mitgeteilt, dass der Verdächtige mit den anderen Teammitgliedern zusammengekommen war.

Pfeiffer wollte daraufhin wissen, was die drei um 7:30 Uhr früh vor der Halle zu suchen hatten, als Arijana vorgefahren kam.

»Vorgesetzter Pfeiffer, die Verdächtigen konspirieren mit einer jungen Dame«, hatte der Jungkommissar erklärt.

»Sie tun was?!« hatte Pfeiffer gebrüllt, so laut, dass Pfeiffers Stimme nach zwei Stunden immer noch in Affolderbachs Kopf dröhnte.

»Konspirieren«, hatte er wiederholt, da ihm nicht einfiel, dass man „zusammenarbeiten" hätte sagen können. »Jetzt gehen sie in die Halle, die junge Dame schließt auf.«

»Verfolgen Sie die Gruppe! Wir werden später zu Ihnen stoßen. Keine Festnahmen!« hatte Pfeiffer befohlen und das Gespräch beendet.

»So eine vermaledeite Sache«, fluchte Affolderbach, der den Verdächtigen liebend gern selbst festgenommen hätte.

Nichtsdestotrotz war er aus seinem Lupo ausgestiegen und hinter der Gruppe hergeschlichen. Die Studenten bemerkten nichts, da Arijanas Schönheit sie geblendet hatte. Der Beamte hatte sie daraufhin beobachtet, wie sie sich für den Kampf in der Arena vorbereiteten. Mit einem Schmunzeln hatte er verfolgt, wie die anschließenden Gefechte eindeutig von der jungen Frau gewonnen wurden.

Schließlich musste sich Affolderbach etwas zurückziehen, da die Gruppe es sich im Café gemütlich gemacht hatte. Er hatte ein neues Versteck gefunden, als sein Handy summte, das vorsorglich auf Vibrationsalarm umgestellt war.

»Affolderbach«, flüsterte er. »Ja, ich habe die Verdächtigen im Blick. Okay sie kommen!«

Zur selben Zeit zog Janik sein Handy aus der Sporttasche und zeigte es den anderen, als Pfeiffer, Holzbaum und zwei Streifenpolizisten plötzlich in die Halle stürmten.

»Janik Lerch! Sie sind festgenommen«, brüllte der Hauptkommissar und zückte seine Handschellen.

»Was soll das?« wunderte sich Janik, während die anderen eingeschüchtert ihren Kollegen ansahen.

Affolderbach trat aus seinem Versteck heraus und sprach laut und deutlich: »Wir verdächtigen

Sie des Mordes an Matthias Fröhlich und Lasse Kirchhof!«

»Wo kommt denn der her?« rief Peter verblüfft, während Janik die Augen verdrehte und seinen Kopf schüttelte. »Was?! Ich habe niemanden umgebracht!«

»Das können Sie Ihrem Anwalt erklären«, erwiderte Affolderbach.

Pfeiffer trat auf Janik zu.

»Dennis, ruf diesen Irle an, bitte! Er muss die SMS sehen!« flehte Janik, der schnell noch sein Handy in die Hosentasche stecken konnte, bevor ihm Pfeiffer die Hände auf dem Rücken fesselte.

»Irle kann Ihnen auch nicht mehr helfen«, knurrte der Hauptkommissar und schob Janik einem Streifenpolizisten zu, der den Studenten abführte.

»Wohin bringen Sie ihn?« fragte Peter.

»Erst einmal in die Kreispolizeibehörde«, erklärte Affolderbach triumphierend. »Dort haben wir eine Zelle für Sie reserviert.«

»Was soll das Ganze?« fragte Arijana ihre neuen Teammitglieder.

»Sicher nur ein Missverständnis«, meinte Peter, der Dennis verzweifelt ansah, ihm bei einer Erklärung zu helfen.

»Sicher«, nickte der angehende Theologe. »Die Polizei macht ja andauernd solche Fehler.«

»Jetzt sei nicht sarkastisch«, maulte Peter. »Du glaubst doch nicht ernsthaft, dass Janik ein Mörder ist?«

»Wir haben ja auch geglaubt, dass Lasse ein Mörder ist!« erwiderte Dennis. »Ich weiß nämlich nicht mehr, was ich glauben soll!«

»Beruhigen Sie sich mal alle«, schnauzte Pfeiffer, dem das Gezicke der beiden Freunde auf den Nerv ging. »Was haben Sie hier gemacht?«

»Wir haben trainiert«, antwortete Arijana kühl. »Meinem Freund gehört dieses Areal.«

»Wo waren Sie gestern Nacht so gegen 22 Uhr?« Pfeiffer klopfte sein Jackett nach einer Zigarettenschachtel ab.

»Ich war zu Hause, fernsehen«, antwortete Dennis.

»Zeugen?« hakte Affolderbach nach.

»Keine!« antwortete Dennis.

»Und wo waren Sie, Herr Kleber?« fragte der Jungkommissar.

»In einer Kneipe, was trinken«, stöhnte Peter. »Es gibt ein Dutzend Zeugen!«

»In welcher Kneipe waren Sie was trinken?« Affolderbach notierte sich den Kneipennamen, den ihm Peter mitteilte.

Holzbaum hielt sich die ganze Zeit im Hintergrund. Er beobachtete, und was er sah, ließ ihn zu dem Schluss kommen, dass eine gründliche Analyse der Geschehnisse ratsam wäre.

»Was meinte Ihr Kollege, als er darum bat, Herrn Irle eine SMS zu zeigen?« Der füllige Kommissar setzte ein herzliches Lächeln auf und sah den beiden Studenten direkt in die Augen.

»Äh, Janik hat eine SMS von Lasse erhalten«, antwortete Dennis. »Die ist ziemlich kryptisch, nur Emoji.«

»Wo befindet sich die Nachricht?« fragte Holzbaum.

»Auf Janiks Handy«, erklärte Peter und deutete auf den festgenommenen Janik.

Privatdetektiv Tristan Irle schaute ausdruckslos auf ein Blatt Papier, auf dem die SMS kopiert war.

»Wir hätten ihn nicht rufen sollen!« maulte Pfeiffer, der am offenen Fenster seines Büros stand und rauchte. »Das ist eine andere Welt, damit kommt der Schnüffler nicht klar.«

Tristan ließ sich von Pfeiffer nicht provozieren. Die Polizisten hatten ihn angerufen und er war so schnell wie möglich in die Kreispolizeibehörde gekommen, um Schlimmeres zu verhindern. Allerdings hatte er nicht mit kleinen bunten Bildchen gerechnet.

»So etwas versendet man heute?« fragte er Holzbaum, der ihm gegenüber am Schreibtisch saß.

»Ja, es hat eine Bedeutung«, antwortete der Kommissar.

»Wo halten Sie Janik fest?« Der Detektiv sah Pfeiffer an.

»Unten in der Wache, eine Zelle war frei«, grinste der Hauptkommissar.

»Sie holen sich noch eine Erkältung«, meinte Tristan und sah sich nochmals den Ausdruck an. »Was meinen Sie, Herr Affolderbach?«

Der Jungkommissar hielt sich im Hintergrund. Jetzt trat er an den Schreibtisch und antwortete: »Nach ausgiebiger Analyse komme ich zu dem Ergebnis, dass eine eindeutige Aussage nicht möglich ist.«

»So?!« maulte Pfeiffer und schloss das Fenster.

»Es gibt zu viele Variablen, die eine ermittlungsrelevante Aussage verhindern«, seufzte Affolderbach.

»Und was meinen Sie, Irle?« Pfeiffer stellte sich hinter den Detektiv und sah ihm über die Schulter.

»Ich denke, dass Sie Janik fragen sollten«, antwortete der Detektiv. »Haben Sie eine Kopie für mich?«

»Das Blatt können Sie behalten«, sagte Pfeiffer und blies den Rauch seiner Zigarette direkt in Tristans Gesicht. »Aber dieser Janik wusste mit der Nachricht auch nichts anzufangen, das behauptet er jedenfalls.«

6

Das Telefon im Landratsamt klingelte und wieder war es eine Anfrage, ob man den Landrat zu einer Stellungnahme vor eine Kamera bekommen könne. Seit der Explosion auf dem Unigelände meldeten sich Journalisten aus dem ganzen Land. Sie alle wollten ein Interview mit Robert Fischer.

Der Landrat wurde an diesem Morgen von der berauschenden Wirkung, so gefragt zu sein, regelrecht angefixt. Den Stoff verabreichten Kameraleute, deren Objektive wie Heroinnadeln dem ambitionierten Politiker Glückseligkeit versprach, sobald die Kameraleute ihn im Sucher haben: Wer gefilmt oder fotografiert wurde, der war wichtig, über den sprach man, der wurde in unserer hektischen Welt sichtbar und konnte seine Botschaft verbreiten. Allerdings hatte Robert Fischer im Moment keine Botschaft und das machte ihn grantig.

»Was soll ich denen denn noch sagen, was ich nicht schon hundertmal wiederholt habe!« schimpfte der Landrat und schlug mit der Hand auf seinen Schreibtisch.

Henning Simon ließ die Schimpftirade über sich ergehen. Der Assistent saß seinem Chef gegenüber und spielte mit einem Foto, das er in der Hand hielt.

»Was machen Sie da?« fauchte der Landrat gereizt und unglücklich darüber, womöglich eine riesige Chance zu verpassen, populär zu werden.

»Oh, das ist ein Foto, das ich gestern anfertigen ließ«, antwortete Simon und reichte es über den Schreibtisch. »Sie hatten doch die Idee mit Rubens. Ich habe eine Familie gefunden, deren kleines Mädchen gern malt. Sehen Sie selbst.«

Der Landrat betrachtete das Foto auf dem eine Familie mit Vater, Mutter und zwei Kindern, einem Jungen und einem Mädchen, zu sehen war. Das Mädchen hielt einen Pinsel in der Hand und der Junge eine Leinwand.

»Sieht nett aus«, murmelte der Landrat. »Haben die Kinder Talent?«

»Keine Ahnung, aber die Eltern schienen nicht abgeneigt, ihren Kindern das Malen zu erlauben«, antwortete Simon.

»Welche Eltern verbieten den Kindern das Malen?« schnaufte der Landrat wie ein wütender Bulle.

»Na ja, manch ein Orientale hat Probleme mit Abbildungen«, erklärte Simon vorsichtig, »Bilderverbot und so! Wer nicht malt, der lernt auch nicht zu zeichnen und damit zu verstehen, was die Welt zusammenhält.«

»So? Ist das so?« wunderte sich der Landrat, der eigentlich mit dem Thema nichts mehr zu tun haben wollte, jetzt, wo das Problem mit dem Neubau geklärt war. Er reichte das Foto zurück. »Ich denke, das brauchen wir nicht mehr. Die Finanzierung für das neue Flüchtlingsheim steht. Und das Beste, sie kostet den Kreis fast gar nichts. Es wird Zeit, dass wir uns auf die Zweihundert-Jahr-Feier konzentrieren.« Er machte eine Pause, dann meinte er: »Vielleicht könnte ich bei den ganzen Anfragen auf dieses Jubiläum hinweisen.«

»Äh, die Journalisten wollen etwas zu der Explosion wissen«, sagte Simon entschlossen, wohl wissend, dass sein Chef das Gesagte nicht zu hören wünschte.

»Die wollen eine reißerische Story, möglichst eine, in der Terror, Anschläge oder Selbstmordattentäter vorkommen, sodass sie es genüsslich ausbreiten können«, winkte Fischer ab. »Ich werde bei meiner Stellungnahme bleiben und sie durch den Hinweis, dass unser Kreis jetzt zweihundert Jahre alt ist, erweitern.«

»Wäre es nicht gut, wenn Sie ein Highlight erwähnen könnten?« schlug Simon vor.

»Ich bin ganz Ohr«, nickte der Landrat und zum ersten Mal in dem Gespräch konzentrierte Fischer sich wirklich auf seinen Gesprächspartner.

»Weil wir eben von bedeutenden Malern sprachen«, begann Simon, »kennen Sie Emil Nolde?«

»Natürlich, Nolde gehört zu den führenden Expressionisten des 20. Jahrhunderts«, dozierte Fischer stolz.

»Wussten Sie, dass seine Frau, Ada Nolde, im Jahr 1910 in Hilchenbach von Dr. Oskar Weiß behandelt wurde?«

»Nein!« staunte der Landrat. »Dann war der Künstler ebenfalls im Siegerland zu Gast?«

»Kann man annehmen«, nickte Simon. »Dieser Dr. Oskar Weiß gehörte zu seiner Zeit zu den bedeutenden Asthma-Ärzten. Er stellte „Asthmolysin" zusammen, das jahrzehntelang ein führendes Asthma-Mittel darstellte.«

»Das sind Meldungen, die ich gebrauchen kann«, nickte Fischer stolz. »Jetzt verfassen Sie eine Stellungnahme, in der das alles vorkommt, und dann geht es vor die Presse.«

7

Vor die Presse musste Tristan nicht treten. Er war froh, wieder zu Hause an seinem Küchentisch zu sitzen. Helga streifte derweil mit einer Einkaufstasche durch die Oberstadt, was dem Detektiv ein wenig Zeit gab, sich dem Rätsel der mysteriösen SMS zu widmen.

Vor ihm lag das Blatt mit den ominösen Zeichen. Wenn die jungen Leute heute wie die alten Ägypter mit Piktogrammen Nachrichten versenden konnten, dann würden seine grauen Zellen doch ebenfalls in der Lage sein, den Inhalt dieser Zeichen zu entschlüsseln.

Mit einem gesunden Selbstbewusstsein legte er den Block mit seinen Notizen neben das Blatt und begann zu notieren:

1. ☝ - rechte Hand, Zeigefinger erhoben,
2. 🔫 - Pistole,
3. ⚽ - Fußball,
4. 👍 - linke Hand - Daumen erhoben,
5. ✋ - rechte Hand - hochgehalten,
6. 💣 - Bombe mit brennender Zündschnur,
7. 🎭 - venezianische Masken,
8. 🔬 - Mikroskop.

»Okay«, brummte er vor sich hin, was sein Haustier neugierig machte. Marlowe flog vom Wohnzimmer aus in die Küche und landete auf dem Küchentisch.

»He, das sollst du doch nicht«, schimpfte Tristan und hielt ihm den Arm hin.

Marlowe sprang auf den Arm und kletterte an ihm hinauf, bis er auf Tristans rechter Schulter saß. Dort schien es ihm zu gefallen, denn er begann an Tristans Hemdkragen zu knabbern.

Normalerweise unterband der Detektiv dieses Schnabelwetzen, das ihm schon so viele Hemden unbrauchbar gemacht hatte. Doch im Moment konzentrierten sich seine grauen Zellen auf die Dechiffrierung der Nachricht, die sich als schwieriger als vermutet herausstellte.

»Das muss auch der letzte Depp verstehen können«, broddelte er vor sich hin. »Einen komplizierten Sinn dürfen die Emojis nicht haben, sonst funktionieren sie nicht!«

Emojis, die kleinen Bilder, waren entwickelt worden, um Textnachrichten mit Emotionen zu versehen. Ein lachender Smiley hinter einer Nachricht zeigte Freude an. Eine Sonne vermittelte Wärme. Tristan entschied, die Bilder durch Gefühle zu ersetzen.

»Probieren wir es mal aus«, murmelte er und sah sich die Hand mit dem erhobenen Zeigefinger an.

»Also, das ist ein Meldezeichen, so wie in der Schule. Es kann aber auch belehrend wirken, wenn der Zeigefinger auf einen zeigt. Aber das tut er nicht, er zeigt nach oben. Ja, das ist eindeutig ein Meldezeichen. Und was würde ich damit ausdrücken wollen?«

Der Detektiv überlegte und notierte dann: Achtung! Ich habe etwas zu sagen!

»Jetzt die Pistole.« Er rieb sich die Schläfe, was Marlowe für einen Augenblick irritierte.

Tristan fragte sich, was das Zeichen für Bedeutungen haben konnte. Schließlich murmelte er: »Pistole steht für Gangster oder Mörder, da bin ich mir sicher. Mord oder Tod würde ich mit einem Totenkopf kennzeichnen.«

Tristan schrieb hinter dem Bild der Pistole: Mörder, Gangster, Verbrecher!

Das nächste Emoji war einfach. Der Ball stand für Fußball, aber er schrieb „Sport" hinter das Bild. Danach das Bild mit dem hochgestreckten Daumen: Es bedeutete in vielen westlichen Kulturen: Okay. Hab verstanden. Gut gemacht.

»Aber was bedeutet der Daumen in diesem Fall genau?« Tristan stellte fest, dass diese Piktogramme äußerst zweideutig wirken konnten. Anders als zu Beginn seiner Entschlüsselung fragte er sich nun, warum Lasse diese Art von Kommunikation gewählt hatte.

»Weshalb Bildchen?!« murmelte er und blickte auf die verbliebenen Emojis, die noch zu entschlüsseln waren. Seine grauen Zellen schalteten einen Gang höher, um diese Frage zu beantworteten. Lasse hatte diese Bildchen nicht aus Bequemlichkeit oder Faulheit verwendet, das spürte der Detektiv. Lasse musste damit eine Absicht verfolgt haben.

»Aber welche?« murmelte Tristan.

Eins wurde dem Detektiv jedenfalls klar: Eine Emoji-Nachricht aus mehreren Bildern war *nicht* leicht zu verstehen. Eine Textnachricht dagegen hätte jeder sofort verstanden, der des Deutschen mächtig war.

Also, überlegte er weiter, wenn Lasse keine Textnachricht verschicken wollte, dann sollte die SMS nicht für jedermann lesbar sein. Daraus folgte, dass der Student sich sicher war, dass der Empfänger die Bildchen richtig verstehen würde. Außerdem musste Lasse geahnt haben, dass das Handy des Empfängers öfter einmal unbeobachtet herumlag, sodass ein Fremder eine Textnachricht hätte lesen können.

»Sind die Smartphones nicht gesperrt?« fragte Tristan und stand auf, um nach seinem Handy zu sehen. Es lag auf dem Sekretär. Der Detektiv schaltete es ein und entsicherte es. Dann rief er Helga an.

»Hallo, Schatz, kannst du mir mal eine SMS senden?«

»Ist das wichtig?« fragte sie etwas gereizt. »Ich stehe hier grade an der Kasse!«

»Ja, es ist wichtig, aber du kannst erst zahlen«, antwortete Tristan amüsiert, weil er sich gut vorstellen konnte, wie peinlich ihr die Situation war.

»Das ist aber nett von dir!« sagte sie verärgert und legte auf.

Der Detektiv schaltete sein Handy in den Standby-Modus.

Einen Moment später traf die SMS ein.

„Bin gleich da!" las der Detektiv auf dem Display, obwohl das Handy gesperrt war. Allerdings hätte die SMS auch nicht länger sein dürfen, alle weiteren Worte wären nicht dargestellt worden.

»Also können die Nachrichten auch bei einem gesperrten Handy gelesen werden, wenigstens die ersten paar Wörter«, sagte er laut und machte sich eine Notiz.

„Lasse verwendete Bildchen, um seine Nachricht zu tarnen", schrieb er auf.

Was Tristan irritierte, war der Umstand, dass Janik mit Lasses SMS nichts anfangen konnte. Wenn seine Vermutung aber richtig war, dass Lasse davon ausgegangen war, dass die Nachricht verstanden würde, konnte das bedeuten, dass nicht Janik die SMS erhalten sollte.

Tristan rekapitulierte Lasses Situation am gestrigen Abend. Der Student musste unter enormem Druck gestanden haben. Die Polizei im Nacken, die geliebte Freundin ein Feind und dann diese geheimnisvolle Information, die er loswerden wollte. Da konnte man sich schnell im Adressbuch vertippen, dachte Tristan und zischte: »Ich müsste das Handy jetzt haben, um im Adressbuch nachzuschauen.«

Er griff zum Festnetztelefon, als die Haustür geöffnet wurde und Helga aus der Diele rief: »Na, ist die SMS angekommen?«

»Ja, Helga«, antwortete Tristan und legte den Hörer beiseite.

»Was hat es damit auf sich?« Helga rauschte mit zwei vollen Einkaufstaschen an ihm vorbei in die Küche.

»Ein Test, was man auf dem Display eines Smartphones lesen kann, wenn es gesperrt ist«, antwortete Tristan und folgte seiner Freundin in die Küche.

»Nicht viel«, murmelte Helga und stellte die Taschen auf dem Tisch ab.

»Ja, das habe ich jetzt auch rausbekommen«, antwortete Tristan, und während er in den Taschen nachsah, was seine Freundin so alles eingekauft hatte, erklärte er ihr, mit welchem Problem er kämpfte.

Helga hörte aufmerksam zu und als er seine Überlegungen beendete, zückte sie ihr Handy und tippte etwas ein: »Na, hättest du das auch verstanden?«

Sie hielt ihm eine Nachricht ausschließlich aus Emojis hin und es überraschte Tristan, dass er sie sofort verstand.

8

Dass er so problemlos die von Helga gesendeten kleinen Bildchen zu einer Aussage zusammensetzen konnte, brachte den Detektiv auf eine Idee. Tristan kramte Fröhlichs Visitenkarte heraus und rief ihn an, um nach seiner Tochter zu fragen. Wie sich herausstellte, hielt sie sich in Irmgarteichen auf, wo sich der Detektiv mit ihr verabredete.

»Helga, würdest du mich begleiten? Ich möchte nochmals mit Ruth Fröhlich, der Tochter des Fertighausherstellers, sprechen.« Tristan beobachtete seine Freundin.

»Wozu brauchst du mich dabei?« Sie lächelte ihn spitzbübisch an. »Du führst doch etwas im Schilde?!«

»Ja, das tue ich«, nickte Tristan und nahm seine Freundin in den Arm. »Ich brauche dich als neutralen Beobachter.«

»Oh, das wird eine diplomatische Mission!« scherzte sie.

»Nicht ganz, aber beinahe«, nickte Tristan und blickte zu Marlowe. »Du kommst auch mit.«

»Ist das eine gute Idee?« Helga schüttelte den Kopf. »Du weißt doch, wie er sich in fremder Umgebung verhalten kann.«

»Ja! Aber das macht nichts«, meinte der Detektiv und dachte: je mehr Ablenkung desto besser. »Jetzt muss ich nur noch Pfeiffer anrufen.«

Den Hauptkommissar bat er um zwei Dinge: Erstens sollte der Polizist Ruth zu einer bestimmten Uhrzeit anrufen, und zweitens benötigte er das Adressbuch aus Lasses Handy. Der Hauptkommissar willigte missmutig ein.

Draußen begann es zu nieseln, was das typische Wetter des Siegerlandes im Herbst war. Helga bot an, mit ihrem Panda nach Irmgarteichen zu fahren.

»Wo kann sich Marlowe festkrallen?« fragte der Detektiv, der für Autofahrten zwischen den Vordersitzen seines Borgward eine kleine Stange hatte anbringen lassen.

»Ich denke, das hier funktioniert«, sie deutete auf einen aus Gerten geflochtenen Korb. »Den kann ich mit dem Sicherheitsgurt auf dem Rücksitz festmachen. Marlowe setzt sich auf den Rand oder auf den Griff.«

Tristan begutachtete den Korb und nickte: »Das wird gehen. Was meinst du, Marlowe?«

Der Kakadu wippte unruhig auf seiner Kletterstange und krächzte: »Geschäftig sind die Menschenkinder, / Die große Zunft von kleinen Meistern, / Als Mitbegründer, Miterfinder / Sich diese Welt zurechtzukleistern.«

»Er ist einverstanden«, nickte der Detektiv voller Stolz darauf, dass Marlowe Wilhelm Busch zitierte.

Die drei machten sich mit Helgas Panda auf, die Universitätsstadt an der Sieg zu verlassen. Marlowe akzeptierte das neue Fortbewegungsmittel und glich wegen der schlechten Straße das Hüpfen des Kleinwagens geschickt aus. Ohne größere Probleme erreichten sie Irmgarteichen. Tristan zeigte Helga den Weg zu Fröhlichs Haus.

Dort erwartete Ruth sie bereits, die in der offenen Haustür den Besuchern beim Einparken zusah. Allerdings war sie nicht auf das vorbereitet, das flatternd aus dem Panda auf sie zujagte.

»Keine Angst!« rief Tristan, als er sah, dass Marlowe direkt auf die junge Frau zuflog.

Ruth blieb ruhig stehen und hielt dem Kakadu instinktiv den rechten Arm hin. Marlowe landete sanft auf dem Arm und wippte neugierig mit dem Kopf hin und her. Tristan beeilte sich, Ruth zur Hilfe zu kommen, doch die begann mit der linken Hand Marlowes Brust zu kraulen, was den Kakadu zu einem Schmusetier werden ließ.

»Der ist ja putzig!« Die junge Frau genoss es sichtlich, dass das fremde Tier ihr so viel Vertrauen entgegenbrachte.

»Sie haben keine Angst?!« wunderte sich Tristan.

»Vor dem Vogel?!« Ruth schüttelte den Kopf. »Da müssen schon größere Krallen auf mich zukommen.«

Helga trat zu den beiden. »Eine ganz „Toughe" haben wir hier.«

»Meine Freundin, Helga Bottenberg«, stellte Tristan vor.

»Ruth«, antwortete sie. »Kommen Sie rein.«

Sie führte die Besucher ins Wohnzimmer, wo Hassan zusammenzuckte, als er Marlowe auf Ruths Arm sitzen sah. Kurt Fröhlich schüttelte nur den Kopf und meinte: »Sie geht schon immer gut mit Tieren um.«

Tristan stellte Helga nochmals vor, während Ruth der Pensionsbesitzerin ihren Vater und ihren Freund vorstellte. Dann bat Tristan Ruth zu einem vertraulichen Gespräch. Hassan beobachtete den weißen Vogel auf dem Arm seiner Freundin. Man sah ihm an, dass ihm das Tier nicht geheuer war. Helga begann, sich nach Hassans Fluchtgeschichte zu erkunden, was ihn ablenkte.

Ruth führte Tristan derweil in die Küche.

»Könnten Sie ihn nehmen?« bat sie schließlich, da Marlowe ihr zu schwer wurde.

»Natürlich«, nickte der Detektiv. Er nahm Marlowe und setzte ihn auf seine Schulter.

»Damit können Sie in jedem Piratenfilm auftreten«, scherzte Ruth und schüttelte ihren Arm.

»Das hat man mir schon öfter gesagt«, nickte Tristan, dann wurde er ernst: »Ruth, ich weiß, dass Sie mit Lasse liiert waren. Herr Kirchhof hat es mir mitgeteilt. Ich weiß auch, dass Lasse Sie wegen seines Vaters fallen ließ. War das der Grund, warum Sie so wütend auf ihn waren?«

Ruth nickte: »Ich konnte nicht anders.«

»Dann glauben Sie nicht, dass Lasse der Mörder Ihres Bruders war?«

»Zuerst schon. Lasse war sehr ehrgeizig und aufbrausend, aber seit gestern Abend bin ich mir nicht mehr sicher.«

»Was hat sich geändert?«

»Lasse würde nicht das Labor zerstören und damit andere Menschen gefährden. Das war nicht seine Art.«

Tristan kramte einen Zettel aus seiner Strickjacke. »Könnten Sie sich das mal ansehen?«

Ruth faltete das Blatt auseinander. »Sieht aus wie eine Nachricht.«

»Ja, können Sie sie entschlüsseln?« fragte Tristan, als plötzlich Hassan in der Küche auftauchte, ein Handy in der Hand hielt und sagte: »Ruth, Polizei am Telefon!«

Sie sah ihren Freund überrascht an, nahm das Handy entgegen und legte das Blatt Papier zur Seite.

»Fröhlich«, sprach sie in das Telefon. Es folgten ein paar „Jas" und „Neins", dann beendete sie das Gespräch.

»Was wollte Polizei?« fragte Hassan besorgt.

»Nichts weiter, bloß ein paar Informationen«, antwortete Ruth knapp und nahm das Blatt Papier wieder auf. »Also, Herr Irle, hierzu kann ich nur sagen, dass es Emojis sind.«

Tristan nickte, verriet aber nicht, dass diese Nachricht von Lasse stammte, um Ruth nicht zu beeinflussen. »Kommen Ihnen ein paar der Bildchen bekannt vor?«

Sie runzelte die Stirn und antwortete: »Lasse benutzte das Mikroskop als Synonym für Arbeit, den Fußball setzte er ein, wenn er von der Sporthalle sprach. Aber eine Nachricht kann ich nicht entziffern.«

»Danke, das hilft mir schon weiter«, lächelte Tristan und nahm das Blatt wieder an sich.

»Was ist so wichtig an dieser Nachricht?« fragte Ruth.

»Wissen wir nicht«, lächelte Tristan. »Ein Freund Ihres Bruders hat sie bekommen. Dummerweise beschuldigt Pfeiffer ihn als neuen Mordverdächtigen.«

»Oh, Sie haben Mörder?« stieß Hassan erfreut aus.

»Nun, das behauptet die Polizei. Ich bin mir da nicht sicher«, antwortete der Detektiv.

6. Das Ganze ergab ...

Donnerstagmittag

Das Ganze ergab keinen Sinn. Wenn Lasse die Nachricht wirklich Ruth zugedacht hatte, dann hätte sie doch sofort wissen müssen, was die Bildchen bedeuten sollten. Allerdings hatte Tristan Ruth nicht mitgeteilt, dass die Nachricht möglicherweise an sie gerichtet war. Damit wollte er warten, bis er das Adressbuch von Lasses Handy eingesehen hatte. Außerdem wäre die entschlüsselte Nachricht glaubhafter, wäre sie von Ruth ohne die Hintergrundinformationen erkannt worden. Wenigstens hatte er die Hinweise erhalten, dass das Mikroskop für Arbeit und der Fußball für Sporthalle stand. Damit war der Ausflug nicht ganz umsonst gewesen.

Grübelnd saß er neben Helga, die den Panda zurück nach Siegen steuerte. Marlowe hielt mühsam die Balance auf dem Griff des Korbes. Seine Freundin schien es eilig zu haben, da sie den Motor hochdrehte und ihm damit Einiges abverlangte.

»Bist du mit dem Besuch zufrieden?« fragte sie, während das Rücklicht eines LKW immer näher heranrückte.

»Da fährt jemand vor uns!« warnte Tristan und trat mit seinem Fuß auf eine imaginäre Bremse.

»Ich sehe den LKW«, antwortete Helga barsch, »aber ein wenig mehr Tempo wäre doch auch für den Brummer drin!«

»Ist dir was über die Leber gelaufen?« fragte der Detektiv vorsichtig.

»Nein!« kam die kurze Antwort. »Weshalb sollte ich denn sauer sein? Schließlich wurde das Gespräch mit dem netten jungen Mann ja erst nach zwei Minuten abgebrochen.«

»Du bist wütend, weil ich aufbrechen wollte?« wunderte sich Tristan.

»Nein, ich bin wütend, weil wir uns vor diesem Gast aus dem Nahen Osten so unmöglich verhalten haben«, konterte Helga laut.

»Meinst du das ehrlich?« Tristan schüttelte den Kopf. »Ich besuchte die Fröhlichs nicht wegen eines Stück Kuchens.«

»Ja, das habe ich bemerkt«, zischte sie. »Aber wir haben ihn aufgefordert, über seine Flucht zu berichten. Man sah ihm ja an, wie schwer das dem jungen Mann fiel. Hast du seine Narbe an der Augenbraue gesehen? So eine wie du sie bekommen wirst?« Sie machte eine Pause und sagte dann mitfühlend: »Sie stammt von einem Bombensplitter. Der junge Mann hat viel durchgemacht. Und wir sind schlagartig aufgebrochen, als er gerade erzählen wollte, wie die Bomben auf Häuser fielen. Das wirkte, als wäre uns seine Leidensgeschichte egal. Wir hätten die beiden zu einem Gegenbesuch einladen sollen.«

»Das können wir immer noch«, meinte der Detektiv beschwichtigend.

»Gut!« nickte Helga energisch. »Wir schieben das nicht auf die lange Bank!«

»Werden wir nicht«, versprach der Detektiv.

Sie erreichten die Oberstadt und Helga lenkte den Panda auf den Hof hinter der Marienkirche. Dort parkte bereits eine PS-starke Limousine, deren Besitzer beiden bekannt war.

»Wir haben Besuch«, bemerkte die Pensionsbesitzerin bissig. »Der Herr Hauptkommissar hat anscheinend nichts zu ermitteln!«

Tristan seufzte und hoffte, dass seine Freundin sich bald beruhigen würde. Sie stellte den Panda neben dem zivilen Polizeiwagen ab. Pfeiffer, Holzbaum und Jungkommissar Affolderbach stiegen aus, als Helga die Fahrertür öffnete. Es folgte eine kurze Begrüßung, bei der auch die Polizisten Helgas miese Laune erkannten. Die Beamten ließen sich auf dem Weg zur Haustür absichtlich etwas zurückfallen, was ihnen gleich einen Tadel einbrachte.

»Jetzt trödeln Sie doch nicht«, mahnte Tristans Freundin. »Gleich fängt es wieder zu regnen an.«

»Wir beeilen uns ja«, knurrte Pfeiffer, der lieber selbst den Miesepeter gespielt hätte.

Der Detektiv ertrug gelassen Helgas giftige Stimmung und bat die Kommissare ins Wohnzimmer.

»Was ist der denn über die Leber gelaufen?« fragte Pfeiffer leise, als Helga ins Badezimmer verschwand.

»Wir sollen unhöflich gewesen sein«, erklärte Tristan kurz angebunden.

»So?!« wunderte sich Pfeiffer.

»Ja! Ihr Anruf hat Ruths Freund gestört, als er in seiner Fluchtgeschichte erzählte, wie die Bomben auf Marran fielen.« Tristan setzte Marlowe auf die Kletterstange. »Kurz darauf sind wir aufgebrochen.«

»Es fielen keine Bomben auf Marran«, bemerkte Affolderbach. »Das syrische Militär warf Fassbomben aus Helikoptern.«

Pfeiffer verzog sein Gesicht und meinte: »Sind das keine Bomben?!«

»Doch«, nickte Affolderbach, obwohl er gerne mitgeteilt hätte, dass das Wort „Bombe" ein militärischer Begriff war, der zum ersten Mal im Dreißigjährigen Krieg benutzt wurde und dem griechischen Wort „bombos", was so viel wie „dumpfes Tönen, Sausen" bedeutete, entlehnt war.

»Na, da sag mir mal einer, wie man die Frauen verstehen soll«, brummte der Hauptkommissar, dann zog er einen Zettel aus seinem Jackett und sagte: »Wir haben das Schweizer Konto auf dem Kirchhof Geld überwiesen hat, einem deutschen Banker aus der Region zuordnen können.«

»Dann hat also Kirchhof so die Fröhlichs unter Druck gesetzt«, meinte Tristan.

»Ja, wäre ein Motiv, aber jetzt nach dem zweiten Mord?« stöhnte Pfeiffer. »Hat der Anruf denn geholfen?«

»Leider nein«, schüttelte Tristan den Kopf. »Keiner der Fröhlichs zeigte sich verunsichert.«

»Dann hätten Sie sich den Ausflug sparen können«, meinte Holzbaum, der sich auf einen Stuhl am Esstisch, gleich neben Marlowes Kletterstange, gesetzte hatte.

»Oh, ich habe schon etwas erfahren«, sagte der Detektiv. »Zwei dieser Bildchen können wir jetzt einer Aussage zuordnen. Haben Sie das Adressbuch dabei?«

Pfeiffer gab Affolderbach ein Zeichen. Der Jungkommissar zog einen Umschlag aus seinem Jackett und reichte ihn dem Detektiv.

»Unsere Techniker haben den Chip des Handys retten können«, berichtete Affolderbach. »Durch eine komplizierte Extraktion der Daten wurde das Adressbuch wiederhergestellt. Ich habe Ihnen einen Ausdruck angefertigt, in dem Sie einmal eine Favoriten-Liste sowie eine alphabetische Adressaten-Liste erhalten.«

»Danke«, nickte Tristan und sah sich die Listen an. »Favoriten-Liste, ist das so etwas wie die alte Schnellwahltaste?«

»Die Schnellwahltaste?!« Affolderbach blickte den Detektiv verwirrt an.

»Ja«, brummte Pfeiffer und erklärte dem Jungkommissar: »Früher hat man an einem Telefon spezielle Tasten mit bestimmten Telefonnummern belegen können. Das sind die sogenannten Schnellwahltasten.«

»Interessant«, meinte Affolderbach. Allerdings war sich Pfeiffer nicht sicher, ob der junge Polizist das ernst oder ironisch meinte.

Tristan stellte unterdessen fest, dass Ruths Nummer in der Favoriten-Liste gleich vor der Nummer von Janik Lerch aufgelistet war.

»Hiernach könnte meine Theorie stimmen«, sagte er laut und deutete auf den Eintrag.

»Ja, das haben wir uns auch gedacht«, antwortete Pfeiffer, »sonst hätten wir bei dem Theater nicht mitgespielt. Blöd, dass Ruth die SMS nicht verstanden hat.«

Der Detektiv erstarrte plötzlich. Seine grauen Zellen reagierten auf den Begriff „Theater" wie auf einen Stromschlag. Dann murmelte er: »Eine Mummenschanz, ein Schauspiel, nichts ist echt!«

»Geht es Ihnen gut?« fragte Affolderbach besorgt.

In dem Moment betrat Helga das Wohnzimmer. Sie betrachtete ihren Freund und grinste.

»Es geht ihm gut«, erklärte sie dem Polizisten. »Ich denke, er kommt der Lösung des Falls immer näher.«

2

In der Tat entwickelten Tristans graue Zellen so etwas wie eine Theorie des Tathergangs. Wie so oft bei genialen Ideen, erschienen sie dem

Genie wie aus heiterem Himmel. Tristans Unterbewusstsein arbeitete bereits an der Lösung, da wusste sein Oberstübchen noch gar nichts davon. Allerdings galt es nun, die Theorie durch Fakten zu beweisen. Ohne weiter auf seine Gäste zu achten, griff er nach dem Telefon. Als Erstes rief er Ruth auf ihrem Handy an.

»Können wir uns ungestört unterhalten?« fragte er.

Helga verfolgte aufmerksam das Gespräch zwischen ihrem Freund und der jungen Frau und drängte ihn, eine Einladung auszusprechen.

Nach dem Gespräch sagte Tristan zu den Polizisten: »Meine Herren, wir müssen zur Uni!«

»Jetzt erklären Sie sich bitte«, mahnte Affolderbach ungeduldig.

»Alles zu seiner Zeit«, antwortete Tristan wie im Fieber.

Pfeiffer gab ein lautes Schnaufen von sich, doch er wusste, dass den Detektiv jetzt nichts mehr aufhalten würde.

»Helga, wir verlassen dich«, sagte der Detektiv und gab ihr einen Kuss.

»Nimm dir so viel Zeit, wie du brauchst«, erwiderte sie einen Hauch zu freundlich. »Komm mir aber bloß nicht mit einer Verletzung nach Hause.«

»Sie liebt mich«, grinste der Detektiv.

Die Polizisten sahen sich peinlich berührt an und folgten Tristan aus dem Haus, wo ein kalter Regenschauer sie erwartete.

»Holzbaum, fahren Sie doch bitte mit mir«, bat der Detektiv, der sich beeilte, zu seinem Oldtimer zu gelangen. »Ich würde mit Ihnen gerne über gestern Abend sprechen.«

Auf der Fahrt durch die verregnete Universitätsstadt ließ sich Tristan von Holzbaum berichten, was die Flüchtlinge am Abend zuvor dem Kommissar mitgeteilt hatten.

»Lasse sprach mit Ruth, was die jungen Männer bestätigten. Hassan war kurz zuvor von einem seiner vielen Spaziergänge zurückgekommen, ohne Blumen, und als sich immer mehr Männer um Ruth geschart hatten, sei Lasse geflohen.«

»Was hat es mit den Blumen auf sich?« fragte der Detektiv.

»Oh, Hassan muss von seinen Spaziergängen wie ein echter Kavalier Blumen für Ruth mitgebracht haben.«

»Sehr aufmerksam«, meinte Tristan.

Holzbaum nickte.

Nach einer kurzen ereignislosen Fahrt erreichten sie das Universitätsgelände. Die Spuren der Explosion waren im Tageslicht deutlich zu sehen.

»Wir müssen ins Labor«, erklärte Tristan, als sie vor dem Unigebäude ausstiegen. »Dort hat Lasse den entscheidenden Hinweis gefunden.«

»So?!« Pfeiffer schüttelte den Kopf. »Was soll das für ein Hinweis sein?«

»Er hatte den Mörder entlarvt«, antwortete der Detektiv. »Warum sonst hätte er sein gut gewähltes Versteck verlassen sollen?«

»Weil er Hunger bekam«, meinte Holzbaum, dem selbst der Magen knurrte. »Ich könnte jedenfalls etwas zu essen vertragen.«

»Nein, nicht weil er Hunger bekam«, erwiderte Tristan. »Ich denke, dass er Ruth vor dem Mörder warnen wollte und dieser ihn deshalb umbrachte.«

»Na, da bin ich aber mal gespannt, was wir in dem Haufen finden«, maulte Pfeiffer.

Sie stiegen die Treppe zum Labor hinauf und an den Absperrungen vorbei in das zerstörte Labor.

»Was kann man in einem Labor finden?« fragte Tristan laut und sah die Polizisten herausfordernd an.

»Chemikalien, Reagenzgläser, Plakate eines Periodensystems«, Affolderbach listete nach und nach eine Laborausstattung auf.

Die anderen nickten.

»Nein, es muss etwas sein, das sich nur in diesem Labor befunden haben muss«, unterbrach Tristan den Jungkommissar. Er sah sich um und blickte auf den zerstörten Bilderrahmen, in dem die Fotos der Laborleiter aufgehängt waren.

»So etwas hier!« rief er und nahm vorsichtig den Rahmen aus dem Schutt.

»Eine Fotopinnwand?!« Pfeiffer fand das nicht sehr aufregend.

»Wir brauchen jemanden, der das Labor kennt und uns sagen kann, was zum Beispiel diese Fotos bedeuten!« Tristan hielt den verkohlten Rahmen vorsichtig in der Hand.

»Da wüsste ich jemanden«, grinste Pfeiffer und verließ das Labor.

Die anderen sahen sich weiter um, doch Tristans Fund schien der meistversprechende Hinweis zu sein. Einige Minuten später kam Pfeiffer mit Professor Schlittel zurück.

»Guten Tag, meine Herren«, grüßte der Chemieprofessor. »Eine fürchterliche Sauerei ist das hier. Und dann diese Tragödie!«

Tristan fragte freundlich, was es mit den Fotos auf sich habe, und der Prof erklärte ihnen, dass es sich dabei um die Konterfeis der Laborleiter handele. Dann wollte der Detektiv wissen, ob es noch andere Gegenstände in dem Labor gab, die es einmalig machten. Der Professor verneinte und meinte, dass die Fotos die einzigen Gegenstände seien, die nicht zum Laborbetrieb gehörten.

»Besteht die Möglichkeit, die zerstörte Fotopinnwand wiederherzustellen?« fragte Tristan.

»Ja, natürlich, ich habe eine Liste aller Laborleiter und deren Konterfeis«, lächelte der Prof. »Wenn Sie wollen, lade ich sie Ihnen auf einen Stick.«

Der Detektiv wusste nicht, was er in diesem Zusammenhang unter einem Stick verstehen sollte, deshalb nickte er vorsorglich und hoffte, dass Affolderbach verstand, was der Prof meinte.

Der Jungkommissar wusste, was ein Stick war. Bevor die beiden aufbrachen, sagte Tristan: »Herr Professor, eine Frage hätte ich da noch.« Er blickte auf die nicht mehr vorhandene Tür. »Wer besaß einen Schlüssel zum Labor?«

»Oh, Schlüssel?!« seufzte der Hochschullehrer. »Das ist eine leidige Angelegenheit. Jeder Laborleiter bekommt einen, aber nicht alle geben ihn wieder zurück, wenn sie die Uni verlassen.«

»Danke«, nickte der Detektiv.

»Nichts zu danken«, antwortete der Professor und Affolderbach folgte ihm in sein Büro.

»Ich verstehe nicht, was diese Fotopinnwand mit den Morden zu tun hat«, maulte Pfeiffer und steckte sich eine Zigarette an.

»Ehrlich gesagt, ich weiß es auch nicht«, antwortete Tristan. »Noch nicht!«

Sie sahen sich nochmals in dem zerstörten Labor um, dann beschlossen Tristan und Pfeiffer, die Suche abzubrechen.

Affolderbach kam mit einem USB-Stick zurück, auf dem der Professor, wie versprochen, alle Laborleiter samt Foto abgespeichert hatte.

»Dann fahren wir jetzt zur Wache«, beschloss Tristan.

Das gefiel dem Hauptkommissar überhaupt nicht, doch in der momentanen Situation verkniff sich der Polizist einen Kommentar. Holzbaum nahm nochmals die Gelegenheit wahr, mit dem Detektiv und dessen Oldtimer in die Stadt zurückzufahren.

»Was für ein Komfort«, schwärmte der Kommissar, als der Borgward gemächlich den Haardter Berg hinunterrollte.

»Die wussten, wie man Autos baut«, antwortete Tristan stolz.

»Dem kann man nur zustimmen«, nickte der Kommissar. »Ich weiß gar nicht, warum Pfeiffer wegen Ihres Autos so misstrauisch ist.«

Tristan zog die Augenbrauen zusammen und schielte Holzbaum über den Rand seiner Halbbrille an. »So, Pfeiffer ist misstrauisch!?«

Holzbaum spürte, dass er das besser nicht preisgegeben hätte und versuchte zu erklären: »Wissen Sie, ich denke ja, dass dieses Automobil ihn wegen der fehlenden Pferdestärken skeptisch macht.«

»Möchte er denn mit meinem Oldtimer ein Rennen fahren?« wunderte sich Tristan.

»Keine Ahnung«, Holzbaum schüttelte den Kopf. »Ich hätte das nicht erwähnen sollen.«

Sie erreichten die Kreispolizeibehörde. Durch das kleine Gespräch, in dem Worte wie „misstrauisch" und „skeptisch" gefallen waren, erinnerten sich Tristans graue Zellen plötzlich an ein Gespräch, das er mit Lasse geführt hatte.

»Sitzt Janik Lerch noch in der Zelle?« fragte Tristan.

Holzbaum nickte.

Während Pfeiffer seinen Wagen auf dem Dienstparkplatz abstellte, musste Tristan ein Stück weiterfahren, um seinen Borgward auf dem Besucherparkplatz zu parken. So kam es, dass Holzbaum und der Detektiv nach dem Hauptkommissar die Kreispolizeibehörde betraten.

Im Foyer fragte der Detektiv: »Herr Holzbaum, ich würde gern mit Janik Lerch sprechen. Wäre das möglich?«

Holzbaum betrachtete Tristan nachdenklich. »Gibt es einen bestimmten Grund?« Der gewichtige Anwärter auf einen Hauptkommissar-Titel blieb misstrauisch.

»Ja, den gibt es«, nickte Tristan und setzte ein spitzbübisches Lächeln auf.

3

Der Streifenpolizist schloss langsam eine von fünf Zellen in der Wache Siegen auf. Die Wache befand sich im Erdgeschoss des Kreispolizeigebäudes.

»Lerch, Sie haben Besuch«, sagte der Polizist laut, als er die Zellentür aufzog.

»Ich komme mit rein«, entschied Holzbaum.

»Kein Problem«, meinte Tristan. »Muss der Junge hier noch lange sitzen?«

»Das entscheidet der Staatsanwalt«, antwortete Holzbaum.

»Ja, wo ist Büdenbender eigentlich?« wunderte sich der Detektiv, der den Oberstaatsanwalt bei diesem Fall vermisste.

»Er hat Urlaub«, erklärte Holzbaum. »Der Polizeidirektor hat die Zügel in die Hand genommen.«

»Dann werde ich mal mit Flender reden«, brummte Tristan und betrat die zwei mal vier Meter großen Zelle.

»Holen Sie mich hier raus?« fragte Janik hoffnungsvoll.

»Wir arbeiten daran. Was ist dran an Pfeiffers Anschuldigung?« Der Detektiv sah den Studenten streng an.

»Nichts! Ich habe mich von dem Vertrag zurückgezogen, als klar wurde, dass Lasse das Team verlässt«, jammerte Janik.

»Das Job-Angebot klingt verlockend«, sagte Holzbaum nachdenklich.

»Ja, aber ich habe ein besseres bekommen. Das können Sie nachprüfen. Ehrlich!«

»Ich glaube Ihnen«, nickte Tristan. »Doch jetzt benötige ich Ihre Hilfe bei etwas anderem.«

»Okay«, nickte der Student. »Wie kann ich helfen?«

»Als ich das letzte Mal mit Lasse sprach«, begann der Detektiv, »wir waren an der Uni im Bistro, da erwähnte Lasse, dass Matthias gegenüber Ruths Freund misstrauisch war.«

Janik nickte. »Oh, ja! Wenn es um Liebhaber seiner Schwester ging, dann verhielt sich Matthias wie ein Stammesangehöriger einer mittelalterlich organisierten anatolischen Dorfgemeinschaft. Matthias hat Ruths Freunde immer durchleuchtet und gemobbt, wenn sie ihm nicht passten. Da war sogar mal ein Typ, der sich nicht traute Ruth anzusprechen und sich an Matthias wandte. Den Blondschopf hat er fertig gemacht. Ich glaube Ruth weiß heut noch nichts davon.«

»Hat er das auch bei ihrem jetzigen Freund gemacht?« mischte sich Holzbaum ein.

»Das war ein Problem«, antwortete Janik nachdenklich. »Er hat es versucht, musste aber aufgeben, weil sein Verhalten ihn an den rechten politischen Rand rückte. Man könnte auch sagen, dass es rassistisch und fremdenfeindlich aufgenommen wurde. Da konnte er noch so viel vernünftige Gründe aufführen, die Stimmung war gegen ihn. Also ließ er von seiner Recherche ab.«

»Danke für Ihre Hilfe«, sagte Tristan und wandte sich der Zellentür zu.

»Haben Sie die SMS entschlüsseln können?« fragte Janik hastig.

»Nur einen Teil«, antwortete Tristan.

»Holen Sie mich hier raus«, flehte der Student, »ich habe nichts Unrechtes getan.«

»Ich weiß«, nickte der Detektiv und wandte sich an den Kommissar. »Die Daten auf diesem Stick, die könnten Sie mir doch auch zuschicken. Ich meine übers Internet?«

»Das dürfte kein Problem sein«, antwortete Holzbaum. »Wollen Sie nicht mehr mit ins Büro kommen?«

»Nein, ich fahre jetzt nach Hause«, antwortete Tristan. »Ich muss in Ruhe nachdenken!«

Helga stand mit dem Wisse Ohm vor der Haustür, als Tristan mit dem Oldtimer auf den Hof hinter die Marienkirche fuhr. Der Regen hatte aufgehört, was ein Verweilen an der frischen Luft erträglich machte.

Der Detektiv gab Helga einen Willkommenskuss und bat den Wisse Ohm ins Haus. Dann berichtete Tristan, was ihn nochmals an die Universität getrieben hatte.

»Diese Daten, sind die auf deinem Rechner?« fragte der Wisse Ohm.

»Ich denke, Affolderbach müsste die jetzt geschickt haben«, antwortete Tristan.

Das Notebook stand auf dem Sekretär gleich neben dem Telefon. Tristan startete den Computer und öffnete das Mailprogramm.

»Was hast du hier für eine Datenleitung?« Der Wisse Ohm betrachtete das Kabel und als er sah, dass es in einen Router eingesteckt war, lächelte er. »Du hast einen Breitbandanschluss!«

»Ja, war notwendig. Diese modernen Kommunikationswege benötigen riesige Datenmengen.« Der Detektiv rief die neuesten Nachrichten ab und ging in die Küche. »Möchte jemand etwas trinken?«

»Danke, nein«, antwortete Helga und gesellte sich zum Ohm an das Notebook.

Dort bauten sich mehrere Porträtfotos auf.

»Was sind das für Gesichter?« fragte der Wisse Ohm.

Tristan erklärte, dass es sich um die Fotos aller Laborleiter handelte.

»Was versprichst du dir davon?« hakte der Ex-Agent nach.

Der Detektiv fasste seine Überlegungen nochmals für den Wisse Ohm zusammen und endete damit, dass er sagte: »Lasse hat etwas gefunden, das ihn zu Matthias' Mörder geführt hat. Und das Einzige, was da in Frage kommen könnte, wären diese Fotos.«

Der Wisse Ohm dachte nach und nickte anerkennend.

Daraufhin sahen sich die drei die Fotos eine Stunde lang an.

»Nichts!« schnaufte der Ohm. »Außer dem grausigen Potpourri an Frisuren von kreischend grün zu strohblond.

Tristan schüttelte den Kopf, auch er fand nichts.

»Welche Theorie verfolgst du?« fragte Helga.

»Ich denke, dass wir einen Mummenschanz, eine Maskerade vorgespielt bekommen«, antwortete Tristan entschlossen. »Dieses Bildchen mit den Theatermasken in Lasses SMS hat mich darauf gebracht, dass irgendjemand nicht das ist, was er vorzugeben scheint.«

»Du meinst, eines der Teammitglieder spielt uns etwas vor?« Helga schüttelte den Kopf. »Das wäre ja ungeheuerlich.«

»Nicht nur die Teammitglieder«, zischte Tristan. »Da sind auch noch die Väter und die Schwester.«

»Jetzt gehst du aber zu weit«, entsetzte Helga sich.

»Wirklich?!« Der Detektiv kam in Fahrt und griff zu seinem Notizblock, der auf dem Esstisch lag. »Was haben wir? Als Erstes muss der Mörder eine Menge Kenntnisse über chemische Verfahren haben. Sonst hätte er das Gift nicht aus den Tollkirschen extrahieren können. Als Zweites musste er Zugang zu einem Labor haben, um sein Wissen umsetzen zu können. Als Drittes benötigte er den Zugang zu den Paintball-Patronen, ohne diesen Zugang hätte er keine Möglichkeit gehabt, die giftigen Patronen richtig zu platzieren. Was einen weiteren Zugang notwendig machte, nämlich den zum Trainingsplan.«

»Eine Menge Zugänge«, brummte der Wisse Ohm.

Die Wunde an der Augenbraue schmerzte und Tristan fasste unbewusst dort hin und knurrte: »Ja, deshalb ist es auch schwierig.«

Er blickte nochmals auf die Fotogalerie auf seinem Bildschirm. Ein Blondschopf fiel ihm auf. Intuitiv klickte er das Bild an und es vergrößerte sich. Er sah es sich zum wiederholten Male an, doch erst jetzt bemerkte er eine kleine Unregelmäßigkeit in dem Gesicht. »Oh, mein Gott! Ich weiß jetzt, wer der Mörder ist!«

4

Tristan rief Hauptkommissar Pfeiffer an und klärte ihn über seine Vermutung auf.

Um aber den Mörder überführen zu können, mussten noch einige Beweise sichergestellt werden. Der Hauptkommissar veranlasste das Nötige und bestellte dann alle Beteiligten zum Tatort in die Paintball-Halle.

Der Detektiv informierte persönlich Polizeidirektor Flender und bat darum, auch Landrat Robert Fischer zu dem Treffen einzuladen. So kam es, dass der Landrat seinen Assistenten Henning Simon anpflaumte: »Was sollen wir hier?«

»Der Polizeidirektor hat um dieses Treffen gebeten«, erklärte Simon und sah sich um. »Wir sind die Ersten.«

»Ja, das sehe ich auch«, stöhnte Fischer. »Dann lassen Sie uns das Beste daraus machen.«

Arijana bemerkte die beiden Anzugträger. Freundlich sprach sie die Männer an und erfuhr so, dass gleich noch mehr Mitglieder ihres neuen Teams eintreffen sollten.

»Setzen Sie sich doch ins Café«, bat sie die Gäste.

Simon sah seinen Chef verwirrt an. »Welches Café?«

Der Landrat, gewohnt, in unterschiedlichen Kaschemmen aufzutreten, deutete auf die Bistrotische, die Getränkeautomaten und die Gartenstühle.

»Ah«, nickte Simon und bewegte sich langsam auf einen Stuhl zu.

Wenig später trafen die Polizisten mit Janik Lerch ein. Ihnen folgten Tristan, der Wisse Ohm und Helga, die sich die Auflösung nicht entgehenlassen wollten. Marlowe war bei Erich untergebracht worden. Danach schlichen Dennis Maier und Peter Kleber in die Halle. Friedrich-Jürgen Kirchhof erschien allein. Kurt Fröhlich wirkte angespannt, als er mit seiner Tochter und Hassan die Paintball-Halle betrat.

Damit befanden sich alle, die für den Fall relevant waren, am ersten Tatort.

»Was soll das hier?« rief Kurt Fröhlich laut, noch bevor er sich setzte.

»Bitte, haben Sie Geduld«, bat Tristan. »Ich werde es Ihnen erklären, aber nehmen Sie jetzt alle Platz.«

Die Angesprochenen sahen sich misstrauisch an und verteilten sich auf die Gartenstühle. Der Detektiv wartete, bis alle saßen. Pfeiffer, Holzbaum und der Polizeidirektor blieben am Ausgang stehen. Affolderbach bewachte einen Tisch, auf den er Markierer, Paintball-Patronen und andere Gegenstände gelegt hatte. Eine Sperrholzplatte mit aufgemalter Zielscheibe stand hinter dem Tisch, angelehnt an eine Wand. Der Jungkommissar sah frisch aus. Er musste sich zwischenzeitlich geduscht haben. Aufmerksam beobachtete er das Geschehen, als Tristan ein Zeichen gab.

Der Detektiv stellte sich so, dass er alle im Blick hatte.

»Also, fangen wir an«, sagte er laut.

»Mit was?« rief Peter Kleber, der Elektrotechnik studierte.

»Mit der Aufklärung der Morde an Matthias Fröhlich und Lasse Kirchhof«, antwortete der Detektiv ruhig.

»Ich war es nicht«, sagte Janik so laut, dass alle es hörten.

»Warten wir ab!« Tristan blickte den Studenten finster an. Dann ging er zu dem Tisch, den Affolderbach bewachte. Dort nahm er das Paintball-Gewehr in die Hand und erklärte: »Das hier nennt man Markierer. Das Gewehr wird mit Luftdruck angetrieben und verschießt diese Patronen.« Tristan deutete auf ein Päckchen bunter Kugeln, die die Größe von Murmeln hatten. »Mit diesen Farbpatronen schießen die Paintball-Spieler aufeinander. Sie sind ungefährlich, verursachen jedoch eine riesige Schweinerei.«

Er zielte mit dem Markierer auf die Zielscheibe und drückte ab. Die Patrone schoss aus dem Lauf und zerplatzte hörbar an der aus Sperrholz gefertigten Zielscheibe. Ein grüner Farbklecks zeichnete sich ab. »Diese Kugeln sind mit einem ungefährlichen Farbstoff gefüllt.« Er hielt eine der Patronen in die Luft, dann deutete Tristan auf die Schutzmaske. »Diese Maske schützt das Gesicht und die Augen vor den Farbkugeln. Allerdings muss man das Visier nach einem Treffer reinigen und das wurde Matthias zum Verhängnis. Die Patronen, mit denen Janik vorgestern auf Matthias geschossen hat, waren vergiftet. Bei dem Versuch, sein Visier wieder sauber zu bekommen, resorbierte Matthias das tödliche Gift.«

Tristan machte eine Pause und sah die Anwesenden an.

»Das verwendete Gift, ein sogenanntes Tropan-Alkaloid, wurde durch Extraktion, ein Trennungsverfahren, aus den Beeren der Schwarzen Tollkirsche gewonnen.«

Wieder machte der Detektiv eine Pause.

»Nur jemand, der sich mit Chemie und Extraktionsverfahren auskannte und Zugang zu einem Labor besaß, war in der Lage, genügend Gift zu produzieren, um es in ausreichenden Mengen in die Patronen zu injizieren.

Doch damit nicht genug, der Mörder musste sicher sein, dass die präparierten Patronen auch den Richtigen trafen. Sehr viele Varianten, um einen Mord zu planen, doch dem Mörder kam Matthias' akribische Planung entgegen.

Sie müssen wissen, dass die *Riewekooche Gäng* einem festen Trainingsplan folgte. Den hatte Matthias selbst zusammengestellt. Darin wurde festgelegt, wer gegen wen und wann antrat. Außerdem verwendet das Team unterschiedliche

Farbpatronen, um damit die Treffer nach einer bestimmten Mission auseinanderhalten zu können. Und es wurde nicht von diesem Plan abgewichen. So konnte der Mörder planen. Aber es setzte auch voraus, dass der Mörder dies alles wusste. Und damit begannen meine Überlegungen. Ich fragte mich: Wer hätte das alles wissen können?«

Tristan blickte zu Affolderbach, der nickte und der Detektiv fuhr fort:

»So fiel der erste Verdacht auf das ehemalige Teammitglied, Lasse Kirchhof. Der Chemiestudent erfüllte alle von mir gerade genannten Voraussetzungen. Er war der perfekte Mordverdächtige und sein mögliches Motiv passte ebenfalls.

Lasse wollte unbedingt in die Erste Liga aufsteigen, wurde aber wegen eines angeblichen Übergriffes auf Ruth, Matthias' Schwester, aus dem Team rausgeworfen.«

Tristan blickte zu Ruth. »Allerdings machte Ruth nicht den Eindruck auf mich, sich von jemandem wie Lasse in die Enge treiben zu lassen, obwohl sie ihn beschuldigte. Wie sich schließlich herausstellte, war Ruth auf Lasse wütend, da er sie aufgrund eines Befehls seines Vaters fallen ließ. Ruth und Lasse waren ein Paar, wenn auch nur für kurze Zeit.«

Ruth begann vor sich hinzuschluchzen.

»Leider habe ich das zu spät herausgefunden«, stöhnte Tristan. »Aber es hat ein neues Licht auf den Fall geworfen. Wie sich herausstellte, hat Kurt Fröhlichs Firma wichtige Investitionen vor sich hergeschoben. Die Banken wollten erst einen Kredit gewähren, wenn Matthias die Nachfolge antrat. Mit dem Tod des Sohnes stand die Firma vor dem Abgrund. Das konnte nur einem gefallen: dem Konkurrenten Kirchhof. Dass dieser skrupellos vorging, hatte er ja schon bewiesen, als er seinem Sohn nahelegte, sich von Ruth zu trennen. Außerdem hat er eine Summe auf ein Schweizer Konto überwiesen, dass für einen Banker bestimmt war, der dafür sorgen sollte, dass die Fröhlichs nur unter den ebengenannten Bedingungen den Kredit erhalten. Wir konnten das dank der Zusammenarbeit mit den Finanzbehörden herausfinden. - Das wird noch ein Nachspiel für Sie haben, Herr Kirchhof.«

Kirchhof rutschte unruhig auf seinem Stuhl hin und her.

»Und dann ist da noch ein vollständiges Labor in Ihrem Haus. Mit dem man das Gift herstellen konnte, wenn man sich das nötige chemische Wissen angeeignet hatte. Damit rückten auch Sie, Herr Kirchhof, in den Kreis der Verdächtigen. Allerdings schlug der Mörder dann ein zweites Mal zu. Und Sie, Herr Kirchhof, obwohl Sie eine Bestechung begangen haben, würden nicht Ihren eigenen Sohn töten. Also fragte ich mich: Was hatte Lasse herausbekommen, weshalb der Mörder ein weiteres Mal zuschlug, indem er ein Labor in die Luft jagte? Und warum gerade ein ganzes Labor? Lasse musste dort etwas gefunden haben, das man sonst nirgends fand.

Wie sich herausstellte, hingen in dem Labor Fotos ehemaliger Laborleiter. Sie wurden zum größten Teil zerstört, doch der leitende Professor besaß eine digitale Kopie aller Fotos. Die habe ich mir geben lassen und etwas Interessantes entdeckt. Ein Mann namens Eike Hofmann fiel durch eine Narbe auf, die charakteristisch über einer Augenbraue verlief. Diese Narbe haben Sie alle hier schon einmal gesehen.«

Die Versammelten blickten überrascht auf Tristan.

»Oh, nein, ich meinte nicht meine Verletzung«, erklärte er.

»Wer ist denn dieser Eike Hofmann?« rief Dennis Maier.

»Nun, Sie kennen ihn unter einem anderen Namen«, antwortete Tristan und blickte zu Pfeiffer, der seine Pistole griffbereit hielt. »Sie nennen ihn Hassan!«

Ruths Freund spannte die Muskeln an und sprang auf.

»Keine falsche Bewegung!« warnte der Hauptkommissar mit gezogener Waffe.

Holzbaum eilte zu Eike Hofmann, alias Hassan, und legte ihm Handschellen an.

»Was soll das?« Kurt Fröhlich baute sich neben dem Kommissar auf.

»Lass gut sein, Papa«, mahnte Ruth, die Eike Hofmann wütend ansah. »Irle hat recht.«

»Was?!« Der Unternehmer schüttelte den Kopf und ließ sich langsam nieder.

»Herr Fröhlich, Ihre Tochter hat selbst bemerkt, dass mit ihrem Freund etwas nicht stimmen konnte«, erklärte Tristan.

»Ja, das ist richtig«, ergänzte Ruth und legte ihrem Vater die Hand auf die Schulter. »Herr Irle rief heute nochmals an. Er fragte, ob mir etwas an Hassans Verhalten aufgefallen sei. Zuerst geriet ich in meinen giftigen Abwehrmodus, doch dann fielen mir Kleinigkeiten ein, die mich an seinem Verhalten störten. So wusste er zum Beispiel, wo der Kellertürschlüssel versteckt wurde. Dann die falsche Aussage, dass es in Marran trocken und heiß sei, was nicht stimmt. Es ist eine regenreiche Gegend, in der die Stadt liegt.«

»Oder die Geschichte mit den Bomben«, sprach Tristan und deutete auf Affolderbach. »Der Jungkommissar machte mich darauf aufmerksam, dass zu Beginn des Krieges Fassbomben auf die Bewohner von Marran geworfen wurden. Das führte zu den großen Flüchtlingswellen. Bomben werden erst seit der Unterstützung durch die Russen und die Amerikaner geworfen. Jeder echte Flüchtling hätte das gewusst.«

»Aber warum? Was sollte das?« rief Janik verstört. »Warum mussten Matthias und Lasse sterben?«

Tristan sah zu Eike Hofmann. »Wollen Sie es erklären?«

Man konnte den Hass in Eikes Augen sehen.

»Ihr Idioten!« zischte er. Seine Stimme klang tief und böse. »Ihr habt mich nicht erkannt. Selbst Ruth, die mich vorher keines Blickes gewürdigt hat, ist auf einen Bart, gefärbte Haare und ein wenig arabisch reingefallen.«

»Ich kenne diese Stimme«, rief Janik, »du bist dieser Liebestrottel, den Matthias fertiggemacht hat.«

»Was hat Matthias getan?« Ruth sah verstört in die Runde.

»Dein Bruder hat dich vor dem da geschützt, in dem er ihn auf Fatzebuch bloß stellte«, erklärte Janik.

»Das ist korrekt«, sagte Affolderbach und blickte zu Tristan.

»Nachdem wir anhand der Narbe Hassan eine deutsche Identität zuordnen konnten, begann Herr Affolderbach in den Sozialen Netzwerken zu recherchieren«, erklärte Tristan weiter, während der Jungkommissar ein Notebook aufklappte.

»Wir fanden heraus, dass Eike Hofmann eine Obsession für Ruth empfand. Es gibt unzählige Fotos von Ihnen, Ruth, die an unterschiedlichen Orten mit Teleobjektiven von Eike aufgenommen wurden. Auch in der Paintball-Halle wurden Sie fotografiert. Dort ist Matthias dann wohl seinerzeit auf Sie aufmerksam geworden, Herr Hofmann.

Wenn man sich die Fotogalerie genau ansieht, die Sie von Ruth gemacht haben, dann stellt man fest, dass Ruth es mag, Menschen zu helfen. Sie sieht glücklich aus, wenn sie helfen kann. Und noch eins wird klar, die Fotos wurden alle mit einem Teleobjektiv geschossen. Das Objekt Ihrer Begierde wusste nichts von Ihnen. Irgendwann ist Ihnen dann aufgefallen, dass man am besten an Ruth herankam, wenn man zu den Bedürftigen zählte. Doch da Matthias Sie über Fatzebuch denunziert hatte, war auch dieser Weg verschlossen.

Alles änderte sich jedoch, als die Flüchtlingswelle nach Deutschland schwappte. Die Fotoreihe endet ungefähr zu der Zeit, als Sie die Uni verließen und die ersten Flüchtlinge in Siegen ankamen. Wenig später tritt Hassan als Flüchtling in der Sporthalle auf den Plan.

Dass dieser Plan überhaupt funktionieren konnte, lag daran, dass Sie eine syrische Mutter haben. Dadurch sprachen Sie ein wenig den arabisch-syrischen Dialekt und konnten sich so mit den anderen verständigen ohne aufzufallen. Sie ließen sich einen Bart wachsen und färbten Ihre ansonsten hellen Haare ebenfalls dunkel. Da Ihre Hautfarbe zwar eher hell für einen Südländer ist, bestand dort ein kleines Risiko aufzufallen, doch Sie stellten schnell fest, dass nicht alle aus dem Morgenland dunkelbraune Hautfarben haben. Und bei dem Chaos, das zu Beginn der Flüchtlingswelle herrschte, spielte das keine Rolle.

Als Flüchtling geht dann Ihr Herzenwunsch in Erfüllung. Sie lernen Ruth kennen und die verliebt sich in Sie. Sie werden als Hassan in ihre Familie aufgenommen und wie ein Mitglied behandelt. Doch dann beginnt Matthias, Ihren Lebenslauf näher zu untersuchen. Es gibt aber keine Formulare, die bestätigen, dass Sie über die Balkanroute oder sonst wo eingereist sind. Nur eine Aufnahmebescheinigung, in der steht, dass Sie alle Papiere verloren hätten, wurde Ihnen in Siegen ausgestellt. Das hätte auch Matthias herausfinden können. Nur weil es Anfeindungen gegen seine Recherche gab, hat er es nicht selbst herausgefunden, doch er kam der Wahrheit zu nahe und deshalb musste er sterben.«

Tristan machte eine Pause, dann berichtete er weiter:

»Eike, alias Hassan, verfügte über alle Kenntnisse, um die Tat durchzuführen. Dass Lasse aus dem Team flog, erleichterte ihm sogar seinen Plan, da die Patronen nun im Keller der Fröhlichs gelagert wurden. Ein Austausch war kein Problem, da er sich frei im Haus bewegen konnte. Außerdem besaß er noch einen Schlüssel zum Unilabor.

Wie die Mitbewohner aus der Sporthalle Kommissar Holzbaum mitteilten, wanderte Hassan in den letzten Wochen nachts umher und kam mit „Blumen“ zurück. Die „Blumen“ dürften Tollkirschen gewesen sein, die Sie nachts im Unilabor verarbeiteten, um das Gift zu extrahieren.«

»Sie können gar nicht beweisen, dass ich ein Mörder bin«, sagte Eike kalt.

»Nun, das können wir doch«, antwortete Pfeiffer zornig. »Wir haben an den Gashähnen aus dem Labor Fingerabdrücke nehmen können, und die gleichen Fingerabdrücke finden sich am Bett in Ihrer Flüchtlingsunterkunft wieder.«

»Ihr Fehler war, das Labor in die Luft zu sprengen. So kam ich erst auf die Idee, dass Lasse dort etwas gefunden haben könnte. Eine SMS von ihm bestätigte diese Vermutung. Zuerst konnte Ruth damit nichts anfangen, doch als sie wusste, von wem die Nachricht stammte, ging die Entschlüsselung ganz schnell. Die Nachricht lautete: Habe etwas zum Mörder in der Sporthalle zu sagen. Okay! Pass auf, er ist gefährlich und maskiert sich. Komm ins Labor.

Sie haben Lasse beobachtet, wie er sich in das Labor flüchtete. Als er es plötzlich verließ, ahnten Sie, dass er etwas gefunden hatte, das nur im Labor zu finden war. Sie waren ein ehemaliger Laborleiter und dann fiel Ihnen ein, was Lasse gefunden hatte. Ein Foto von Ihnen! Sie warteten, bis Lasse das Gebäude verließ, öffneten die Gashähne, zerschlugen die Glühbirne der Schreibtischlampe und rannten zurück zur Sporthalle, wo Sie kurz vor Lasse verschwitzt ankamen. Das bestätigte Ruth. Zudem – und das nehme ich persönlich – haben Sie mich gestern überfallen. Der Angriff sollte den Verdacht auf eines der Teammitglieder lenken. Ging schief! Die Polizei hat in Ihrer Wohnung, die noch unter Ihrem wahren Namen gemietet ist, weiteres Beweismaterial und eine Paintball-Maske gefunden.«

»Hätte ich doch nur auf Lasse gehört und ihn nicht verjagt!« schluchzte Ruth. »Er könnte dann noch leben!«

»Hätte ich ihn nicht gezwungen, Sie zu verlassen«, stöhnte Kirchhof, »dann wäre das alles nicht passiert.«

Dennis erhob sich langsam und stellte sich direkt vor Eike. »Also hast du das alles getan, weil du zu feige warst, Ruth mit deinem richtigen Namen anzusprechen. Du widerst mich an!«

Es sah einen Augenblick so aus, als wolle der angehende Theologe dem Mörder ins Gesicht schlagen. Doch dann beherrschte Dennis sich wieder und ging davon.

Pfeiffer trat zu Hassan.

»Kommen Sie, wir haben eine Zelle, die auf Sie wartet«, knurrte er. Die Polizisten verließen die Halle.

»Alles nur wegen mir«, jammerte Ruth.

»Quatsch«, sagte Arijana, die die ganze Zeit neugierig zugehört hatte. »Die Typen haben es verbockt.«

»Was haben wir verbockt?« fragte Dennis neugierig.

»Ach, das mit der Liebe und so«, antwortete Arijana.

»Ach so, das«, nickte Dennis, »obwohl, war da nicht etwas mit einem Apfel und einer Schlange?«

Ruth stupste Arijana an und meinte: »Er studiert Theologie.«

»Was?! Und dann ballerst du mit Patronen auf Menschen?« wunderte sich das neue Teammitglied.

»Besser mit Farbpatronen Spaß haben, als mit Bleikugeln jemanden verletzen«, wehrte sich Dennis.

»Okay, das wird mir jetzt zu philosophisch.« Ruth schüttelte den Kopf und trat zu Tristan. »Was hätte ich verhindern können?«

»Nichts, denn Sie haben niemanden getötet.« Der Detektiv betrachtete die jungen Studenten, wie sie sich um Arijana sammelten. »Sehen Sie das da!«

»Oh ja«, grinste Ruth vergnügt. »Die Jungs haben keine Ahnung, was ihnen mit Arijana noch blüht.«

»Das denke ich auch. Sie wird sie um ihren kleinen Finger wickeln«, antwortete Tristan. »Aber jetzt haben sie nur ein Ziel vor Augen: den Aufstieg in die Erste Paintball-Liga. Sie sollten sich ebenfalls ein Ziel suchen.«

»Das habe ich bereits. Ich werde die Firma übernehmen«, lächelte Ruth zufrieden.

7. Es qualmte ...

Donnerstagnachmittag

Es qualmte unnatürlich, als Pfeiffer einen kräftigen Zug an seiner neuen E-Zigarette machte. Er saß zusammen mit Holzbaum in Tristans Wohnzimmer. Helga beobachtete den Hauptkommissar aus der Küche und schüttelte den Kopf.

»Jetzt kann man hier den Dampf einstellen«, sprach der Polizist am Mundstück vorbei.

»Das sieht umständlich aus«, meinte Helga.

»Ganz und gar nicht«, antwortete Pfeiffer und nahm einen weiteren kräftigen Zug. Aus der E-Zigarette stieg jetzt allerdings nur noch verhaltener Dampf auf.

»Ist das Teil richtig eingestellt?« Tristan wunderte sich über den spärlichen Verdampfungsprozess.

»Der Verkäufer meinte, dass man nicht viel einstellen muss.« Pfeiffer kontrollierte dennoch das Teil.

»Warum lassen Sie das Rauchen nicht ganz?« fragte Helga.

»Wenn das so einfach ginge«, antwortete Holzbaum, der sich über seinen Chef amüsierte.

Gleich nachdem die Beamten den Mörder in eine Zelle gesteckt hatten, war Pfeiffer losgezogen und hatte sich diese E-Zigarette besorgt. Als er zurück im Büro erschienen war, lag dort eine ausgedruckte eMail, die sie zu Tristan führte.

»Also, was halten Sie von der Einladung?« fragte Pfeiffer den Detektiv und klopfte gegen ein Blatt Papier, das Tristan in der Hand hielt.

»Ich weiß nicht. Ist das eine gute Idee?« Der Detektiv legte die Einladung zur Seite. Er sträubte sich, seine wahre Meinung zu sagen.

»Die *Riewekooche Gäng* lädt die Polizei zu einem Duell ein!« Pfeiffers Stimme klang enthusiastisch. »Natürlich ist das eine gute Idee!«

»Ich gehöre aber nicht zur Polizei«, erinnerte Tristan den Beamten.

»Jetzt seien Sie nicht so«, schnaubte Pfeiffer, der seine E-Zigarette umständlich in der Hand hielt, weil das Ding viel größer und unhandlicher war als eine herkömmliche Zigarette. »Wir brauchen vier Mann, ich, Holzbaum und Affolderbach sind dabei. Jetzt fehlt uns der vierte Mann.«

»Fragen Sie doch Flender«, schlug Helga vor.

»Als wir dem erklärten, dass die Paintball-Gewehre ursprünglich für die amerikanische Forstbehörde entwickelt wurden, um damit Bäume aus größerer Entfernung zu markieren, hat er abgelehnt.«

»Daher stammt also der Begriff „Markierer" für das Gewehr?« sagte Helga überrascht.

»Wir stellen Ihnen auch alles, was Sie brauchen«, drängte Pfeiffer weiter. »Wir können diese Studenten doch nicht so davonkommen lassen.«

»Da ist auch eine Frau dabei«, erinnerte Helga.

»Was die wohl kann?« grinste Pfeiffer. »Das wird ein tierischer Spaß.«

»Also, wenn Sie mich so dringend brauchen«, sagte Tristan langsam, »dann werde ich mir das mal überlegen.«

»Na, also.« Pfeiffer klopfte sich aufs Knie.

»Was hat eigentlich der Landrat zu dem Fall gesagt?« Tristan sah den Hauptkommissar neugierig an.

»Oh, der fand die Auflösung gar nicht witzig«, erklärte Pfeiffer. »Ihm wäre wohler ums Herz, wenn unsere Gäste aus dem Morgenland nicht involviert gewesen wären.«

»Sorgt er sich um die Meinung der Öffentlichkeit?« fragte Helga.

»Ja, wegen des neuen Heims«, nickte Holzbaum.

»Aber das wird doch jetzt komplett von den beiden Fertighausfirmen gespendet. Ruth hat das in die Hand genommen und mich informiert«, erklärte Tristan.

»Das wird die Stimmung heben«, nickte Pfeiffer. »Dennoch wurden wir angehalten, in unserem Bericht keinen Namen zu verwenden, die auf einen ausländischen Mitbürger hinweisen. Affolderbach tippt gerade den Bericht, in dem für den Namen des Mörders nur H eingesetzt wird.«

»Das passt ja«, meinte Helga und dachte an den Familiennamen des Mörders. »Da haben Sie aber Glück mit dem Nachnamen des Täters.«

Pfeiffer nickte.

Plötzlich stand Tristan auf und reichte Holzbaum die Hand. »Übrigens, herzlichen Glückwunsch!«

»Was gibt es zu feiern?« fragte Helga überrascht.

»Holzbaum ist befördert worden«, erklärte der Detektiv. »Wie mir Flender gesteckt hat, ist er jetzt auch Hauptkommissar.«

Pfeiffer glotzte den Detektiv von der Seite an und schüttelte den Kopf.

»Auf dem Papier, ja«, brummte er, »aber das Sagen habe immer noch ich.«

»Sie haben das verdient«, meinte Helga und drückte den schwergewichtigen Polizisten herzlich.

Ein Dankeschön …

… an alle, die mir bei diesem Buch geholfen haben. Im Besonderen möchte ich mich bei Thomas Wolf aus dem Kreisarchiv Siegen-Wittgenstein für seine Recherche und bei Sergej Krawzow von SK-Paintball für die ausführliche Darstellung des Paintball-Sports bedanken.

Darüber hinaus haben sich Marlis Klein, Prof. Dr. Jürgen Kühnel und Rebecca El Djabri um das Manuskript gekümmert. Anja Georg, Sabine Kitzinger und Ralph Rottler sorgten als konstruktive Kritiker für den nötigen Feinschliff der Geschichte.

Auch jenen, die hinter den Kulissen am Werk waren, um aus dem Manuskript ein Buch zu machen, gilt mein Dank.

In der Tristan-Irle-Reihe bereits erschienen:

Tristan Irle und der Rubensmord (1991)

Eigentlich sollen die Feierlichkeiten zum 350. Todestag von Peter Paul Rubens friedlich und ohne größeres Aufsehen in der Stadt Siegen gefeiert werden. Doch das ändert sich schlagartig, als man eine Leiche im Vorhof des Oberen Schlosses findet. Privatdetektiv Irle übernimmt den Fall und muss bald feststellen, dass mehr hinter dem Fall zu stecken scheint, als es vordergründig aussieht.

Tristan Irle – Eine Leiche auf der HTS (1992)

Friedlich bereiten sich die Bewohner des Siegerlandes auf das Weihnachtsfest vor. Doch plötzlich wird die festliche Ruhe gestört, als man eine Leiche im Schnee begraben findet. Tristan Irle übernimmt die Aufklärung des mysteriösen Mordes. Dabei verfängt er sich in einem Netz von Intrigen, Bestechungen und Lügen.

Tristan Irle – Mord Pur (1993)

KulturPur – seit Jahren ein Begriff für ein Fest der besonderen Art. Tristan Irle gönnt sich ein paar Tage Urlaub auf dem Giller und trifft dort Pensionsbesitzerin Helga Bottenberg. – Eine Frau, in die er sich verlieben könnte? Beschaulichkeit bestimmt den Tag, bis ein hinterhältiger Anschlag die Idylle zerstört.

Tristan Irle – Die Abseitsfalle (1994)

Die Damenmannschaft des SC Siegen hat es wieder geschafft. Sie steht im Endspiel um die deutsche Meisterschaft. Doch dann verunglückt auf mysteriöse Weise ein Mitglied des Vereins. War es Mord? Diese Frage soll Tristan Irle klären. Voller Tatendrang stürzt er sich ins Spiel. Doch das Spiel ist nicht fair, und er durchschaut die heimtückische Abseitsfalle.

Tristan Irle – Das sexte Gebot (1995)

Seit Tagen ziehen Regenschauer über das Siegerland. In dicke Regenjacken gehüllt, gehen die Menschen ihren Geschäften nach. Plötzlich erschüttert des Nachts eine fürchterliche Autoexplosion die Stadt. Es gibt einen Toten. Zur gleichen Zeit findet Tristan Irle ein Findelkind in der Marienkirche. Die Polizei steht vor einem Rätsel. Haben beide Ereignisse etwas miteinander zu tun?

Tristan Irle und das Rathauskomplott (1996)

Weihnachtsmarkt in Siegen. Es ist der Beginn der Adventszeit. Plötzlich erschüttert ein fürchterlicher Fund auf dem Weihnachtsmarkt die Gemüter. Schockiert schalten sich Staatsanwaltschaft und Polizei ein. Ihnen eine Nasenlänge voraus ist eine junge Journalistin. Sie vermutet Verbindungen zum Rathaus und bittet Detektiv Tristan Irle um Hilfe. Machenschaften allerorts und der kommunale Filz drohen schließlich die Ermittlungen fast zu ersticken.

Tristan Irle – Der Braumeister (1997)

Der junge Braumeister Roland Eichbaum hat die Idee seines Lebens. Er möchte Bier in Asien brauen. Die Verhandlungen sind in vollem Gange, als plötzlich ein Mord die Bierbrauer der Region erschüttert. Bis Tristan Irle durch die trübe Suppe von Verdächtigungen eine klare Spur findet, muss er so manches Glas Bier leeren, und nicht selten beginnt die Recherche mit einem lauten: Prost! Und da ist dann auch noch ein geheimnisvoller Chiffrierschlüssel, der Tristans Ermittlungen behindert.

Tristan Irle – Gegen den Strich (1998)

Die kleine Großstadt Siegen steht im Fokus der Weltöffentlichkeit. Im Medien- und Kulturzentrum laufen die letzten Vorbereitungen auf Hochtouren für eine ganz besondere Ausstellung, als ein Siegener Künstler zu Tode kommt. Tristan Irle beginnt seine Ermittlungen, was Künstlern und anderen Kreativen gegen den Strich geht. Dann muss Irle feststellen, dass die Kunstszene genauso schillernd ist wie eine Malpalette.

Tristan Irle – Tödliche Doktorspiele (1999)

Im Arzt-Gelöbnis steht: »Ich werde meinen Beruf mit Gewissenhaftigkeit und Würde ausüben. Die Erhaltung und Wiederherstellung der Gesundheit meiner Patienten soll oberstes Gebot meines Handelns sein.« Diesen Satz haben auch die Ärzte in einem Krankenhaus in Siegen gelobt. Doch eines Morgens findet man eine tote Patientin. Und wie sich herausstellt, wurde sie falsch behandelt. Chefarzt Dr. med. Killian steht plötzlich unter Mordverdacht, doch er behauptet, unschuldig zu sein. Privatdetektiv Tristan Irle wird eingeschaltet, um den mysteriösen Todesfall zu untersuchen. Ihm gegenüber eine Schar weißer Kittel, die alle etwas zu verbergen scheinen.

Tristan Irle – Siegener Maskerade (2000)

Schriftsteller Raffael Leich trifft sich im Geheimen mit dem persönlichen Referenten des Bürgermeisters. Ein mysteriöses Bild wechselt den Besitzer, dann fallen plötzlich Schüsse. Raffael kann fliehen. Tags darauf wird Privatdetektiv Tristan Irle eingeschaltet, um zu ermitteln. Zur gleichen Zeit bereitet der Anwalt Hallenberger eine Millionen-Spende für die Stadt Siegen vor, um mit dem Geld das Projekt Apollo-Theater zu finanzieren. Steht der Mord etwa mit dem Theaterprojekt in Verbindung? Welche Rolle spielen Schriftsteller Raffael Leich und der Bürgermeister? Und da ist da noch das geheimnisvolle Bild. Im Buch enthalten: ein ausklappbarer Abzug des mysteriösen Bildes.

Tristan Irle – Eisenhart (2001)

Die Stadtkasse – so ausgetrocknet wie ein afrikanisches Wadi – treibt Stadtkämmerer Goldmann den Schweiß auf die Stirn. Sein Chef, der Bürgermeister, eröffnet unterdessen ein neues Museum und weiß selbst nicht so recht, wie er die anstehenden finanziellen Probleme lösen soll. Tristan Irle, Privatdetektiv, ist an diesem Tag einer Einladung auf das Segelfluggelände nahe der Stadt gefolgt. Dort muss er einen schrecklichen Unfall mit ansehen. Der Detektiv beginnt zu ermitteln und dabei entpuppt sich die scheinbar eingeschworene Fliegergemeinschaft als lebensgefährliche Bedrohung für Tristan und seine Freunde.

Tristan Irle – Die Fürstenjagd (2002)

Es ist Jagdsaison im Wald des Fürsten zu Widerstein. Allerlei Prominenz aus dem Ausland trifft sich nahe Bad Berleburg in einem Forsthaus, um zusammen mit Fürst Siegfried dem Wild auf die Pelle zu rücken. Vom Jagdfieber gepackt, verteilen sich die Herrschaften im Wald. Schüsse fallen und plötzlich ertönen Jagdhörner. Wenig später wird die Jagd abgebrochen, denn im Wald liegt ein Toter. Tristan Irle, Privatdetektiv, als Treiber bei der Jagd dabei, übernimmt die Ermittlungen. Die stellen sich als äußerst schwierig heraus. Die Jagdgäste aus höchsten adeligen Kreisen schweigen, bis die Beweislast immer erdrückender wird.

Tristan Irle – Lokalzeit (2003)

Die Journalisten des regionalen Fernsehsenders sind ein eingespieltes Team. Erhöhter Stress gehört bei ihrem Job zum Alltag,

und da bringt es den verantwortlichen Fernsehredakteur nicht sonderlich aus der Ruhe, als ein Übertragungswagen für die aktuelle Stunde liegen bleibt. Doch als vor laufender Kamera jemand stirbt, da liegen plötzlich bei allen Beteiligten die Nerven blank. Noch ahnt keiner, dass dies der Auftakt zu einer unheimlichen Mordserie ist.
Tristan Irle, Privatdetektiv, übernimmt die Ermittlungen. Und die führen ihn überraschend zu einem großen schwedischen Möbelhaus, dessen Ansiedlung zum Interessenkonflikt mächtiger Parteien geführt hat. Schließlich drängt sich dem Detektiv die Frage auf: Hat das Rathaus etwas mit dem Mord zu schaffen?

Tristan Irle – Baum fällt! (2004)

Die heimische Politprominenz ist hocherfreut. Der brasilianische Botschafter besucht anlässlich einer Fürst-Johann-Moritz-Ausstellung die Region. Eine gute Gelegenheit die Gäste aus Übersee in den Wald einzuladen, um uralte Haubergstradition zu vermitteln. Der Botschafter ist begeistert. Weniger enthusiastisch zeigen sich die Kuratoriumsmitglieder der Ausstellung sowie die verantwortlichen Historiker, allen voran die Rektorin der Universität. Und dann endet der Ausflug für einen Gast auf mysteriöse Weise tödlich.
Tristan Irle, Privatdetektiv, beginnt zu ermitteln. Bald stellt er fest, dass die feine Gesellschaft der Ausstellungsmacher ihre eigenen dubiosen Ziele verfolgt. Und schließlich gerät der Privatdetektiv ins Schussfeld, denn im Hintergrund agiert noch der Geheimdienst …

Tristan Irle – Die zitternden Tenöre (2005)

Der Männergesangverein *„Pro Patria"* steht vor einer großen Herausforderung. Zusammen mit dem engagierten Chorleiter Gottfried Kunze möchten die Mitglieder nach 100-jährigem Bestehen endlich den Status „Meisterchor" erlangen. Sie proben, bis ihre Stimmbänder zittern, doch dann geschieht während der Probenpause ein Mord. Chorleiter und Erster Vorsitzender sind sich einig, dass dieses hinterhältige Attentat nur einer aufklären kann. Sie engagieren den Privatdetektiv Tristan Irle.
Die Tenöre verfolgen misstrauisch Tristans Ermittlungen. Je mehr der Detektiv in ein klebriges Geflecht aus Intrigen dringt, desto gefährlicher wird es für ihn. Und dann stellt sich plötzlich heraus, dass das Opfer einen berühmten Verwandten hat.

Tristan Irle – Der Killersteig (2006)

An einem herrlichen Spätsommertag trifft sich eine Gruppe Polizisten, um zusammen mit Staatsanwalt und Landrat über einen Teil des berühmten „Rothaarsteigs" zu wandern. Mit Rucksack und Wanderschuhen ausgerüstet beginnt die Wanderung im Süden des Kreisgebietes Siegen-Wittgenstein. Doch schon bei der ersten Übernachtung kommt es zu einem tragischen Zwischenfall.
Tristan Irle, Privatdetektiv, erhält kurz darauf einen geheimnisvollen Anruf, der ihn dazu bewegt, sich der Gruppe am nächsten Tag anzuschließen. Schon bald muss er feststellen, dass nicht alle in der Gruppe so freundlich sind, wie sie vordergründig vorgeben. Als es erneut zu einem Zwischenfall kommt, ahnt der Detektiv, dass ein Mörder unter ihnen weilt.

Tristan Irle – Locht ein! (2007)

Große Aufregung unter den Golfern im Kreisgebiet. Am Vorabend der Clubmeisterschaft findet man einen Toten auf dem Golfplatz und das mitten im Wasserhindernis. Keiner kann sich so richtig erklären, wie dieser scheinbare Unfall vonstatten ging, und zum Erstaunen von Privatdetektiv Tristan Irle hält sich die Trauer um das verstorbene Clubmitglied in Grenzen.
Als der Detektiv die Ermittlungen übernimmt, kommen Hinweise zutage, die auf Mord deuten. Tristan Irle beginnt Fragen zu stellen, die erheblich mehr Aufregung erzeugen als der Start der Clubmeisterschaft. Besonders der Clubpräsident und der Spielführer fühlen sich belästigt, dann findet Irle die Tatwaffe …

Tristan Irle hat Lampenfieber (2008)

Intendant Wolferl Wanderschmied hat sich für den Saisonbeginn etwas Großes ausgedacht. Eine prächtig inszenierte, romantische Komödie mit jungen Schauspieltalenten und alten Hasen soll das Publikum zum Lachen verführen. Dummerweise überlebt einer der jungen Schauspieler die Generalprobe nicht, was eine Kette von Ereignissen auslöst, die sich Intendant Wolferl so nicht für seine Inszenierung vorgestellt hat. Zum Glück gehört Privatdetektiv Tristan Irle zur Schauspieltruppe. Er übernimmt die Ermittlungen. Jetzt zeigt Tristan sein wahres Talent und stöbert Intrigen auf, was ihn ins Rampenlicht führt. Doch auf den Brettern, die die Welt bedeuten, ist manches nicht so, wie es scheint, und Tristan weiß, der Mörder beobachtet die Szene ganz genau.

Tristan Irle und der Grabräuber (2009)

Ein mitternächtlicher Anruf lockt Tristan Irle, Privatdetektiv, auf den städtischen Friedhof. Etwas Ungeheuerliches ist dort geschehen – Grabschändung und Mord. Das Opfer, der Grabschänder selbst. Eine verwirrende Situation, die nicht klarer wird, als sich herausstellt, dass im geschändeten Grab ein Freimaurer liegt.
Dann klopft Lena Lamberti, eine junge Historikerin, an Tristans Haustür und behauptet Unglaubliches. Sie hat Hinweise gefunden, die zu einem geheimnisvollen Artefakt führen, das im Kreisgebiet versteckt sein soll. Zusammen gehen sie einer Spur nach, die weit in die Zeit zurückreicht, immer auf der Hut vor einem Mörder, der ihnen im Nacken sitzt.

Tristan Irle – Wo ist Marlowe? (2010)

Der NRW-Tag steht in Siegen kurz bevor. In der ganzen Stadt ist man damit beschäftigt, die nötigen Stände und Buden aufzubauen, da findet man im Oberen Schloss eine Leiche. Wenig später wird Privatdetektiv Tristan Irle zum Tatort gerufen und ein Unbekannter, der sich van Veen nennt, droht mit einem Bombenanschlag.
Das Innenministerium sowie die örtliche Polizei ist auf das Äußerste alarmiert, doch das Fest absagen will keiner.
Tristan Irle begibt sich zusammen mit ein paar Freunden auf die Suche nach dem Täter. Die Offiziellen sehen jedoch al-Qaida am Werk und ziehen ihre Kräfte zusammen. Zu allem Überfluss ist Marlowe, Tristans Kakadu, verschwunden.

Tristan Irle – Der Bienenstich (2011)

Die Eisenstraße, eine tausend Jahre alte Straße im Kreisgebiet, ist in einem desaströsen Zustand. Die Bürger des kleinen Ortes Lützel wollen die kilometerlangen Risse in der Asphaltdecke und die tiefen Schlaglöcher nicht mehr hinnehmen. Sie beschließen, etwas zu unternehmen, allen voran Paul Nöll, Ortsvorsteher und leidenschaftlicher Imker.
Zur selben Zeit genießt Privatdetektiv Tristan Irle ein paar ruhige Tage in der Pension seiner Freundin unweit des Dorfes auf dem Giller. Doch mit der Ruhe ist es schlagartig vorbei, als ein mysteriöser Todesfall die kleine Dorfgemeinde erschüttert. Politiker und Dorfbewohner sehen die publicityträchtige Aktion plötzlich gefährdet. Keine guten Voraussetzungen für die anlaufende Ermittlung, die sich wie Honig dahinzieht. Und da gibt es noch Bienen, die stechen.

Tristan Irle serviert kalte Platte (2012)

Der Abriss der sogenannten Siegplatte steht kurz bevor. Siegens Bürgermeister und andere Honoratioren versammeln sich auf der Platte, um den Abriss feierlich freizugeben. Ein mächtiger Hydraulikmeißel beginnt seine Arbeit, doch kaum hat der Meißel die ersten Betonstücke abgeschlagen, da stockt plötzlich die Arbeit.
Zwischen einem Querträger der Betondecke entdecken Arbeiter eine Leiche. Wie kam sie in vier Meter Höhe? Wie starb sie? Wurde sie ermordet?
Fragen, die Privatdetektiv Tristan Irle mit Hilfe einer forensischen Pathologin beantworten soll. Bei seinen Ermittlungen findet der Detektiv Hinweise, die ihn zu einem Geldverleiher und Geschäftsleuten führen. Das macht die Verdächtigen nervös und einer schreckt vor weiteren Gewalttaten nicht zurück.

Tristan Irle – Die letzte Filmklappe (2013)

Ein Fernsehkrimi wird in Siegen gedreht. Das mehrköpfige Filmteam hat vor den Burgmauern des Oberen Schlosses sein Lager aufgeschlagen. Zwei der beliebtesten TV-Kommissare des Landes ermitteln im Innenhof des Schlosses, als es am Set einen fürchterlichen Unfall gibt.
Zur selben Zeit findet Privatdetektiv Tristan Irle eine mysteriöse Botschaft auf seiner Türschwelle in Siegens Altstadt. Stehen Unfall und Botschaft in einem Zusammenhang?
Der Detektiv beginnt zu ermitteln, während ein arktischer Schneesturm die Rubensstadt fest im Griff hat. Schon bald stellt Tristan Irle fest, dass er es mit einem Serienkiller zu tun hat, der vor nichts zurückschreckt.

Tristan Irle trifft den Wisent (2014)

Tristan Irle besucht mit seiner Nichte Sara das Wisentgehege nahe Wingeshausen. Sara arbeitet an einem Schulprojekt, das sich mit den riesigen Landtieren befasst. Sie stürzt sich mit der Energie einer überzeugten Teenagerin begeistert auf alles, was mit den Wisenten zu tun hat.
Im Gehege angekommen, müssen die beiden erleben, wie einer der Ranger tot aufgefunden wird. Zum Entsetzen aller wird die Leitkuh *Gutelaune** verdächtigt, den Ranger aufgespießt zu haben.
Eine Katastrophe nicht nur für Sara, nein, auch für den Zweiten Vorsitzenden des Trägervereins Otto Otterbach. Der Ex-

Landrat kämpft noch mit den Auswirkungen seines Amtsverlustes, da droht plötzlich eines der renommiertesten Naturschutzprojekte zu scheitern.
Nur wenn geklärt werden kann, dass *Gutelaune* nichts mit dem Tod des Rangers zu tun hat, kann die Reputation des Projektes wiederhergestellt werden.
Und es gibt nur einen, der sich gegen zornige Waldbauern, schießwütige Jäger, konkurrierende Ranger und gegen die Wildnis im Rothaargebirge behaupten kann: Detektiv Tristan Irle.
* *Gutelaune* (w), geboren: 8. 4. 2000, Herkunft:
Sielmanns Naturlandschaften Döberitzer Heide.

Tristan Irle – Sturmwind (2015)

Die Energiewende zeigt ihr Gesicht am Horizont des Rothaargebirges. Windmühlen, so hoch wie der Kölner Dom, ragen über die Baumwipfel. Nicht jedem gefällt das. Umweltaktivisten und Windkraftbefürworter tragen einen hitzigen Kampf aus. Dann, eines Morgens, findet man eine Leiche, aufgehängt am Mikado-Brunnen vor dem Rathaus in Siegen. War das eine Botschaft?
Unter den Augen des neuen Landrats bildet die Polizei eine Mordkommission. Privatdetektiv Tristan Irle beginnt ebenfalls zu ermitteln. Die Spuren führen zu Windmühlen und Naturschützern, und jeder scheint etwas verbergen zu wollen. Als es zu weiteren tödlichen Zwischenfällen kommt, stellt sich die Frage: Kann man den aufziehenden Sturm noch verhindern?

Nicht jeder der genannten Titel ist immer lieferbar. Vergriffene Titel werden in einem bestimmten Rhythmus wieder aufgelegt. Fragen Sie bitte im Einzelfall bei Ihrem Buchhändler nach, welche Titel lieferbar sind.

Als Hörbücher in der Tristan-Irle-Reihe erschienen:

Tristan Irle serviert kalte Platte (2012)

Autor Ralf Strackbein liest – 350 min. Laufzeit
Vollständige Ausgabe · ISBN: 978-3-935378-34-5
Preis: 11,90 Euro

Tristan Irle – Die letzte Filmklappe (2013)

Radio Siegen liest – 350 min. Laufzeit
Vollständige Ausgabe · ISBN: 978-3-935378-36-9
Preis: 11,90 Euro

In der Raphael-Olofsson-Reihe bereits erschienen:

Der Billy-Code (2008) · ISBN: 978-3-935378-19-2

Wolkenmord (2012) · ISBN: 978-3-935378-32-1

Das Aschebuch (2014) · ISBN: 978-3-935378-37-6